KB007402

난세의 영웅 3

난세의 영웅 3

초판1쇄 인쇄 | 2023년 6월 22일
초판1쇄 발행 | 2023년 6월 27일

지은이 | 이원호
펴낸이 | 박연
펴낸곳 | 한결미디어

등록 | 2006년 7월 24일(제313-2006-000152호)
주소 | 서울시 마포구 모래내로 83 한올빌딩 6층
전화 | 02-704-3331
팩스 | 02-704-3360
이메일 | okpk@hanmail.net

ISBN 979-11-5916-211-4 979-11-5916-208-4(set) 04810

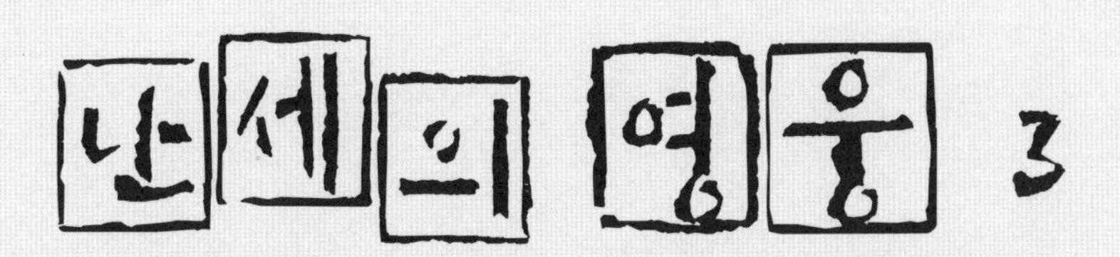

대망(大望)

이원호 지음

한결미디어
HANGYEOL MEDIA

차례

1장 장렬! 행주산성 | 7

2장 인연 | 62

3장 이순신과 히데요시 | 115

4장 하시바 이산의 도약 | 170

5장 대영주 이산 | 223

6장 대망(大望) | 275

1장
장렬! 행주산성

"단 두 발로 죽였단 말이냐?"

코다가 묻자 이쿠노가 고개를 끄덕였다.

"예, 1백 보 거리였는데 두 발로 두 놈을 죽였소."

"그것참."

어깨를 부풀렸다가 내린 코다가 한숨을 쉬었다.

"주군은 신궁(神宮)이야, 그렇지 않으냐?"

"그렇소."

"내가 괜히 걱정했군. 활을 가져가시기에 신변 보호용인가 했더니."

코다가 힐끗 안쪽을 보았다.

사시(오전 10시) 무렵.

코다는 이쿠노에게 어젯밤 작전에 대해 묻고 있다. 그때 이쿠노가 입을 열었다.

"나는 주군을 모시게 된 것이 신불의 음덕인 것 같소."

"이놈이 주군한테 단단히 빠져들었군."

코다가 쓴웃음을 지었을 때다. 가쓰라가 다가와 말했다.

"주군께서 부르시오."

방 안으로 들어선 코다와 이쿠노가 이산의 앞에 앉았다.

"주군, 부르셨습니까?"

코다가 눈을 가늘게 뜨고 물었다. 어젯밤 이산이 김동채를 사살한 것에 대해서는 모른 척하고 있다. 고개를 끄덕인 이산이 입을 열었다.

"여기서 임금 따라다니는 건 별 소득이 없지 않겠나?"

"무슨 말씀입니까? 이곳이 조선 조정의 중심입니다."

대번에 코다가 말을 받았다. 목을 빳빳이 세운 코다가 말을 이었다.

"주군께서 조선 조정의 정보를 모아 보내시는 것이 가장 중요한 일이올시다."

"말은 잘하는군."

입맛을 다신 이산이 코다를 노려보았다.

"여긴 내가 없어도 돼. 그러니까 당분간 영감이 지키고 있어."

"주군."

코다가 눈을 치켜떴다.

"무슨 말씀이시오?"

"내가 잠깐 이곳을 떠나려고 한다."

"떠나다니요?"

"이쿠노하고 조병기만 데려가려고 한다."

"어디로 가신다는 겁니까?"

"남쪽으로."

"남쪽 어딥니까?"

"이순신을 만나려고."

"이순신을 사살하신다면 이번 전쟁에서 일등공(一等功)을 세우시게 될 겁니다."

"만나고 오겠다."

"만난단 말씀입니까?"

"그렇다."

그때 코다가 입을 다물더니 몸을 뒤로 젖혔다. 이제는 눈도 감고 있다. 방 안에 정적이 덮였다. 그때 이산이 헛기침을 했다.

"만나서 이야기를 들을 작정이다."

"무슨 이야기 말씀이오?"

"내가 김동채를 죽인 이야기도 해주고 이런 조선 임금한테 충성하는 이유도 듣고 싶다."

"들어서 뭘 하시려오?"

"배울 건 배워야지."

정색한 이산이 코다를 보았다.

"내가 영감한테 배우고 있는 것처럼 말이야."

"저한테서 배우십니까?"

"영감은 내 두 번째 스승이다."

"황송하오."

"어쨌든 난 갈 거다."

"가또 주군께서 아시면 곤란해질 것이오."

코다도 정색하고 말했다.

"관백께서도 심기가 불편하실 것입니다."

"영감한테 맡기겠다."

자르듯 말한 이산의 시선이 이쿠노에게 옮겨졌다.

"이쿠노, 따라오겠느냐?"

이쿠노가 번쩍 머리를 들었다.

"예, 주군. 저는 어디건 모시고 갑니다."

"저하, 이산이 만나자는 연락이 왔습니다."

순변사 최경훈이 말하자 광해가 눈을 크게 떴다. 반색을 한 것이다.

미시(오후 2시) 무렵.

광해는 궁(宮) 근처에 위치한 현감의 별채를 숙소로 삼고 있다.

"오, 그런가? 만나야지."

"오늘 밤 술시(오후 8시) 무렵에 지난번 만났던 경수사에서 기다린다고 했습니다."

마루방에는 둘만 있지만 최경훈이 목소리를 낮췄다.

"어제 김동채가 죽는 바람에 기찰이 심해졌습니다, 저하."

"설마 명군(明軍)이 나까지 죽이겠나?"

광해가 정색하고 물었기 때문에 최경훈이 어깨를 늘어뜨렸다.

"이산의 무공(武功)이 생각할수록 놀랍습니다. 살 두 대로 김동채와 검술의 고수 고석조를 죽이다니요."

"왜장이 되었지만 조선에 반역할 인물은 아니야."

광해의 말에 최경훈이 고개를 끄덕였다.

"서자(庶子) 태생이라 조선에서는 입신(立身)할 수가 없는 신분입니다."

"그것이 폐단이네."

정색한 광해가 똑바로 최경훈을 보았다.

"조선이 양반과 적자(適子)만의 세상이 되면 안 돼. 서자, 상민, 천민이 모두 똑같은 대접을 받도록 해야 돼."

"……."

"그래서 지금 천민들이 왜군의 선봉대가 되고 함경도에서는 상민까지 왜군에 부역한다고 하지 않나?"

광해의 목소리에 열기가 띠어졌다.

"한 줌밖에 안 되는 양반 무리마저 제각기 파당을 나눠 서로 죽이고 모함하는 왕조니 백성들이 등을 돌릴 만하지."

최경훈이 마침내 외면했다.

광해는 차마 임금 비난은 하지 못하는 것이다.

술시(오후 8시).

경수사는 짙은 어둠에 덮여 있다. 대웅전도 불을 켜지 않아서 산에 박힌 암반 같다.

광해와 최경훈이 마당으로 들어섰을 때 대웅전 벽에서 그림자 하나가 떨어졌다.

이산이다.

다가온 이산이 광해에게 허리를 꺾어 절을 했다. 그러나 광해가 손을 뻗어 이산의 손을 잡았다.

"잘했네. 조정에 붙은 거머리 하나를 떼어내었네."

"황송합니다."

셋은 어두운 대웅전에 들어가 앉았다. 이제는 어둠에 익숙해져서 불편하지 않다. 그때 광해가 입을 열었다.

"그래, 무슨 일인가?"

이산이 고개를 들었다.

"제가 남행(南行)을 하려고 합니다."

광해의 시선을 받은 이산이 말을 이었다.

"수군통제사 이순신을 만날 생각입니다. 저하께서 이순신에게 전하실 말씀이 있으면 전해드리지요."

"무엇이? 이순신을 만나?"

놀란 광해가 옆에 앉은 최경훈을 보았다. 몸을 세운 광해가 이산을 보았다.

"이순신을 왜 만나려는가?"

"난세(亂世)의 영웅을 만나고 싶었습니다."

"……"

"조선을 떠나려고 왜장의 가신(家臣)이 되었지만 조선의 장군 하나를 가슴에 담아가려고 합니다."

광해의 시선을 받은 이산이 입술 끝만 비틀고 웃었다.

"그분이 조선에 충성하는 이유도 들어보려고 합니다. 제가 많이 배우게 되겠지요."

"알았네."

마침내 광해가 고개를 끄덕였다.

"내가 서신을 적어주지. 김동채, 원균의 이야기도 해주는 것이 낫겠네."

"저하."

정색한 최경훈이 광해를 보았다.

"그 서신이 잘못되면 위험해질 것입니다. 아니 되옵니다."

"아니. 나도 마침 이 통제사한테 전할 말이 있었으니 잘되었어."

광해가 말을 이었다.

"사방에 첩자들이 들끓는 마당에 이 공이 간다니 잘되었지 않은가?"

그때 이산이 대답했다.

"저는 이번 남행을 가또 님께 보고하지 않았습니다. 믿으셔도 될 것입니다."

"내가 순변사를 통해서 통제사한테 보내는 서신을 주겠네."

광해가 맑은 눈으로 이산을 보았다.

"통제사를 만나거든 내 안부를 전해주게."

"주군, 조선군뿐만 아니라 일본군마저 피해 다녀야 할 것이오."

코다가 못마땅한 표정으로 말했다.

"만일 일본군 측에서 알게 된다면 문제가 커집니다. 그래서 측근 몇 명 외에는 비밀로 했습니다."

안가(安家)의 방 안이다.

임금은 아직 안주에 머물고 있다. 이여송이 개성에 주둔하고 있기 때문에 임금도 주춤거리는 중이다. 한양성을 수복해야 평양성으로 들어간다는 것이다. 이산이 쓴웃음을 지었다.

"내가 주군을 배신하지는 않아. 영감은 걱정하지 않아도 돼."

"압니다. 하지만 의심하는 사람들도 있을 것이오."

고개를 든 코다가 이산을 보았다.

"주군, 제가 가또 주군께 말씀드리겠습니다."

이산이 고개를 끄덕였다.

"알았다, 코다. 네 생각대로 해라."

"곧 기노가 이곳에 올 예정이니 기노한테 가또 주군께 보고하도록 하지요."

코다가 말을 이었다.

"기노가 언변이 좋아서 주군의 뜻을 가장 잘 표현할 수 있을 것입니다."

그러더니 혼자 고개를 끄덕였다.

"이순신을 만나는 것이 주군께 큰 도움이 될 것 같기도 합니다."

다음 날 오전.

사시(오전 10시) 무렵이 되었을 때 경수사 마당에서 이산과 최경훈이 다시 만났다. 최경훈이 이산에게 붉은색 비단 보자기에 싼 밀서를 건네주면서 말했다.

"밀서일세. 통제사께 전해주게."

보자기를 받은 이산이 저고리 안에 넣었다.

"다녀와서 말씀드리지요."

"그리고 이것."

최경훈이 겉옷을 들치더니 허리춤에 찬 마패를 꺼내 내밀었다. 말이 1마리 그려진 마패다.

"뒤에 전라도가 적혀 있어. 암행어사 마패네. 세자께서 준비해 주셨네."

"이렇게 고마울 수가."

놀란 이산이 두 손으로 마패를 받았다. 동으로 만든 마패는 묵직했다. 그때 최경훈이 다시 허리춤에서 호패를 꺼내 내밀었다.

"이것은 그대의 호패일세. 이조정랑 박생한테서 받았으니 어느 놈도 시비를 걸지 못하겠지."

쓴웃음을 지은 최경훈이 호패를 건네주면서 말을 잇는다.

"8년 전 무과(武科)에 급제한 한석이 자네 이름일세. 나이가 27세. 정4품 병마우후 벼슬이네. 전란이라 아무도 확인을 못 하겠지만 그렇게 행세하게. 필요하면 내 이름을 앞세워도 되고."

이산은 호패도 허리춤에 찼다. 세자와 최경훈의 정(情)이 느껴졌기 때문에 얼른 입이 떨어지지 않는다.

가신(家臣)들에게도 비밀로 한 터라 이산은 이쿠노와 조병기, 그리고 검술이 뛰어난 곤도까지 셋을 데리고 안주를 출발했다. 코다는 안가(安家) 앞까지만 배웅하고 돌아갔다.

술시(오후 8시) 무렵이다.

지금부터 밤을 낮 삼아 걸어야 한다. 넷 다 다리가 쇠막대 같은 장정들이다. 거침없이 밤길을 걸어 그날 밤 청천강을 건넜다.

"주군, 날이 밝기 전에 숙천에 닿을 수 있겠습니다."

조병기가 말했다.

"바닷가에는 명군(明軍)이 드물 것입니다."

앞장을 선 조병기는 밝은 표정이다. 넷은 모두 상민 차림으로 등짐을 메었다. 등짐 위에 환도를 올려놓았고 이산은 활과 살통까지 메고 있다. 산길로 들어서면서 이산이 대답했다.

"바닷가를 따라 내려가기로 하자."

종대로 선 넷은 거침없이 산기슭을 따라 남하한다. 겨울바람이 휘몰아 오면서 옷자락을 날렸다.

"무엇이? 권율이?"

눈을 치켜뜬 고니시가 앞에 선 전령을 노려보았다.

이곳은 한양성의 왜군 본진.

창덕궁의 마당에 설치된 진막 안에는 왜장들이 모여 있었는데 2번대장 가또는 보이지 않는다. 가또는 아직 함경도에 머물고 있기 때문이다. 그때 전령이 대답했다.

"예, 권율이 행주산성에 조선군을 집결시키고 있습니다."

고개를 돌린 고니시가 옆에 앉은 우키다를 보았다. 행주가 한양성에서 가장 가깝다.

"우키다 님, 역시 권율이 맡게 되었군요."

"으음."

잇새로 신음을 뱉은 우키다가 심호흡부터 했다. 우키다는 왜군의 8번대장으로 1만여 명을 이끌고 있다.

이때 권율은 전라도 순찰사로 있었는데 이치전투와 수원의 독성산성 전투에서 왜군을 패퇴시킨 조선의 용장이 되어 있다. 그 권율이 한양성에서 20리 거리인 행주산성에 집결하고 있다는 것이다.

그때 벽제관에서 명군(明軍)을 격파한 6번대장 고바야카와가 말했다.

"명(明)의 총대장 이여송이 평양으로 돌아가는 중이니 이제 조선군만 남았으나 가볍게 보지 않는 것이 좋소."

고바야카와가 주름진 얼굴을 들고 왜장들을 둘러보았다.

"권율의 주위에 조선군이 모여 있는 것은 이번에 결사적으로 한양성을 쳐서 수복하겠다는 뜻이오."

"대감, 과장이 심하십니다."

우키다가 나섰다.

"이번에는 내가 조선군을 치지요."

왜군을 지휘하겠다는 말이다.

이때 우키다 히데이에는 22세. 아직 약관이다. 관백 히데요시의 총애를 받는 영주다. 영지는 57만 4천 석. 히데요시의 양녀 고히메를 정실부인으로 맞아 인척 관계다.

그때 7번대장 모리 데루모토가 고개를 끄덕였다.

"우키다 님이 주장(主將)이 되신다면 우리가 적극 지원해 드리겠습니다."

왜장들의 이견이 없었기 때문에 우키다가 권율을 상대하는 왜군의 주장(主將)이 되었다.

진막을 나온 모리의 옆으로 고바야카와가 다가왔다.

이때 고바야카와 다다아케는 61세. 모리 데루모토는 41세다. 고바야카와는 지쿠젠, 히젠 등 37만 5천 석, 모리 데루모토는 주코쿠 6국(國), 120만 5천 석의 대영주다.

그러나 두 가문(家門)은 같은 혈족이다. 고바야카와가 모리의 숙부인 것이다.

"이봐, 데루모토. 우키다가 혈기를 앞세워서 공명을 서두는데 끼어들지 마라."

고바야카와가 목소리를 낮추고 말했다.

"내가 벽제관에서 나오면서 행주산을 거쳐 왔는데 황무지에 우뚝 서서 사방이 다 내려다보인다. 산 위에서 돌멩이를 던지면 다 맞는 법이야."

쓴웃음을 지은 고바야카와가 말을 이었다.

"넌 뒤에 물러나 있어. 서둘면 서둘수록 당하는 경우야."

"알겠습니다."

고바야카와의 지도를 받는 입장이라 모리가 고개를 끄덕였다. 그렇지 않아도 우키다에게 거부감을 느끼던 모리다.

"주군, 주민 하나를 데려왔습니다."

조병기가 말했기 때문에 이산이 고개를 들었다.

바닷가의 폐가 안.

진시(오전 8시) 무렵.

밤새 80여 리를 걷고 나서 쉬고 있던 참이다.

이산이 마루로 나왔을 때 마당에 서 있던 중년 사내가 고개를 들었다. 상투를 틀고 이마에 베 수건을 동여맨 상민 차림이다. 남루한 옷. 겨울이지만 맨발을 짚신으로 감쌌을 뿐이다. 이산이 물었다.

"여보게, 이곳 주민인가?"

"그렇소이다."

사내의 시선이 흔들렸다.

"관인(官人)이시오?"

"그러네. 지시를 받고 남하하는 관인이네."

"이곳은 왜인의 침탈이 없었다가 며칠 전에 명군(明軍) 기마대가 싹 훑고 가서 폐촌이 되었습니다."

사내가 번들거리는 눈으로 이산을 보았다.

"집집마다 들러 약탈했고 우리 마을에서도 아녀자 9명을 납치해 갔습니다."

"……."

"반항하는 주민 6명이 칼을 맞고 창에 찔려 죽었습니다."

그때 이산이 물었다.

"주민은 모두 어디에 있는가?"

"위쪽 마두산으로 피란을 가 있습니다. 언제 떼국놈들이 돌아올까 두려워서 내려올 수가 없습니다."

이산을 응시하는 사내의 눈에 원망이 가득 담겨 있다. 이곳은 왜군 대신 명군(明軍)의 횡포에 폐허가 된 것이다.

그렇다면 호란(胡亂)이다.

이여송은 평양으로 돌아가 성문을 닫고 주둔했다.

가또가 함경도에서 평양으로 접근한다는 핑계를 대었는데 벽제관에서 패배한 후유증 때문이다.

개성에 남은 장수는 왕필적으로 1만여 명의 군사를 이끌고 움직이지 않았다. 이여송의 지시를 받은 것이다.

그래서 행주성의 권율은 명군의 지원 없이 조선군만으로 왜의 대군(大軍)을 맞아 전면전을 치르게 되었다.

"이 상황에 평양으로 돌아갈 수가 있나? 당분간 이곳에서 머물기로 하자."

선조가 모처럼 광해에게 말했다.

사시(오전 10시) 무렵.

안주의 청 안이다.

"가또가 평양이 막혀 있다는 것을 알면 서쪽으로 방향을 틀지도 모르지 않느냐? 이곳도 위험하긴 하다."

"예, 전하."

고개를 든 광해가 선조를 보았다.

"권율 순찰사가 주둔한 행주성 주변에 조선군이 흩어져 있습니다. 고언백, 이시언이 해유령에 포진해 있고, 도원수 김명원이 임진강 남쪽, 순변사 이빈은 파주에 있다고 합니다."

광해가 말하는 동안 청 안이 조용해졌다. 광해가 말을 이었다.

"전하, 어명으로 조선군을 행주성으로 모이도록 해주시지요. 행주성으로 왜군 대군(大軍)이 모인다고 합니다."

그때 선조가 헛기침을 했다.

"네가 전법을 아느냐?"

"아닙니다, 전하."

당황한 광해가 시선을 내렸을 때 선조가 외면한 채 말했다.

"순변사 이빈은 말할 것도 없고 도원수 김명원은 고관(高官)이다. 작은 행주성을 지키는 권율을 구하려고 다 모을 수는 없는 노릇이야. 너는 입을 다물어라."

광해는 입을 다물었다.

이곳저곳 군사를 다 모은다면 도원수 김명원이 총지휘를 해야 할 것이다.

도원수 김명원이 누구인가?

지금까지 상주, 임진강, 평양성 싸움에서 번번이 대패하고 수만 군사를 죽였다. 그렇다고 권율에게 군사만 지원하라고 할 수도 없는 노릇이다.

선조가 외면했으므로 광해는 우두커니 서 있다가 물러 나왔다.

청을 나와 마당을 걷는 광해 옆으로 순찰사 최경훈이 다가와 같이 걷는다. 최경훈도 뒤에서 다 들은 것이다.

"저하, 행주성에 승병과 의병이 모이고 있다고 합니다. 차라리 도원수나 순변사가 이끄는 관군(官軍)보다 승병, 의병이 낫습니다."

최경훈이 말을 이었다.

"측면에서 협공을 부탁할 수 있겠지만 지금까지 대규모 접전에서 협공 작전이 성공한 예가 없습니다."

건물 모퉁이를 돌면서 최경훈이 길게 숨을 뱉었다.

"수백 년간 전쟁을 해온 왜인들은 왜장이 모두 영주이며 무장(武將)인 반면에 조선군 도원수 등 지휘관은 문관(文官)으로 병법은 고사하고 칼을 든 적도 없는 자들이기 때문이지요."

광해가 따라서 숨을 뱉었다.

그렇다면 권율도 마찬가지다. 문과(文科)에 급제한 문관(文官)이다. 그때 광해가 걸음을 늦추면서 최경훈을 보았다.

"이산은 지금 어디쯤 갔을까?"

"명군(明軍)입니다."

손을 이마 위에 붙인 이쿠노가 말했다. 이쿠노는 눈이 밝다. 그래서 앞장을 서고 있다.

눈을 가늘게 뜬 이산이 산기슭을 내려다보았다. 나뭇가지 사이로 산기슭의 민가가 보인다. 5백 보 정도의 거리. 마당에 서너 명. 뒤쪽에도 서너 명이 보인다. 그리고 담장 뒤쪽에 말 10여 필이 매여 있다.

이쿠노가 말을 잇는다.

"척후대입니다."

그러자 조병기가 이산에게 말했다.

"이곳까지 척후대가 왔다는 것이 수상합니다. 제가 내려가 보고 오지요."

잠시 후에 아래에서 올라온 조병기가 보고했다.

"명군(明軍)이 맞습니다. 말이 모두 12필, 기마척후대 같습니다."

조병기가 말을 이었다.

"집 안에 서너 명이 있습니다."

오시(낮 12시) 무렵.

이산 일행은 어젯밤 강행군을 하고 나서 잠시 쉴 곳을 찾는 중이었다.

그때 이산이 주위를 둘러보았다. 아래쪽 민가가 내려가는 길목이다. 내려가려면 돌아서 가야 한다.

"돌아가자."

이산이 몸을 돌렸다.

산을 도로 올라가야 했지만 명군(明軍) 10여 명과 접전을 벌일 필요는 없다.

넷은 다시 몸을 돌려 산길을 오르기 시작했다.

그때다.

아래쪽에서 여자의 비명이 울렸다. 민가 쪽이다. 산 아래쪽의 소음이 선명하게 들린 것이다.

고개를 돌린 이산은 나뭇가지 사이로 민가를 내려다보았다. 여자의 비명은 이어졌지만 보이지 않는다. 집 안에서 울리는 것 같다.

"이런 빌어먹을!"

장윤이 혀를 찼다.

여자의 비명이 이어졌기 때문에 쥐고 있던 칼끝이 조금 올라갔다. 칼에 묻은 피가 아직도 방울로 떨어지고 있다. 방금 장윤이 여자가 안고 있던 아이를 베어 죽인 것이다.

여자가 아이를 내려다보면서 다시 비명을 질렀다. 몸통이 베인 아이의 시신을 미처 끌어안지는 못한다. 반쯤 실성한 것 같다.

마침내 장윤이 방문을 박차고 나오면서 소리쳤다.

"들어가서 저년을 끌고 나와라!"

마당에서 서성대던 부하들이 방으로 뛰어 들어갔다.

"젠장!"

투덜거린 장윤이 칼에 묻은 피를 마루에 놓인 자루에 쓱쓱 닦았다. 아이를 베어 죽이고 여자를 겁탈하려던 장윤이다.

그때 부하들이 여자를 끌고 나왔다. 여자는 늘어져 있지만, 비명은 더 커졌다. 비명이 산에 부딪혀 메아리가 울렸다. 그때 장윤이 소리쳤다.

"그년 입을 막고 손발을 묶어라!"

근처 마을에서 잡은 포로다. 아이와 함께 있었는데 대여섯 살짜리 아이를 안은 채 떨어지지 않았기 때문에 함께 끌고 온 것이다.

150보 거리로 내려왔을 때 여자의 비명은 그쳤고 마당에 있던 군사들이 흩어졌다. 여자는 마당 건너편 창고로 데리고 들어갔다.

이산과 일행 셋은 모두 바위틈에 몸을 숨기고 있었는데 이제는 병사들의 얼굴 윤곽도 보인다.

"마당에 서 있는 놈이 대장입니다."

이쿠노가 말했다.

"저놈들은 이곳에서 머물고 있는 것 같습니다."

이산이 활을 쥐고 일어섰다.

"너희들은 뒤쪽으로 돌아서 놈들의 퇴로를 막아라."

이산이 이쿠노를 보았다.

"이쿠노, 네가 지휘해서 내려가라. 너희들이 자리를 잡았을 때 내가 공격하겠다."

"예, 주군."

이쿠노가 등짐을 벗어 놓고 일어섰다. 조병기와 곤도도 서둘러서 짐을 벗고 장검을 집어 들었다.

이쿠노와 조병기, 곤도는 옆으로 산을 돌아 민가 좌측을 향해 내려갔다.

겨울 날씨지만 맑다. 바람 한 점 없는 날이다.

활을 쥔 이산이 조금 더 아래쪽으로 내려갔다. 바위와 나무가 우거진 산이어서 은폐하기는 편리했다.

이윽고 100보 거리가 되었을 때 이산이 바위틈에 자리를 잡았다. 살통을 옆에 내려놓은 이산이 시위에 살 하나를 먹였다.

6년 동안 산에서 하루에 5백 사(射)씩을 했다. 30보 거리에서 날아가는 주먹만 한 산새를 맞히게 되었을 때는 3년 만이었다. 그 후에는 화살의 사정거리 안에 들어오는 과녁이면 10발 9중은 했다.

이쿠노 일행 셋이 민가 좌측을 꺾어서 앞쪽으로 돌아가는 것이 보였다.

이윽고 셋은 앞쪽의 돌무더기, 나무 뒤, 도랑으로 흩어져 잠복했다. 말이 매인 도랑에 숨은 것이 조병기다.

그것까지 확인한 이산이 시위에 먹인 살 끝을 잡고 당겼다. 활대와 시위가 만월처럼 부풀었다.

다음 순간, 이산이 살 끝을 놓았고 살이 바람을 가르며 날았다.

여자의 비명에 아직도 귀가 얼얼했기 때문에 장윤이 마당에서 서성거리고 있다. 마당 한쪽에서 병사 셋이 둘러앉아 점심 준비를 하는 중이다.

"저녁은 먹고 떠날 테니까 천천히 준비해도 된다."

장윤이 부관 허현에게 말했다. 장윤은 후군 소속 척후 대장으로 본대와 70여 리

(28킬로) 떨어져 있다. 장윤은 오늘 밤에 귀대할 예정이다.

"말고기 남은 건 다 나눠줘."

"예, 대장."

고개를 든 허현이 장윤을 본 순간이다.

"턱!"

소리와 함께 화살이 장윤의 콧등에 박혔다. 정통으로 코를 뚫고 들어간 것이다.

"어!"

놀란 허현이 벌떡 일어섰을 때 장윤은 뒤로 반듯이 넘어졌다.

"기습이다!"

반사적으로 허리를 숙인 허현이 고래고래 소리쳤다.

"적의 기습이다!"

그 순간 날아온 화살이 허현의 뒷머리에 박혔다. 그래서 외침이 끊겼다.

마당은 수라장이 되었다.

이산이 밖으로 도망치는 4번째 병사의 등판에 화살을 꽂았을 때 마당에서 움직이는 병사는 없다. 그때 도랑 옆에 매여 있던 말들이 일제히 뛰어 달아났다.

이산이 이제 좌우로 흩어진 명군(明軍)을 겨누었다.

다시 날아간 화살이 도랑으로 달려가는 명군의 등판에 맞았다. 5명을 맞혔다.

이산은 이제 산을 내려가면서 활을 쏘고 있다. 거리가 80보에서 60보로 접근하는 중이다.

한 식경쯤이 지난 후다.

이산은 마당에 들어와 있었는데 옆에 이쿠노가 서 있다. 합세한 것이다.

명군(明軍)을 확인한 결과 화살에 맞은 병사는 6명. 이쿠노, 곤도가 각각 둘과 셋을 죽였고 조병기도 한 명을 베어 죽었다.

"주군, 여자가 실성한 것 같습니다."

창고에서 나온 조병기가 말했다.

"헛소리만 하고 있습니다."

이산이 발을 떼어 창고로 들어갔다. 결박이 풀린 여자가 시선을 들었으나 눈이 흐리다. 산발한 머리, 옷은 찢어지고 남루했는데 섬세한 윤곽의 미모다. 이산이 다가가 섰다.

"집이 어딘가? 집으로 돌아가게."

이산이 말했지만 쪼그리고 앉은 여자는 눈동자도 움직이지 않는다.

"명군(明軍)은 다 죽였네. 돌아가게."

"내 아들."

마침내 여자가 입을 떼었다.

"데려가야지, 내 아들을."

영문을 모르는 이산이 주위를 둘러보았다. 둘러선 부하들도 찾는 시늉을 했다.

"옵니다!"

승병장 처영이 소리쳤다. 마침내 왜군이 움직인 것이다.

행주성 안.

성벽에 선 권율이 아래쪽을 보았다. 권율은 한양성 수복을 위해 행주로 온 것이다.

행주성은 작은 산에 불과했지만 한강으로 통하고 한양성과 적당하게 떨어져 있어서 수복에 적당한 장소였다.

군사는 2,500여 명.

대부분이 전라도에서 권율이 끌고 온 병사에 처영이 이끄는 3백여 명의 승병이 합세했다. 그러나 급하게 몰려왔기 때문에 성벽을 제대로 쌓지 못했고 목책만 둘러 세운 형국이다.

"죽는 순간까지 버티는 수밖에."

권율이 고개를 돌려 처영을 보았다.

"참. 여보게, 스님."

"나한테 스님이라고 하셨소?"

눈이 둥그레진 처영이 되물었다.

처영은 상민 복색이었지만 중머리는 그대로다. 손에 장검을 쥐고 허리에는 묵직한 자루를 찼다. 돌 주머니다. 처영은 돌팔매의 명수인 것이다.

권율이 쓴웃음을 지었다.

"그래, 스님이라고 불렀네."

"땡중이라고 부르시지."

"이보게, 지금 말하지만 난 부처님을 믿네. 지장보살 경도 외워."

"아이구, 반갑소. 그러시군요."

"그런데 스님, 나이가 몇인가?"

"중이 된 지 35년, 속세의 나이는 46세가 되었소."

"난 올해로 57세가 되었네."

"영감은 장수하실 거요."

"이 사람아, 난 그걸 바라지 않아."

"영감, 난 관상을 봅니다. 사람 얼굴을 보면 무슨 생각을 하는지도 대충 압니다."

"허, 이래서 땡중이라고 한다니까."

그때 아래쪽에서 함성이 울렸다. 왜군이 이제 2리(800미터) 거리로 다가와 있다. 그때 처영이 말했다.

"영감은 방금 난 언제까지 살 수 있을까, 하고 생각하셨소."

"허어, 그런가?"

"영감은 왜란이 끝날 때까지는 사시니까 걱정하지 마시오."

처영이 숙연한 표정으로 말했다.

"나는 아무래도 이곳에서 저승으로 갈 것 같고."

행주성으로 다가온 왜군은 3만여 명이니 권율의 군사보다 13배가 넘는 대군이다.

총대장은 8번대장 우키다 히데이에.

전군(全軍)을 7개 부대로 나누어 7개 방면에서 공격하도록 했다. 그 선봉은 이번에도 고니시의 1번대다. 조그만 행주성 주위를 빈틈없이 3만여 명의 왜군이 포위한 것이다.

"단숨에 요절을 내라."

우키다가 전령에게 소리쳤다.

"저놈의 산은 한나절이면 평지로 만들 수 있을 것 아닌가?"

총대장의 진막 안이다.

우키다는 공명심에 차 있었기 때문에 가만히 앉아 있지를 못했다.

"1번대가 먼저 공격하는가?"

행주성에는 주민들도 있다.

피란민 중에서 자원한 남녀로 모두 8백여 명이나 되었다. 물론 전력(戰力)에는 빼놓았기 때문에 행주성에 모인 인력은 3천5백여 명이다.

의병 격인 주민 중에서 여자가 3백 명 가깝게 되었으니 민(民), 관(官) 합동군이다.

성(城)은 쌓지 못했지만, 목책 뒤에는 권율군이 갖가지 무기를 준비해 놓았다.

변이중이 고안해서 제작한 화거(火車)는 신무기다. 큰 수레에 총구 40개를 묶어

놓고 연달아서 쏘는 신식 화포인 것이다. 총구에서 40개의 창날이 불꽃을 날리면서 250보를 날아가 꽂히는 것이다.

이 화거(火車)를 50여 대 만들어 사방에 비치했고, 석포(石砲)도 10여 개를 배치해 놓았다.

아녀자들에게는 주머니를 만들어서 횟가루를 가득 넣어서 뿌리라고 준비시켰다.

돌덩이와 횟가루를 이곳저곳에 쌓아두었고 경사가 심한 곳에는 큰 솥에 물을 끓여 쏟을 준비를 시켰다.

직접 부딪치지 않는 아녀자들에게 폭이 넓은 앞치마를 입혀 돌과 횟가루를 운반하기 쉽도록 조치했다.

권율은 문관(文官)이어서 병법은 익숙하지 않았지만, 준비성은 무관(武官)보다 나았다. 그리고 무엇보다 책임감이 강했다. 벼슬아치의 책임감이다.

왜군의 함성이 지척에서 울렸을 때 권율이 지휘관들을 모아놓고 마지막 명령을 내렸다.

간단했다.

"자, 죽을 때가 되었네. 자랑스럽게 저승으로 가세."

1593년 2월 12일 아침.

묘시(오전 6시)쯤 되었다.

북소리와 함께 기마군이 돌진해 왔다.

비교적 경사가 완만한 서쪽을 향해 달려오는 것이다. 모두 1백여 기.

선봉군으로 기세를 올리기 위해서 투입되었다.

"기다려라!"

권율이 소리쳤다.

"200보 거리가 될 때까지 기다려!"

왜군 기마군 앞쪽의 깃발이 선명했다.

"'일(一)'이다. 고니시군이다."

"고니시군입니다."

부장 홍백이 소리쳐 말했다. 눈이 밝은 그가 '일(一)' 숫자를 읽은 것이다.

권율의 외침을 들은 조선군은 침묵했기 때문에 기마군의 발굽 소리만 울렸다. 거리가 500보로 가까워졌다.

"1번에서 7번까지 화거(火車) 7대가 쏜다!"

권율이 소리치자 바퀴가 달린 화거가 재빠르게 기마군 쪽으로 이동했다.

"일제 사격 준비! 불을 당겨라!"

그러자 화거의 뒤쪽에 일제히 불이 붙었다. 횃불로 화창(火槍) 꽁무니의 심지에 불을 붙인 것이다. 심지가 타들어서 발사되는 시각은 숨 세 번 쉴 동안으로 심지 길이를 조정해 놓았다.

그때 기마군은 300보로 다가와 있다. 순식간이다.

권율은 숨을 쉬었다. 옆에 선 황백도 숨을 크게 쉬는 것이 숨소리를 세는 것 같다.

화거가 기마군을 맞추려면 발사 시간이 맞아야 한다.

그 순간이다.

"쉭쉭쉭쉭쉭쉭."

대기를 찢는 소음과 함께 화창(火槍)이 일제히 하늘로 솟구쳤다.

7개 화거(火車)에서 200여 개의 화창(火槍)이 발사된 것이다.

권율은 아래쪽을 노려보았다.

기마군은 전속력으로 다가오고 있다. 거리는 200여 보.

되었다.

그 순간 하늘에 수백 개의 불똥을 이끌고 날아가던 화창(火槍)이 기마군을 덮

어씌웠다.

"와앗!"

숨을 죽이고 있던 행주산성의 조선군이 일제히 함성을 질렀다.

보라.

빗줄기처럼 쏟아진 화창(火槍)이 기마군을 뒤엎어 버렸다. 말과 함께 산적처럼 화창(火槍)에 꿰인 기마군이 땅바닥에 내동댕이쳐졌다.

100여 기의 기마군 중에서 이쪽으로 달려오는 기마군은 서너 기뿐이다. 모조리 창에 꿰어 뒹굴었는데 먼지가 자욱하게 일어났다.

"만세! 천세!"

조선군의 함성이 아직 이른 행주성 대기(大氣)를 울렸다.

"이런!"

뒤쪽에서 그것을 본 고니시가 혀를 찼다. 그러고는 부장 오오시에게 지시했다.

"부대를 뒤로 물려라."

오오시의 시선을 받은 고니시가 잇새로 말을 이었다.

"우리만 싸우는 게 아니야. 다른 부대에 다음을 맡기자."

그러고는 덧붙였다.

"우키다가 알아서 하겠지."

기마군이 전멸하자 이번에는 보군이 밀려왔다.

고니시군이 비켜서고 4번대 시마즈군, 5번대 후쿠시마의 보군이다. 낮은 자세로 기어오르는 왜군을 보면서 권율이 소리쳤다.

"횟가루는 놈들이 50보 거리로 다가올 때까지 기다려라!"

산성 위에 엎드려 있는 조선군은 숨을 죽이고 있다. 그리고 그들의 손에는 횟가루가 든 주머니가 쥐어져 있는 것이다.

"마침 바람이 서풍이오."

옆에 엎드린 승병장 처영이 권율에게 말했다.

"우리가 바람을 등에 받고 쳐 내려가겠소."

"그래 주겠는가?"

"나무관세음보살."

왜군이 꾸역꾸역 기어오르고 있다. 뒤쪽에서 사기를 올리려고 왜군이 호각을 불고 요란하게 북을 울린다. 이제 거리는 250보로 가까워졌다. 그때 권율이 소리쳤다.

"화전을 쏘아라!"

다시 화거(火車)에서 빗발 같은 화전이 날아갔다. 수백 발이 쏟아지면서 왜군의 전열이 무너졌다.

"와아앗!"

조선군의 함성이 울렸다. 그러나 수천 명의 보군은 개미 떼처럼 산을 기어오르고 있다.

"화살을!"

이제는 장수들이 이쪽저쪽에서 소리쳤다. 함성과 함께 궁수들이 화살을 날린다. 은폐물을 치워 놓았기 때문에 과녁은 선명하다.

승병 230여 명은 2개 진으로 산성 위에 포진하고 있었는데 조선군의 선봉대 역할이다.

중머리를 보호하려고 제각기 투구를 썼거나 구하지 못한 승병은 벙거지로라도 머리를 가렸지만 금세 표시가 났다.

처영이 고개를 돌려 곡담, 유봉, 상원을 보았다. 셋이 승병의 부장(副將) 격이다.

"내가 1진을 이끌고 내려갈 테니 그대들이 뒤를 맡으라."

"스님."

곡담이 처영을 불렀다. 사방에서 함성이 울리고 있었기 때문에 고함을 쳐야 한다. 이제 왜군은 1백여 보 거리로 다가왔다.

"왜 1번으로 내려가시오? 1진은 내가 맡으리다."

"아닐세."

고개를 저은 처영이 소리쳤다.

"내가 죽는 모습을 보여야 사기가 일어날 거네! 그래서 이 붉은 장삼을 걸치고 내려갈 거네!"

"이보시오, 스님."

이번에는 유봉이 소리쳤다.

"남기실 말씀이 있소?"

"나무관세음보살!"

"옳소, 가시오!"

그때 옆쪽에서 지휘관들의 외침이 울렸다.

"됐다! 뿌려라!"

50보 거리로 왜군이 닥쳐온 것이다.

시마즈군 선봉대장 이시다는 33세. 녹봉 2,500석으로 보군 1,700을 이끌고 있다.

고니시군 기마군이 전멸하자 잠깐 기세가 흔들렸지만 이시다는 이것을 용명을 떨칠 호기로 보았다. 그래서 5번대 후쿠시마군보다 앞질러서 나선 것이다.

"한 식경이면 산을 오른다! 단숨에 짓밟아라!"

선봉대 중군(中軍)에 선 이시다가 장검을 치켜들고 소리쳤다. 이미 앞쪽 1진은 행주성의 목책 근처까지 닿은 것이다.

"와앗!"

산이 떠나갈 것 같은 함성이 울렸을 때다.

이시다가 눈을 가늘게 떴다. 갑자기 눈이 내리는 것이다. 지금은 2월. 아직 추위는 가시지 않았지만 맑은 날씨다. 그런데 웬 눈이? 하늘에서 하얀 눈가루가 쏟아지고 있다. 하늘이 온통 하얗다.

다음 순간이다.

"우왓!"

외침과 신음, 비명이 울렸다.

"으윽!"

눈을 치켜떴던 이시다도 바람을 타고 얼굴에 부딪친 눈가루를 맞고 놀란 외침을 뱉었다.

이게 무엇인가?

눈이 맵다. 뜨지를 못하겠다. 그때 산 위에서 함성이 일어났다. 조선군이다.

"횟가루다!"

옆에서 부장이 고래고래 소리쳤다.

"고개를 숙여라! 숨을 쉬지 마라!"

이시다가 손바닥으로 눈을 비비지만 눈은 더 뜨끔거렸다. 안 보인다. 큰일 났다. 그때 위사가 달려들어 이시다의 팔을 쥐었다.

"주군! 눈을 물로 씻어야 합니다!"

겨우 눈을 뜬 이시다가 눈물을 쏟으면서 소리쳤다.

"물이 어디 있느냐!"

위사는 빈손이었기 때문이다. 금방 백병전이 일어날 판에 누가 물통을 쥐고 있겠는가?

"나가자!"

처영이 장검을 치켜들고 소리치면서 목책 사이로 빠져나갔다.

"우왓!"

승병이 제방이 허물어지는 것처럼 산 아래로 쏟아져 내려갔다.

"나무관세음보살!"

누군가 고래고래 악을 쓰자 승병들이 일제히 외쳤다.

"나무아미타불!"

왜군을 죽이고 극락왕생을 하려는 것이다.

"저런!"

권율이 장탄식을 했다.

이겼다.

그러나 탄식이 나온 것이다. 처영이 이끄는 승병 1진이 산을 밀고 내려갔다. 고니시 기마군에 이어서 산을 가득 메우고 올라오던 왜군 보병을 쓸어 버린 것이다.

그래서 행주성 서쪽 비탈에는 서 있는 사람이 없다. 산은 시신으로 덮여 있다. 간혹 상반신을 세우고 앉았거나 기어가는 군사가 보였지만 서 있는 자는 없는 것이다. 승병 1진이 왜군 보군을 싹 쓸고 내려갔다. 그리고 올라오지 않은 것이다.

승병장 처영의 시신도 보인다. 산 아래쪽에 덮인 붉은 장삼 밑이다. 그때 다시 왜군 보군이 산을 오르기 시작했다.

"이번에는 내가 내려간다!"

그것을 보자마자 남아 있던 승병장 유봉이 소리쳤다. 유봉은 장삼이 없어서 노란색 천으로 상반신을 휘감았다.

"2진은 나를 따르라!"

유봉이 도끼를 치켜들고 소리치자 2진 승병 1백이 일제히 외쳤다.

"나무아미타불!"

그때 선조는 임진강에서 보낸 김명원의 상소를 읽는 중이었다.

김명원이 왜군의 동향을 보고한 상소였는데 2월 10일에 보낸 것이다. 고개를 든 선조가 앞에 선 한응인을 보았다.

"왜군이 행주성을 격파할 것 같다고 했군."

"예, 전하. 왜군은 5만 가까운 대군인 데다 행주산성에는 2천여 명뿐입니다."

한응인이 말을 이었다.

"권율이 한양성을 수복하겠다고 수원 독성산성에서 행주성으로 옮겨왔지만 과욕입니다. 철수시켜야 합니다."

고개를 끄덕인 선조의 시선이 옆쪽에 선 광해에게로 옮겨졌다. 광해는 세자지만 대신 반열에 서 있다.

"네가 개성으로 가 보아라."

"예, 전하."

"가서 김 도원수를 만나 행주성의 전라도 군사를 철수시키도록 해라."

"예, 전하."

이렇게 조정의 회의가 끝났다.

시마즈군 선봉대가 처참하게 궤멸되었을 때 그 뒤를 바로 5번대 후쿠시마군이 맡았다.

이번에도 기마군은 포기하고 보군이 맡은 것이다. 시마즈군 선봉대장 이시다는 승병의 칼을 맞고 지옥으로 떨어졌다. 그래서 후쿠시마군 대장 요시하라는 신중했다.

"방패로 가리고 고개를 숙여라!"

요시하라가 소리쳤다.

"물에 적신 헝겊을 한쪽 팔에 감아라!"

후쿠시마군이 천천히 산으로 올라가기 시작했다. 시신이 가득 덮여 있어서 걸을 때마다 발에 걸렸다. 뒤에서 요란하게 북이 울렸고 호각과 화포로 기세를 올렸다. 후쿠시마군 선봉대 1진이다.

"전진! 전진! 물러서지 마라!"

후미에 선 요시하라가 소리쳤다. 요시하라가 이끈 후쿠시마의 선봉대는 2,200. 북소리에 맞춰 함성을 질렀다.

왜군이 50보 거리로 다가왔을 때 일제히 화전이 날았다.

"쉭쉭쉭쉭쉭."

수백 개의 창날이 날았고 이어서 수천 대의 화살, 이어서 횟가루가 뿌려졌다. 산은 횟가루가 눈처럼 뒤덮여 있다.

"와앗!"

함성과 함께 이번에는 투석이 날았다. 돌덩이다. 주먹만 한 돌덩이가 투석 주머니에서 날아가면 1백 보까지 나간다. 그러나 손으로 던져지는 투석이 많다. 아낙네들이 앞치마에 돌무더기를 싸 들고 와서 사내들 앞에 쏟아 놓는다.

"탕탕탕탕탕탕."

보군 사이에 끼어 온 조총수가 이쪽을 향해 조총을 쏘았다.

"악!"

돌무더기를 쏟던 아낙네가 총탄을 맞고 쓰러졌다. 그것을 본 권율이 어금니를 물었다.

"던져라! 쏘아라!"

이제 승병은 다 소진되었다. 2차로 쏟아져 내려간 승병 1백도 후쿠시마군 1진과 함께 공멸한 것이다. 그런데 왜군은 또 몰려온다. 후쿠시마군 2진이다.

"화살이 다 떨어져 갑니다!"

종사관 안진구가 소리치며 달려왔다. 얼굴 한쪽이 피투성이가 되어 있었는데 총탄이 스치고 간 것이다.

"오전에 배를 띄워서 전령을 보냈지만 아직 소식이 없소."

뒤쪽 한강으로 쪽배를 띄워 통진에 주둔한 경기수사 이빈에게 보낸 것이다. 왜군은 이제 목책까지 올라온 상황이다. 그때 권율이 칼을 치켜들고 소리쳤다.

"돌을 던져라! 돌을!"

횟가루도 다 떨어져서 이제 돌만 남았다. 아낙네들이 치마폭에 돌을 담아 들고 달려왔다. 총탄이 사방에서 날아왔기 때문에 이곳저곳에서 사상자가 쓰러져 있다.

권율이 고개를 들고 하늘을 보았다.

해가 중천에서 조금 기울어져 있다. 미시(오후 2시)쯤 되었다. 이른 아침부터 시작된 왜군의 공격은 이제 반나절이 되어 간다. 이제 아군도 절반 이상의 사상자를 내었다.

물론 왜군은 그 3배 이상의 사상자를 내었지만, 아직도 산 아래에는 엄청난 대군이 대기하고 있다.

그때 총탄이 날아와 권율의 투구에 맞고 튕겨 나갔다.

"부처님이시어."

이제는 승병이 모두 전멸했지만 권율이 소리쳐 부처를 불렀다.

"왜적을 치고 죽게 해주소서. 이대로 죽기에는 한이 너무나 많소이다."

"목책을 넘지 못한단 말이냐!"

우키다가 버럭 소리쳤지만 대답하는 장수가 없다.

아래쪽 본진의 진막 안.

우키다가 손에 쥔 말채찍으로 산성을 가리켰다. 왜군이 목책 아래에 운집해 있다. 산은 왜군과 조선군의 시체가 쌓여 더 커진 것 같다.

"마쓰모토! 네가 가라!"

마침내 우키다가 자신의 중군 대장을 불렀다.

"조선군 화살이 떨어져 간다고 한다. 서둘러라!"

"예, 주군."

마쓰모토가 몸을 돌려 시야에서 사라졌다.

왜군이 던진 투석기에 화거(火車) 15대가 부서졌다.

천자총통은 포탄이 다 떨어졌고 돌도 부족했기 때문에 아끼고 있다. 지금 버티고 있는 것은 700여 명. 이제는 아낙네들이 물을 끓여 퍼붓는 중이다.

"자, 나가라!"

권율이 잇새로 말하자 별장 홍만이 어깨를 부풀리면서 말했다. 홍만은 권율이 의주 목사 시절이었을 때부터 측근으로 수행해 왔던 심복이다.

"나리, 먼저 갑니다."

"오냐, 나도 뒤따라가마."

"나리와 함께 싸워서 광영이었소!"

소리쳐 말한 홍만이 칼을 치켜들고 뛰어나갔다.

"가자!"

"와앗!"

조선군 1백여 명이 악을 쓰면서 뒤를 따른다.

"이런! 또 밀렸어!"

멀리서 보던 6번대장 고바야카와가 소리쳤다.

"이번에 밀린 부대는 우키다의 본군 아닌가?"

"예, 맞습니다."

옆에 서 있던 모리가 대답했다. 둘은 행주산성에서 2리(800미터)쯤 떨어진 서쪽 들판에 서 있다.

"깃발을 보면 우키다의 본군이 맞습니다. 우르르 밀려 나가는데요."

"비탈이라 앞에서 무너지면 다 구른다."

고바야카와의 노안(老眼)으로도 조선군에 밀려 무너지는 일본군이 다 보인 것이다.

"너무 서둘렀다."

마침내 고바야카와가 탄식했다.

"저 조그만 산을 사방에서 포위한 채 서서히 공략해야 했다."

"숙부, 이제 늦었습니다."

모리가 고개를 저었다.

"이미 선봉으로 진입한 고니시군, 구로다, 시마즈, 후쿠시마군까지 차례로 당했습니다."

"사상자가 6천여 명이 넘어."

고개를 든 고바야카와가 하늘을 보았다.

신시(오후 4시) 무렵이다.

"이대로 가면 오늘 안에 성을 함락시킬 수가 없을 것 같다."

"숙부, 밤에도 공격합니까?"

그때 한동안 행주성을 바라보던 고바야카와가 입을 열었다.

"이러고 있다가 개성의 명군(明軍)과 주변의 조선군의 기세가 오르면 우린 망한다."

그때 산성에서 엄청난 함성이 울렸다.

무슨 일인가?

"와앗!"

한강 쪽에서부터 터진 함성이 행주산성 전체로 퍼졌다.

"만세! 천세!"

그것은 경기수사 이빈이 배 두 척에다 수만 대의 화살을 싣고 온 것이다.

"됐다!"

권율이 눈물을 쏟으며 소리쳤다. 화살보다도 더 빠르게 화살을 모아 전해준 이빈의 협조에 감동한 것이다. 이제 마음껏 화살을 쏟아줄 수 있게 되었다.

아낙네들이 치마를 펄럭이며 달려가고 있다. 다시 치마폭에 화살을 담아 오려는 것이다.

"뭐냐?"

우키다가 묻자 중신(重臣) 이나가와가 소리쳐 대답했다.

"주군, 한강 쪽으로 조선군 원군이 온 것 같습니다."

이나가와는 방금 전령의 보고를 받은 것이다.

"주군, 마쓰모토의 1진이 허물어졌소."

이나가와가 눈썹을 모으고 우키다를 보았다. 우키다의 중군(中軍)을 이끌고 갔던 마쓰모토다. 진막 앞에 선 우키다가 하늘을 보았다. 유시(오후 6시)가 되어 가고 있어서 해가 기울었다.

그때 말굽 소리가 울리더니 6번대장 고바야카와와 7번대장 모리가 다가왔다.

"대장, 한강 쪽에서 조선군의 지원이 온 것 같소."

말에서 내린 고바야카와가 소리쳐 말했다.

"화살이 빗발처럼 쏟아지기 시작해서 사상자가 늘어나고 있소."

우키다가 숨만 쉬었을 때 이번에는 모리가 나섰다.

"대장, 고니시 님도 뒤로 물러나 있는 걸 보니 군사를 내기 싫은 모양이오. 오늘은 공격을 중지하고 군사를 물립시다."

"하지만……."

당황한 우키다가 눈동자를 굴렸다.

그때 우키다는 22세. 관백 히데요시의 총애를 받고 있지만 41세의 모리, 61세의 고바야카와를 경륜이나 언변으로도 누를 수가 없는 상황이다. 고바야카와가 부드럽게 말했다.

"대장, 밤이 되면 사방의 조선군이 압박해 올 가능성이 있소. 오늘은 일단 군사를 한양성으로 철수합시다."

우키다가 어깨를 늘어뜨렸다.

이것으로 행주산성 공략은 끝났다. 왜군의 대군(大軍)을 격파해서 왜군에 가장 큰 피해를 준 '행주대첩'이다. 왜란의 육지전(戰) 중에 가장 큰 전과를 올린 대전(大戰)이기도 하다.

'행주대첩'으로 조선군은 일거에 명예를 회복했다. 그야말로 민, 관, 군(民, 官, 軍)의 합동작전으로 대승했다.

'행주치마'는 이번 행주성 싸움에서 아낙네들이 치마폭에 돌과 화살을 싸서 들고 달린 것에서 유래했다.

'행주대첩'의 소식은 이산이 개성 근처에 닿았을 때 들었다.

아직도 안주에서 머뭇거리고 있는 임금에게 달려가는 전령한테서 들은 것이다. 전령을 붙잡고 들은 조병기가 말했다.

"일본군은 수만 명의 사상자를 내고 한양성으로 후퇴했다는 겁니다."

"수만 명은 부풀린 숫자일 겁니다."

왜말로 대화하는 터라 이쿠노가 거들었다.

"이기면 적군의 사상자를 부풀리고 패하면 적군 숫자를 부풀리는 것입니다."

"어쨌거나 이번에는 조선군이 일본군에 승전한 것입니다."

조병기의 말에 이산이 고개를 끄덕였다.

벽제관은 명군(明軍)이 왜군에게 대패했고 이번에는 왜군이 조선군에 대패했다. 조선군의 위상이 대번에 높아졌다.

"곧장 남하(南下)하기로 하자."

이산이 말했다.

2월 13일 미시(오후 2시) 무렵이다.

광해가 파주에 주둔한 도원수 김명원의 진에 도착했을 때는 2월 13일 신시(오후 4시) 무렵이다.

그때는 행주성의 승전 보고가 임금이 있는 안주로 전해졌고, 김명원도 보고를 받은 상황이다. 그래서 파주성 분위기는 들떠 있었지만 정작 도원수 김명원의 태도는 불안정했다.

노중(路中)에서 승전 소식을 들은 터라 광해가 먼저 입을 열었다.

"권 순찰사가 대공을 세웠소. 이제 명군(明軍)도 조선군을 무시하지 못하게 되었습니다."

"예, 저하."

고개를 든 김명원이 광해를 보았다.

"모두 주상전하께서 각별히 배려해 주신 덕분이올시다."

"과연 그렇소."

광해가 고개를 끄덕였다. 그런 식이라면 한양성 지역 조선군 총사령인 도원수 김명원의 공(功)이 그다음이다. 김명원이 말을 이었다.

"순찰사 권율에게 행주성을 비우고 이곳 파주성 본진과 합류하라는 전령을 보냈습니다."

"……."

"주상께 제가 따로 보고서를 보낼 작정입니다."

광해가 수행한 최경훈에게 시선을 보냈다가 자리에서 일어섰다.

김명원에게 행주성 군사를 철군시키라는 임금의 지시를 전하려고 온 광해다. 그 권율이 왜군 대군(大軍)을 격파한 대공(大功)을 세웠으니 말을 꺼내지도 못하게 되었다.

청에서 나와 숙사로 걷는 광해 옆으로 순찰사 최경훈이 다가와 말했다.

"군관한테서 들었는데 김 도원수가 행주성 승전 소식을 듣고 종사관 윤명후에게 기마군 400을 딸려 행주성으로 보냈다고 합니다."

광해의 시선을 받은 최경훈이 쓴웃음을 지었다.

"행주성에 가서 왜군의 수급을 떼어오라고 했다는 것입니다. 그래서 윤명후가 왜군의 수급 1,720개를 모아왔다고 합니다. 곧 전공으로 보고하겠지요."

"……."

"행주성에는 3백여 명밖에 남지 않은 데다 모두 기력이 소진되어서 수급을 수백 개밖에 떼지 못했다는군요."

"……."

"윤명후는 항의하는 행주성의 군사 둘까지 베어 죽였다고 합니다."

"내, 이놈들을!"

눈을 치켜뜬 광해가 고개를 들었을 때 최경훈이 목소리를 낮췄다.

"저하, 머릿속에만 담아두시지요. 김명원의 죄를 묻는다고 해도 주상께서 받아들이시지도 않을 것입니다."

광해의 시선을 받은 최경훈이 말을 이었다.

"김명원과 함께 조선군 수만을 임진강에 수장시키고 맨 먼저 도망쳐 온 팔도 도순찰사 한응인이 주상 옆에 있습니다. 오히려 그들의 역공을 받을 가능성이 있습니다."

"내가 이산의 심중을 이해하고 있어."

광해가 억눌린 목소리로 말했다.

"이런 왕조에 누가 충성하겠는가?"

이번에는 최경훈이 입을 다물었고 광해가 말을 잇는다.

"이 기회에 새 왕조가 일어나서 천지개벽이 되어야만 해."

수원성 북방의 하전리에 도착했을 때는 술시(오후 8시) 무렵이다.

이곳은 왜군이 머물다가 간 곳이어서 조선군이 들어와 있긴 하지만 아직 치안 상태가 불안하다. 마을도 텅 비어서 노인 서너 명이 보였을 뿐이다.

마을 끝 쪽의 주막 불빛이 보였기 때문에 일행은 조심스럽게 다가갔다. 넷은 저녁 요기도 하지 않은 상태다. 조병기가 먼저 주막 안으로 들어가 물었다.

"여보시오, 길손인데 저녁 먹을 수 있소?"

안에는 손님 둘과 주막 서방까지 셋이 보였는데 썰렁했다. 셋의 표정도 어둡다. 그때 주막 서방이 말했다.

"어디서 오시오?"

"한양에서 옵니다."

"그럼 행주성 싸움도 들으셨겠구려."

"모르는 사람도 있소?"

"보아하니 넷인데 밥값은 뭘로 내시려오?"

"은화가 있어, 은으로 내지."

"보여주시오."

그러자 조병기가 등짐에서 은화 2개를 꺼내 내밀었다. 은화를 받은 주막 서방이 고개를 끄덕였다.

"왜은(倭銀)이군. 이것이면 말고기에 술도 한 병 드리지."

"오늘 밤 잠도 재워주게."

"그러지요."

서둘러 은화를 소매 속에 감춘 주막 서방이 몸을 돌리면서 말했다.

"밥은 서속밥에 젓갈 찬으로 드시오."

평상에 자리 잡고 앉았을 때 이산의 시선이 안쪽에 앉은 두 사내에게 옮겨졌다.

30대쯤의 두 사내는 토끼털 조끼를 입었고 옆에는 환도를 내려놓았다. 건장한 체격에 아까부터 긴장하고 있는 것이 드러났다. 그때 조병기가 둘을 향해 물었다.

"손님이시오?"

"그렇소."

사내 하나가 대답했다. 눈빛이 강하고 뼈대가 굵은 사내다. 사내의 시선을 받은 조병기가 고개를 끄덕였다.

"의병이시오?"

"아니오."

"그럼 관군(官軍)은 아니시겠고, 그렇지요?"

사내의 시선이 넷을 훑고 지나갔다. 그때 잠자코 있던 사내가 고개를 들었다. 짙은 턱수염, 어깨가 넓고 긴 얼굴의 사내다.

"그대들은 관인(官人)이시군."

"어떻게 아시오?"

대답은 조병기가 맡아서 했다. 이쿠노와 곤도는 조선말을 모르기 때문이다.

그때 긴 얼굴이 쓴웃음을 지었다.

"당신 말대로 이 시간에 돌아다닐 사람은 의병 아니면 관인이기 때문이지."

"왜군 첩자가 있지."

이산이 말을 받았기 때문에 두 사내의 시선이 모였다. 그때 긴 얼굴이 다시 웃었다.

"옳지. 이제야 주인께서 나서시는군."

"닥쳐라."

이산이 낮게 꾸짖었다. 그러나 가라앉은 표정이다. 시선을 사내에게 꽂은 채 이산이 말을 이었다.

"죽기를 각오하고 나서고 있구나. 너희들은 향도 아니냐?"

둘은 시선만 주었을 때 이산이 왜말로 말을 이었다.

"몇 번대 소속이냐? 그것만 말하면 살려서 보내겠다."

그 순간 둘의 눈동자가 흔들렸다. 그때 왜말을 들은 이쿠노가 나섰다.

"대답해, 이 짐승 새끼들아. 같은 일본군이지만 가차 없이 베어 죽일 테니까."

이번에는 조병기도 왜말로 거들었다.

"너희 같은 조무래기들은 죽여도 흔적도 안 남는다. 자, 말해라."

그때 긴 얼굴이 입을 열었다. 왜말이다.

"우리는 하시바 히데카스 님 휘하의 정탐원이오."

하시바 히데카스는 9번대장이다. 조선 원정군의 후미를 맡고 있지만 하시바는 관백 히데요시의 양자다. 히데요시의 주군(主君)이었던 오다 노부나가의 아들인 것이다. 사내가 말을 이었다.

"정탐을 나왔다가 당신들을 만나게 된 것이오."

"우리는 고니시 님 휘하다."

이산이 말했다.

"밀명을 받고 남쪽으로 내려가는 중이다."

"수원성은 이제 조선군이 장악하고 있어서 검문이 심합니다."

"예상했어."

이산이 웃음 띤 얼굴로 말을 받았다.

"그래서 조선 관인(官人) 행세를 하는 것 아닌가."

그때 곤도가 물었다.

"하시바 님 휘하에 가모라는 무사가 있지 않나, 내 동향인데?"

"아, 내가 압니다."

뼈대가 굵은 사내가 반색했다.

"위사대 소속이었는데 지난여름에 임진강에서 화살을 맞고 죽었소."

"저런! 술꾼 가모가 죽었군."

"예, 가모 님이 술을 좋아했지요."

사내가 커다랗게 고개를 끄덕였고 긴 얼굴도 얼굴을 펴고 웃었다. 그때 주인이 술상을 들고 들어왔다. 고기가 많다.

"자, 같이 먹지."

이산이 둘에게 권했다.

"내가 한턱내겠네."

"예, 나리."

둘이 상 앞으로 다가앉았다.

"이 근방 적정을 말씀드리지요."

이제는 완전히 믿게 된 사내가 먼저 입을 열었다. 적정이란 조선군의 정세를 말한다.

하시바의 정탐병 요시가와의 조언은 유용했다. 다음 날 아침 이산 일행은 수원성을 우회해서 남하했다.

목표는 이순신의 진영인 전라 좌수영. 이제 이순신은 3도 수군통제사가 되어 있다.

종대로 서서 이산의 뒤를 따르던 곤도가 생각난 것처럼 말했다.

"하시바군(軍)은 전(全) 부대를 감시하는 역할을 한다고 합니다. 1천여 명이나 정탐병으로 내보냈다는데요."

어젯밤 요시가와와 친해져서 이야기를 들은 것이다. 이산 일행은 고니시군으로 위장하고 있다. 남하(南下)하면서 왜군의 정보까지 모으고 있다.

수원을 지나 60여 리(24킬로)쯤 남하했을 때 작은 산기슭에 서너 채의 민가가 보였다. 신시(오후 4시)쯤 되었기 때문에 일행은 점심 요기를 하려는 참이다.

앞장서 간 조병기가 가까운 민가로 다가가 소리쳤다.

"주인 있소?"

그때 부엌에서 사내가 얼굴을 내밀었다. 중년의 상투잡이다. 시선만 주는 사내를 향해 조병기가 말했다.

"쌀을 드릴 테니 밥을 해주시오, 나뭇값은 드릴 테니까."

"찬은 간장뿐이오."

"좋소."

사내 등 뒤에서 얼굴 두 개가 나타났는데, 아이다. 대여섯 살짜리와 칠팔 세짜리가 잠깐 얼굴을 내밀었다가 안으로 사라졌다.

그때 이산과 이쿠노가 마당으로 들어섰다. 곤도는 밖에서 경비를 맡는다.

"이곳에서 쉬다가 어두워지면 출발하자."

이산이 토방에 걸터앉으면서 말했다.

앞쪽 강 건너편이 조선군 진지인 것이다.

흰 쌀밥이기 때문에 주인이 가져온 간장만으로도 밥은 잘 넘어갔다. 곤도와 조병기의 등짐에는 밑반찬인 말린 생선이 있었기 때문에 찬도 갖춰졌다.

그때 이산이 밥이 담긴 소쿠리에서 흰 밥을 가득 떠서 주인에게 내밀었다.

"주인, 이 밥을 애들한테 주게."

"어이구!"

놀란 주인이 두 손으로 밥그릇을 받더니 울먹였다.

"1년 만에 쌀밥을 봅니다."

조병기가 밥을 짓는 동안 부엌을 들락거리면서 밥 냄새만 맡던 주인이다. 집에는 아낙네까지 넷이 사는 것 같았지만 아낙네는 모습을 드러내지 않았다.

사내가 밥그릇을 들고 부엌으로 달려 들어갔다. 아이들에게 먹이려는 것이다.

왜란이 일어난 지 1년이 되어 간다.

이산이 밥을 먹다가 문득 목이 메었다. 어머니는 왜란 한 달 후에 살해되었다. 그 후로 아버지까지 포함한 본가(本家) 집안도 몰사했다.

조선 팔도는 지금도 피바람이 휘몰아치고 있다. 그러니 민생(民生)이 제대로 유지될 리가 없다.

예산에 도착했을 때는 다음 날 사시(오전 10시) 무렵이다.

밤을 새워 걸었기 때문에 넷은 읍내의 주막으로 곧장 들어가 여장을 풀었다. 이곳은 관군(官軍)이 장악한 지역이어서 오가는 행인도 많고 주막에도 10여 명의 손님이 몰려와 있다.

조병기가 주막 주인에게 국밥을 주문했을 때 옆자리의 사내가 물었다.

"어디서 오시오?"

"개성."

바로 대답한 조병기가 사내를 흘겨보았다.

"그건 왜 묻소?"

"물을 만하니까 묻지."

대답이 퉁명스럽다. 사내 일행은 셋. 제각기 개가죽 조끼에 바짓가랑이는 단단히 매었고 발에 버선을 신었다. 관인(官人)이다. 그때 다른 사내가 물었다.

"호패 있소?"

"당신들은 누구야?"

조병기가 되묻자 사내가 쓴웃음을 지었다.

"우리는 예산 군수 휘하의 장교들이다. 수작 부리지 말고 호패를 내보여라."

"못 내놓는다면 어쩔 셈이냐?"

"그러면 잡아야지."

그러면서 사내들이 일제히 일어섰다. 모두 옆에 놓인 환도를 움켜쥐고 있다. 그 순간 이산이 허리춤에서 마패를 꺼내 내보였다.

"보아라!"

셋의 시선이 마패에 모였고 동시에 몸이 굳었다.

"어사출두이십니까?"

그중 하나가 억양 없는 목소리로 물었는데 눈이 흐려져 있다. 그때 이산이 소리쳤다.

"네놈들 때문에 출두한 것 아니냐!"

"황송하오."

셋이 고개를 숙였을 때 이산이 말을 이었다.

"우리가 이곳에서 밥 먹을 동안 군수가 맞을 준비를 하라고 전해라."

"예, 나리."

"그리고 너희들 세 놈은 동헌에 가서 곤장을 맞을 테니 기다리고 있도록."

"예, 나리."

이산이 입을 다물었을 때 조병기가 버럭 소리쳤다.

"빨리 물러가! 이놈들아!"

밥을 먹고 군수의 관아까지 가는 동안 장교들이 호위하듯이 따라왔다. 군수는 동헌 마루에 서 있다가 이산 일행이 마당으로 들어서자 달려 내려왔다.

"어사를 뵙습니다. 군수 오금택이오."

군수 오금택은 정4품으로 40대쯤의 문관이다. 이야기를 들은 터라 군수가 고개를 숙여 사과했다.

"기찰을 나간 장교 놈들이 몰라뵙고 죄를 지었습니다. 곤장을 칠 준비를 해놓았습니다."

"내가 전라도로 암행하는 길이 탄로가 났지만 기찰은 잘한 일이오. 놔두시오."

"아이구, 그러십니까?"

군수가 이산의 얼굴에서 시선을 떼지 않은 채로 말을 잇는다.

"오늘 밤은 묵고 가시지요."

"잠깐 쉬고 떠나야 되오."

"주막에서 식사를 하셨겠으나 약주라도 한잔하시지요."

동헌의 마루방에 자리 잡고 앉았을 때 군수가 정식으로 인사를 했다.

"군수 오금택입니다. 경인년에 문과 별시에 들은 이후에 벽지 수령으로만 돌고 있습니다. 예산 군수로 온 지 한 달 반입니다."

"병마우후 한석이오."

그렇게만 대답한 이산이 지그시 오금택을 보았다. 이산은 기골이 장대했고 턱수염을 길렀기 때문에 20대 중반쯤으로 보인다. 그러나 길게 이야기할 필요는 느끼지 않았다. 이산이 물었다.

"이곳 병력은 얼마나 되오?"

"예, 3백이 조금 못 됩니다. 관군과 의병을 합한 숫자지요."

"의병을 포함했습니까?"

"의병은 150여 명입니다. 의병장은 전(前) 승지 조영관입니다."

"천민 의병은 없습니까?"

"이곳은 없습니다."

고개를 든 오금택이 이산을 보았다.

"이곳에서 30여 리(12킬로) 떨어진 고봉산에 무당 김석돌이 이끄는 의병 4백여 명이 있지요."

"군수하고 연락이 됩니까?"

"어제도 전령을 보내 적정을 주고받았소. 우리는 의병을 차별하지 않습니다."

"그렇습니까?"

이산의 얼굴에 웃음이 떠올랐다. 그때 하인들이 주안상을 가져와 앞에 놓았다. 청 안에는 둘뿐이다. 술잔을 든 이산이 말을 이었다.

"나는 한가하게 이곳에서 술을 마실 여유가 없습니다. 이 술 한 잔만 인사로 마시고 떠나야겠소."

"그러시지요."

오금택이 지그시 이산을 보았다.

"제가 넉 달 전에 이천 분조에 있었습니다."

"……."

"그때는 벼슬을 놓고 있었기 때문에 유 대감 주변에서 심부름을 하다가 의주로 불려갔지요."

오금택의 눈이 흐려졌다.

"그때 선전관으로 계시던 이 공을 본 적이 있습니다."

"그러신가요?"

이산의 얼굴에 쓴웃음이 번졌다.

"내가 그때는 유명했지요. 세자 저하 측근이었으니까."

"지금 조정에서 쫓기고 계신 것으로 알고 있습니다."

"맞습니다. 이 마패도 세자께서 은밀히 만들어 주신 것이지요."

"그러실 줄 알았습니다."

오금택이 고개를 끄덕였다.

"세자께서 아끼고 계신 분이시니까요."

"군수께선 어느 파당이시오?"

그러자 오금택이 입을 벌리고 소리 없이 웃었다.

"제가 그 파당을 없애자고 임금께 상소했다가 관직을 잃었던 사람입니다. 그래서 백의종군을 하다가 두 달 전에야 군수 직함을 받았지요."

"내가 유근수를 죽였고 이 통제사를 모함한 고부 군수 김동채를 베어 죽였소."

"잘하셨습니다. 유근수도 인빈의 정탐원이나 같았으니까요."

오금택이 번들거리는 눈으로 이산을 보았다.

"이렇게 뵙게 되어서 영광입니다."

파당에 속하지 않은 관리도 있다. 오금택이 그 부류다.

오금택은 관아 밖까지 이산을 따라 나와 배웅했다. 노중(路中)에 사용하라고 쌀을 두 말이나 나눠주었기 때문에 일행이 나눠 메었다.

"이 공, 부디 건녕하시오."

대문 앞에서 멈춰 선 오금택이 고개를 숙이고 말했다.

"언제 또 뵐지 모르겠습니다."

"군수를 뵈어서 기운이 납니다."

이산도 마침내 가슴을 열고 인사를 했다. 오금택 같은 관리도 있는 것이다.

이순신은 이때 49세.

32세 때 무과(武科)에 급제했기 때문에 늦게 관직에 오른 셈이다. 32세 때 함경도 동구비보의 권관으로 시작하여 수많은 직을 거치다가 45세 때 정읍 현감, 47세 때 진도 군수를 거쳐 전라 좌도수군절도사에 임명되었다. 왜란이 일어나기 1년 전이다.

그때 이순신이 군비를 점검하고 거북선을 제작하기 시작했다. 왜란이 일어나기 직전에 철갑선인 거북선을 완성한 것은 천운이 아니다.

이순신이 왜란을 예상했기 때문이다.

변방으로만 다니면서 왜(倭) 해적의 침탈을 겪어 온 이순신이다. 사로잡은 왜적으로부터도 수백 척의 함선이 제작되고 있다는 정보도 받은 것이다.

그래서 여러 번 정보 보고를 했지만 묵살되었다.

"장군, 통영 앞바다에 왜선 50여 척이 서진한다고 합니다."

별장 유백진이 보고하자 이순신이 고개를 들었다.

이곳은 여수의 전라 좌수영 본진이다. 삼도수군통제사인 이순신의 휘하에는 전라 좌수영, 우수영, 경상 우수영, 좌수영군이 소속되어 있다. 그러나 실제 병력은 전라 좌우수영과 경상 우수영군이 주력이다.

"경상 우수사의 전령은 왔느냐?"

"아니오, 연락선의 비장이 보고했습니다."

이순신이 이맛살을 찌푸렸다. 통영은 경상 우수영 관할이다.

"기다려라. 전선은 몇 척이 움직일 수 있겠는가?"

"예, 거북선은 2척, 전선이 33척입니다."

"그만하면 되었다."

"장군."

바짝 다가선 유백진이 이순신을 보았다.

"우수사 원균이 조정에 밀서를 보냈다는 소문이 있습니다."

청 안에는 둘뿐이었지만 유백진이 목소리를 낮췄다.

"이번에 죽은 김동채가 원균의 밀서를 들고 가서 주상께 전했다는 것입니다."

"……."

"밀서는 장군이 왜장의 뇌물을 받고 왜선을 지나가게 놔두었다는 내용이라는데요, 밀서를 김동채에게 건네준 비장이 훔쳐 읽고 소문이 난 것입니다."

"입을 다물어라."

이맛살을 찌푸린 이순신이 유백진을 나무랐다.

"그것도 왜군의 이간질일지도 모른다."

"아닙니다."

정색한 유백진이 말을 이었다.

"이것은 경상 우수영 장수들한테도 퍼져 있는 소문이오. 나리께선 너무 원균을 믿고 계십니다."

"전란 중에 아군 장수를 모함까지 할 리가 있겠느냐?"

"원균이 휘하 장수들한테 나리를 비방한 적이 한두 번이 아닙니다."

이순신이 입을 다물었다. 여러 번 들은 말이었기 때문이다.

"무엇이? 이산이 이순신을 만나러 갔어?"

눈을 가늘게 뜬 가또가 기노를 보았다.

가또의 금화의 본진 안.

가또는 지금 함경도에서 남하하는 중이다. 기노가 가또의 본진으로 찾아온 것이다.

"예, 지금 남하하고 있을 것입니다."

기노가 말을 이었다.

“이순신을 만나 고견을 들으려고 했다는데요.”

“그것참.”

가또가 흐린 눈으로 기노를 보았다.

“이순신에게 어떻게 접근한다는 말인가?”

“세자의 선전관을 지냈으니 그 인연을 이용할 수도 있을 것입니다.”

“이순신을 회유할 수 있을까?”

“그럴 수는 없을 것입니다.”

“내 생각도 그렇다. 하지만 이산이 무모한 놈이다, 그렇지 않으냐?”

“식견을 넓히려는지도 모릅니다.”

그때 가또의 시선이 또렷해졌다.

“이산, 그놈이 내 가신(家臣)으로는 양이 차지 않는 것 같군.”

“…….”

“코다 영감이 주제넘게 관백께 이산을 소개한 서신을 보냈다고 들었다.”

가또의 얼굴에 쓴웃음이 번졌다.

“나도 관백 전하 주변에 정보망이 있어. 코다가 이산을 잔뜩 칭찬한 모양이야.”

“…….”

“관백 전하께서는 글을 모르시기 때문에 누가 밀서를 읽어줘야 한단 말이다.”

“주군.”

기노가 마른 입술을 혀로 축이고는 말을 이었다.

“이산은 주군을 배신하지 않습니다. 그것은 제가 보장합니다.”

“나도 믿는다. 하지만…….”

상반신을 세운 가또가 기노를 보았다.

“만일 이 일이 고니시나 다른 영주들에게 새어 나가면 내 입장이 아주 불편해진다. 무슨 말인지 알겠느냐?"

"예, 주군."

"모두 입단속을 해라."

"알고 있습니다."

기노가 두 손으로 땅바닥을 짚었다.

"철저하게 입단속을 시키겠습니다."

이산이 의병대를 만났을 때는 예산 군수 오금택과 헤어진 후 한 시진이 지난 신시(오후 4시) 무렵이다.

"멈춰라!"

산기슭을 지날 때 갑자기 바위 뒤에서 사내들이 쏟아져 나왔다. 군복을 입은 사내도 있고 허리 갑옷만 두른 상민 차림도 있다. 모두 손에 칼과 창을 쥐었는데 둘은 활을 들었다.

의병대다.

"어디서 오는가?"

대장 격인 사내가 소리쳐 물었을 때 조병기가 나섰다.

"예산 군수를 만나고 오는 길이야. 비켜라."

"군수만 만나면 다냐?"

그때 이산이 물었다.

"김석돌의 의병인가?"

"그대는 누군가?"

되묻는 사내의 기세도 만만치 않다. 그때 이산이 말했다.

"나는 전라 어사다. 갈 길이 바쁘니 길을 비켜라."

"어사라는 증물을 보이시오."

"건방진 놈."

마침내 이산이 한 걸음 다가섰다.

"네놈 신분을 대라!"

"이놈 저놈 하지 마라!"

버럭 소리친 사내가 장검의 손잡이를 쥐었다. 콧수염이 짙었고 검은 얼굴의 장신이다. 가죽 덧옷을 입었는데 눈빛이 강한 30대쯤의 사내다.

그때 이산이 한 걸음 더 다가섰기 때문에 거리가 다섯 걸음 간격으로 좁혀졌다. 이산이 이맛살을 찌푸렸다. 사내의 눈에서 살기(殺氣)가 뿜어져 왔기 때문이다.

관(官)에 들렀다 왔다는데도 왜 이러는가?

그 순간 이산이 한 걸음 다가섰고 사내가 펄쩍 뛰어올랐다.

둘이 거의 동시에 다가간 것이다.

이산은 사내가 장검을 후려치듯 빼내는 것을 보았다.

섬광과 같은 발도술.

다음 순간 허공에 떠오른 이산이 몸을 비틀었다. 칼날이 이산의 옆구리를 스치고 지나갔다.

칼날이 지나면서 펄럭이는 이산의 저고리 끝자락이 잘려서 흰 나비처럼 펄럭이며 떠 있다.

그때 이산이 땅바닥에 발을 딛으면서 사내를 보았다.

모두 눈 한 번 깜빡이는 순간에 일어난 일이다.

뒤쪽에 서 있던 양측 일행도 긴장한 채 숨을 죽였다.

일 합(一合)이 끝났다.

그런데 이산은 아직 칼도 뽑지 않았다.

그때 이산이 사내에게 물었다.

"마지막으로 묻는다. 네가 의병장 김석돌인가?"

"그렇다."

사내가 가쁜 숨을 뱉으면서 말했다.

이제는 칼을 세워 든 사내가 이산을 향해 바로 섰다.

"내가 김석돌이다."

"내가 예산 군수를 만나고 온 손님이라고 하는데도 칼질을 해?"

"그렇다."

"네 이놈!"

마침내 이산의 눈빛이 강해졌다.

"이유를 대지 않으면 베겠다."

그때 김석돌이 이를 드러내고 웃었다.

"이유는 무슨, 지금 말하지만 군수는 이용했을 뿐이지 우리는 일본군 의병이야."

그 순간 이산이 숨을 들이켰고 뒤쪽에 선 조병기는 입을 딱 벌렸다.

조선말을 모르는 이쿠노와 곤도는 이미 칼을 빼 들고 있는 상황.

그때 이산이 왜말로 말했다.

"너희들이 왜군 의병이라고? 내가 처음 듣는 소리로군."

그 순간 김석돌의 눈동자가 흔들렸다.

바로 세 걸음 간격으로 떨어져 있는 것이다.

그때 뒤쪽의 이쿠노가 소리치듯 물었다. 이것도 왜말.

"주군, 정말입니까? 저놈들이 일본군 의병이라니요?"

곤도도 왜말로 소리쳤다.

"믿을 수 없습니다. 모두 죽이고 떠나십시다!"

그때다.

김석돌 옆에 서 있던 사내가 왜말로 소리쳤다.

"잠깐만! 당신들은 누구시오?"

"옳지. 네놈은 일본말을 아는구나."

이산이 사내를 쏘아보았다.

"나는 가또 님 휘하 가신으로, 위장을 하고 남쪽으로 내려가는 중이다. 너희들의 정체는 뭐냐?"

"수군대장 와키자카 야스하루 님의 의병대올시다."

왜말을 쓴 사내가 소리쳐 대답했다.

"향도를 모아 조선군 의병 행세를 하면서 정세를 염탐하고 있습니다."

"그렇다면 네 옆에 선 김석돌이는 허수아비인가?"

"아닙니다. 부대장입니다."

사내가 고분고분 대답했다.

"저는 하세가와라고 합니다."

"우리 주군께서는 이시카와 님이시다."

이쿠노가 앞질러 이산을 소개했다.

"너희들과 같은 입장이구나."

"그런데 나리께서는 조선말을 잘하십니다. 조선인인 줄 알았습니다."

"우리는 부산포에 오래 있어서 조선말에 더 익숙해."

조병기가 나섰고 이쿠노가 멋쩍게 웃었다.

"우리는 조선말을 아예 못 하고."

그때 이산이 눈만 멀뚱거리는 김석돌에게 물었다. 이제는 조선말이다.

"네 검술이 놀랍다. 그동안 여럿을 베어 죽였겠구나."

"예산 관아를 거쳐서 나오는 조선 관리 10여 명을 베어 죽였소."

김석돌이 번들거리는 눈으로 이산을 보았다.

"내 칼을 피한 관리는 당신이 처음이오."

"예산 관아에서는 너에게 죽이라고 보내는 셈이군."

"사형장으로 보내는 셈이지."

그때 조병기가 힐끗 이산의 기색을 보았다. 조병기는 이산의 심중(心中)을 아는 것이다. 그때 이산이 소리 내어 웃었다.

"다행이야. 내가 네 칼을 피해서."

"아니오."

쓴웃음을 지은 김석돌이 처음으로 깊어진 눈으로 이산을 보았다.

"당신이 내 목숨을 살려주었소."

"아느냐?"

"예, 당신이 칼을 뽑았다면 내가 죽었소."

"네 심정을 내가 안다."

고개를 끄덕여 보인 이산이 이제는 왜말로 하세가와에게 말했다.

"이봐, 하세가와. 우리는 가네."

"조심히 가십시오, 이시카와 님."

하세가와가 고개를 숙였고 김석돌도 따라서 절을 했다.

2장
인연

산기슭에서 멀어졌을 때 이산의 옆으로 조병기가 다가왔다.

"주군, 일본군 의병이 있을 줄은 몰랐습니다."

김석돌에 대해서 말하는 것이다.

고개를 든 이산의 얼굴에 쓴웃음이 번졌다.

"일본군보다 일본군 의병이 더 조선을 괴롭히게 될 것이다."

"예산 군수가 턱밑에 뱀을 매달고 있습니다."

고개를 끄덕인 이산에게 이번에는 이쿠노가 거들었다.

"주군, 칼을 빼지 않으신 것이 다행이었습니다. 하마터면 아군을 죽일 뻔했습니다."

이쿠노가 제대로 말을 한다.

다시 일행 넷은 남진(南進)을 계속하고 있다.

5리쯤 걸었을 때 이산의 뒤를 따르던 곤도가 말했다.

"주군, 미행이 있습니다."

이산이 발만 떼었고 곤도가 말을 이었다.

"조금 전에 산모퉁이를 돌았을 때 보였습니다. 셋입니다."

"그놈들이냐?"

그놈들이란 조금 전에 만난 왜군 의병을 말한다.

"예, 그놈들 같습니다."

이산이 잠자코 등짐 위에 걸친 활을 빼 들었다. 곤도가 말을 이었다.

"3백 보쯤 거리였는데 조금씩 가까워지고 있습니다."

유시(오후 6시)가 가까워지면서 주위는 점점 어두워지고 있다. 고개를 든 이산이 앞쪽을 둘러보면서 말했다.

"셋만 따라올 리가 없다. 저기 산 중턱의 민가로 들어가 묵는 시늉을 하자."

왜군 의병대장 하세가와는 고분고분 이산 일행을 보냈지만 의심이 일어났다.

하세가와는 왜구 출신으로 조선을 수십 번 왕래한 경험이 있다.

이산을 보낸 것은 김석돌을 포함해서 병력이 다섯뿐이었기 때문이다. 거기에다 이산의 검술이 출중해서 감히 더 추궁할 엄두가 나지 않았다.

그러나 이산을 보내고 나서 바로 산채에 연락하는 한편으로 미행을 시킨 것이다.

미행자는 김석돌과 부하 둘이다.

곧 밤이 될 테니 이산의 숙소를 알아낸 다음에 덮칠 작정이다.

"옳지, 저 폐가로 들어간다."

김석돌이 눈을 치켜뜨고 말했다.

이산 일행이 산 중턱의 폐가로 들어가는 것이다.

"막둥이, 가서 알려라."

김석돌이 지시하자 사내 하나가 몸을 돌렸다. 발이 빠른 막둥이는 두 식경이면 산채에 닿을 것이다. 이곳에서 산채까지는 30리(12킬로) 거리다.

막둥이가 사라지자 김석돌이 바위틈에 몸을 감추면서 오천수에게 말했다.

"저자는 대단해. 나보다 고수라 기습을 해야 된다."

"형님보다 고수가 있었구려."

얼굴이 얽은 오천수가 김석돌을 보았다.

둘은 같은 무당으로 오천수는 단검을 잘 던진다. 오천수가 말을 이었다.

"나는 아까 형님이 칼을 후려쳤을 때 놈의 몸통이 잘릴 줄 알았소."

"놈이 칼을 뽑았으면 내가 당했어."

둘은 바위 뒤에 몸을 붙이고 있다. 민가와의 거리는 3백 보 정도. 이제 유시(오후 6시)가 조금 넘었기 때문에 주위는 어둠에 덮여 있다.

그때 김석돌이 말을 이었다.

"가또 님 가신이라면서 전라 어사 행세를 하고 예산 군수를 만난다는 것이 수상해."

그것 때문에 하세가와가 김석돌을 미행시킨 것이다.

앞쪽 민가에서 불빛이 반짝이고 있다. 불을 켠 것이다.

어두웠지만 과녁은 선명하게 드러났다.

거리는 1백 보.

이쪽은 둘이 은신하고 있는 바위 좌측의 나무 옆이다.

이산이 시위에 살을 먹이고는 옆에 선 이쿠노에게 말했다.

"예산에서 전쟁을 해야겠다."

"무슨 말씀입니까?"

"이놈들만 죽일 수는 없어."

"그렇지요."

그때야 이쿠노가 고개를 끄덕였다.

"곧 놈들이 몰려올 테니 그놈들까지 처리하실 것입니까?"

"150명이라고 하지 않았느냐?"

"예, 주군. 한 놈이 데리러 돌아갔으니 곧 수십 명이 몰려오겠지요."

"수괴인 하세가와라는 놈이 지휘하고 올 것이다."

주위가 더 어두워져서 앞쪽의 둘은 희미하게 보였다.

이산이 활을 바로 쥐었다.

"막둥이가 요깃거리를 가져오면 좋겠소."

오천수가 입맛을 다시면서 말했다.

"뱃가죽이 허리에 붙었소."

"참아라."

"우리가 왜군 의병이 된 후에도 배불리 먹은 적이 없소."

고개를 든 오천수가 김석돌을 보았다.

"잘 먹으려고 왜군이 되었는데 마찬가지 아니오?"

다음 순간 충격음과 함께 오천수의 얼굴에 화살이 박혔다.

"억!"

외침은 김석돌의 입에서 터졌다.

오천수는 입만 딱 벌린 채 뒤로 넘어졌다.

그때 김석돌이 본능적으로 몸을 굴려 옆쪽 바위 뒤로 몸을 숙였다. 어둠 속이어서 아직 주위는 분간할 수 없다.

바위틈으로 머리를 든 김석돌이 다시 사방을 둘러보았다.

민가의 불빛은 여전히 반짝이고 있다.

20보쯤 더 다가갔을 때 거리는 70보로 가까워졌다.

이곳은 김석돌의 우측 산비탈이다. 굵은 나무둥치 사이로 김석돌의 옆쪽이 보인다. 아직 김석돌은 이쪽을 의식하지 못한 상태다.

이산이 다시 시위에 살을 먹였다.

이쿠노는 반대쪽으로 돌아갔기 때문에 혼자다.

둥치에 등을 붙인 이산이 김석돌을 겨눴다. 70보 거리였지만 과녁의 얼굴은 구별이 되지 않는다.

아직 이산은 상대가 누군지 모르고 있다.

그때 이산이 활을 내리고는 살통과 함께 옆쪽 나무에 기대 놓았다. 그러고는 발을 떼었다.

"뿌지직."

옆에서 나뭇가지 부러지는 소리가 난 순간 김석돌이 뛰어올랐다. 그러고는 두 걸음을 달려 칼을 후려쳤다.

"챙강!"

날카로운 쇳소리가 산속을 울렸다. 김석돌의 칼을 막아낸 것이다.

"에익!"

다시 김석돌의 두 번째 칼이 흘렀다.

"엇!"

이번에는 낮은 외침이 울리면서 칼날을 피한 상대가 뒤로 한 발짝 물러섰다. 물러서다가 바위 끝에 발이 걸려 주저앉는다.

그 순간 김석돌의 심장박동이 빨라졌다. 한 발짝 다가간 김석돌이 다시 거침없이 칼을 내려쳤다.

그 순간이다.

"퍽!"

칼 쥔 팔에 격심한 충격이 오면서 김석돌의 손에서 칼이 떨어졌다.

"으윽!"

뒤늦게 팔꿈치에 통증이 오면서 김석돌이 허리를 굽혔다. 팔꿈치를 움켜쥔 김석돌이 고개를 들었다. 앞쪽 주저앉은 사내의 좌측 어둠 속에서 인기척이 났기 때문이다.

그때 김석돌은 어둠 속에서 나타난 사내를 보았다.

가또의 가신 이시카와다.

다가선 이산이 김석돌을 보았다. 그때는 주저앉았던 이쿠노도 칼을 쥐고 일어선 상태다.

"너를 죽이기가 아까웠다."

이산이 다가서서 말했다.

"내가 오늘 두 번째 너를 살린다."

"재주가 뛰어나구나."

팔꿈치가 부서져서 덜렁거리는 팔을 흔들어 보던 김석돌이 이산을 보았다. 어둠 속에서 눈이 번들거리고 있다.

"돌멩이로 팔꿈치를 부수다니. 내가 병신이 되었어."

"칼질을 못 하게 되겠지."

다가선 이산이 지그시 김석돌을 보았다.

"네가 날 의심하는 모양이지만, 나는 왜군이 맞다."

김석돌의 시선을 받은 이산이 말을 잇는다.

"한술 더 떠서 왜장이 맞을 거다. 너는 왜군 의병이지만 나는 가또 기요마사의 가신으로 1천 석 녹봉을 받는 왜장이야. 조선인으로 이름이 이산이다."

"……."

"내 아비는 전(前) 호조판서 이윤기이고 내 어미는 역적의 자식으로 관아의 종이 되었다가 나를 낳았다."

"……."

"이만하면 내 내력을 알겠느냐?"

"나는 부모도 조부모도 무당으로 천민이다. 유세하지 마라."

팔을 덜렁거리게 놔두면서 김석돌이 말했다.

"나한테 무슨 미련이 있느냐?"

"왜군 의병이 너희들뿐이냐?"

"듣고 나서 날 죽일 작정이군."

"말하지 않겠다면 그냥 가슴에 담고 떠나거라."

"서쪽 바닷가에 또 한 무리가 있어. 이곳에서 50리쯤 서쪽의 만생포 근처다."

김석돌이 흐린 눈으로 이산을 보았다.

"2백여 명쯤 될 거다. 천민은 모두 왜군이 손짓만 하면 호응하지. 새 세상, 차별 없는 세상에서 살라고 하니까."

그러고는 고개를 들었다.

"내 뒤에 서 있는 네 부하한테 내 목을 치라고 해."

김석돌의 얼굴에 웃음기가 번졌다.

"하세가와는 널 의심했는데 지금 이곳으로 오는 중일 거야."

"얏!"

이산의 눈짓을 받은 이쿠노가 뒤에서 김석돌의 목을 쳤다. 김석돌은 목을 세우고 칼을 받는다. 머리가 떨어지는 순간까지 김석돌은 이산한테서 시선을 떼지 않았다.

김석돌의 몸통이 쓰러졌을 때 이산이 이쿠노에게 말했다.

"곧 놈들이 올 것이다."

"맞을까요?"

"아니, 두목만 처치하고 떠난다."

이산이 말을 이었다.

"길목을 잡고 기다렸다가 활로 처리하겠다."

밤이다.

시야가 짧아졌지만 그만큼 득도 있다. 밤에는 살이 보이지 않는다. 대낮에는 재빠른 무사(武士)가 살 소리를 듣고 몸을 피할 수도 있기 때문이다.

"저쪽입니다."

막둥이가 손으로 왼쪽을 가리켰다. 술시(오후 8시)가 되어서 주위는 어둡다.

"산모퉁이만 지나면 산 중턱의 민가가 보입니다."

"좋다. 서둘 필요는 없다."

숨을 고른 하세가와가 뒤에 선 부하들을 보았다. 하세가와는 부하 40명을 이끌고 온 것이다. 정예로만 추려왔기 때문에 질서가 딱 잡혔다.

"모퉁이에서 김 부장(副將)이 기다리고 있을 것입니다."

막둥이가 다시 앞장을 서면서 말했고 하세가와가 뒤를 따른다.

산기슭에서 30보쯤 위쪽 바위 옆에 넷이 몸을 숨기고 있다. 이산 일행이다. 모두 등짐을 진 차림인데 민가에서 나와 떠날 준비를 하고 있다.

그때 아래쪽에서 인기척이 났다. 2백여 보쯤의 거리다. 산모퉁이를 돌아오고 있다.

옆쪽 바위에 붙어 있던 이쿠노가 낮게 말했다.

"김석돌을 찾고 있을 겁니다."

"대장을 찾아라."

이산이 시위에 살을 먹이면서 말했다.

"하세가와라고 했던 놈만 찾으면 된다."

"멈춰라."

하세가와가 말하자 앞장서 가던 첨병이 멈춰 섰다. 이곳은 불빛이 비치는 민가에서 3백 보쯤의 거리다. 하세가와가 민가를 올려다보았다.

"어디 있는 거야?"

김석돌을 찾는 것이다. 이제 하세가와 일행은 산기슭에 모여 서서 주위를 두리번거리고 있다. 그때 하세가와가 손으로 왼쪽을 가리켰다.

"혹시 저쪽에 있는 것 아니냐?"

그 순간이다.

"퍽!"

소리와 함께 가슴에 충격을 받은 하세가와가 한 걸음 뒤로 물러섰다. 무의식중에 가슴에 박힌 화살대를 잡았을 때다.

"앗! 기습이다!"

옆쪽 부하들이 소리쳤을 때다. 다시 날아온 화살이 하세가와의 얼굴에 박혔다.

다음 날 묘시(오전 6시) 무렵.

금강 변의 작은 마을로 일행 넷이 들어섰다. 이곳도 관군이 장악한 지역으로 평온한 분위기다. 이른 시간이었지만 어부 서너 명이 강가에서 배에 오르는 중이었다.

이산 일행이 다가가자 어부 하나가 물었다.

"어디서 오시오?"

"전라도로 가는 중이오."

조병기가 대신 대답했더니 어부가 눈으로 마을을 가리켰다.

"안에 깃발이 달린 주막이 있소. 거기서 요기를 하시오."

"이곳에는 왜군의 동정이 없소?"

"한 달쯤 전부터는 보이지 않소."

조병기와 이산의 시선이 마주쳤다.

평온한 마을이다.

주막으로 들어섰더니 주모가 부엌에서 나왔다. 주막 안은 비었고 주모는 자다가 깬 모습이다.

"밤길을 걸어오셨소?"

"그렇네. 아침 요기를 할 테니까 국밥이건 고기건 다 내주게."

"밥값으로 뭘 내시겠소?"

"은자로 내겠네."

조병기가 은화 1개를 내밀었더니 주모가 냉큼 받았다.

"보리밥에 매운탕을 끓여 드리지요. 술도 한 병 드리겠소."

고개를 든 조병기가 이산을 보았다. 위쪽보다 절반이나 싼 것이다.

그런데 아침을 먹고 있는데 조선군 차림의 군사 넷이 주막 안으로 들어섰다. 앞장선 군관이 그들을 둘러보았다.

"길손이시군. 호패를 보십시다."

"여기 있어."

이산이 허리춤에서 호패를 건네주면서 말했다.

"셋은 내 수행이야."

"병마우후시군요."

호패를 본 군관이 굽신 허리를 굽히더니 돌려주었다. 그러고는 몸을 돌렸기 때문에 이산의 눈빛이 강해졌다.

"이봐, 군관."

"예, 나리."

"내가 예산군에서 호패를 보이고 나서도 의심을 받아서 군수까지 만나고 풀려났어. 그런데 이곳은 너무 쉬워서 좋긴 한데, 꺼림칙하구나."

그때 군관이 이를 드러내고 웃었다. 군사들도 히죽히죽 웃는다.

"나리, 이곳에서는 그런 일 없습니다."

"이곳의 지휘관은 누구인가?"

"강 건너편의 성호진에 운성 현감이 군사 3백을 지휘하고 있지요."

"의병은 없나?"

"근방에 의병은 없습니다."

고개를 끄덕인 이산이 군관에게 말했다.

"내가 모처럼 평온한 고장에 왔군."

밤길을 걸었기 때문에 일행은 주막에서 오후가 될 때까지 쉬었다. 뒷방을 빌려 잠을 잔 것이다. 군관이 한 번 검문을 나온 후에 검문도 오지 않았다.

미시(오후 2시)쯤 되었을 때 주막 안이 시끄러워졌다.

잠에서 깬 이산이 몸을 일으켰을 때 밖에 있던 조병기가 서둘러 들어섰다.

"금강 위쪽에서 왜군이 조선군 진 하나를 무너뜨렸다고 합니다. 이곳에서 20리(8킬로) 거리라는데요."

"이곳도 안전하지는 않구나."

"강 건너편의 조선군이 이동한다고 합니다."

적변이 일어난 것이다.

평온한 기간은 반나절밖에 되지 않았다.

주막 안으로 들어왔더니 사람들도 다 빠져나가고 양반으로 보이는 40대 사내가 하인과 서두르며 보리밥을 먹고 있다.

하나는 양반 행색이고 비스듬히 앉아 상 밑에 밥그릇을 놓고 앉은 사내는 하인이다. 본래 따로 밥상을 차려야 맞지만 급하다 보니 겸상이 된 것이다.

그때 옆쪽에 앉은 이산이 양반에게 물었다. 이산은 패랭이를 썼으니 상민 행색이다.

"이보시오, 난리를 피해 오셨소?"

"아니."

힐끗 이산에게 시선을 준 사내가 말을 이었다. 여전히 시선을 준 채로 대답했다.

"나는 남쪽 금산으로 가네."

이산과 조병기의 시선이 마주쳤다.

같은 방향이다.

이쿠노와 곤도는 조선말을 모르지만 눈치는 빠르다.

곤도는 슬쩍 주막 밖으로 나갔고 이쿠노는 뒤쪽 평상에 앉았다. 그때 이산이 지그시 40대 양반을 보았다.

"이보시오, 당신은 옷차림으로 양반 상놈을 구별하시오?"

"왜 시비를 붙는가?"

수저를 내려놓은 사내가 이산을 보았다. 그때 앞쪽의 하인이 몸을 돌려 이산에게 말했다. 20대쯤의 건장한 체격이다.

"이보시게, 우리 나리께선 금산 대사간님이시네. 어른께 시비를 걸지 말게."

그러자 이번에는 조병기가 나섰다.

"이놈아, 입 닥쳐라, 목을 베기 전에."

놀란 하인이 몸을 굳혔을 때 이산이 다시 양반에게 물었다.

"내가 양반 행색이라면 양반 대우로 '하오'를 했겠소?"

"상민이 양반 행색을 하면 국법을 어기는 것이지. 중벌을 받네."

"양반이 상놈 복색을 하면 어떻소?"

"그럴 경우는 없네."

"죽게 되어도 말이오?"

"나는 그렇게 할 거네."

"내가 양반만 잡아 죽이는 상민 복색의 왜장이라면 어쩔 작정이오?"

"죽어야지."

사내가 어깨를 펴고 이산을 보았다.

"보아하니 부하를 이끌고 있는 것 같으니 마음먹은 대로 처리하게."

그때 이산이 몸을 일으키며 말했다.

"우리하고 같은 방향이니 갑시다."

강가에 빈 배가 매여 있었기 때문에 일행 여섯이 강을 건넜다. 건너편 강가는 텅 비어 있었는데 군사들이 모두 이동했기 때문이다.

"같은 방향이라고 했는데 어디로 가는가?"

강가에서 벗어난 이산의 뒤를 따르면서 양반이 물었다. 그때 이산 대신 조병기가 대답했다.

"금산을 거쳐 남쪽으로 갑니다."

양반이 뒤쪽의 이쿠노와 곤도를 보고 나서 다시 물었다.

"모두 군관들인가?"

"당신은 모르셔도 되오."

"허어."

양반이 헛기침을 했을 때 옆으로 하인이 다가붙었다. 불안한 기색이다.

"나으리."

"뭐냐?"

"따로 가시지요."

낮게 말했지만 앞쪽의 이산에게도 들렸다. 그때 양반이 말했다.

"아니다. 같이 가도록 하자."

30리(12킬로)쯤 남하했을 때 해가 졌다.

날씨가 차가웠기 때문에 앞장선 조병기가 앞쪽을 가리켰다. 산 쪽이다.

"중턱에 민가가 보입니다. 저곳으로 가시지요."

아직 금산까지는 50여 리(20킬로)가 남은 터라 오늘 밤은 쉬어야 한다. 고개를 끄덕인 이산이 양반을 보았다.

"저곳에서 쉬시려오?"

"그러세."

가볍게 대답한 양반이 먼저 발을 떼었다.

"난 많이 못 걸어서 잘되었네."

산 중턱에 민가가 두 채 있지만 빈집이다. 요즘은 멀리서 보이는 민가는 영락없는 빈집이다.

술시(오후 8시)가 되었기 때문에 일행은 저녁 준비를 서둘렀다.

등짐에서 쌀과 반찬, 젓가락까지 꺼내는 이산 일행을 보고 양반의 하인이 입을 떡 벌렸다.

"이놈아, 꿔다놓은 보릿자루처럼 서 있지만 말고 땔나무나 해와!"

조병기가 핀잔을 주었더니 하인이 서둘러 나갔다.

이산과 양반은 방에 들어가 있었는데 먼저 양반이 입을 열었다.

"어디까지 가시는가?"

양반의 말투가 어중간해졌다. 이산과 수행원들의 관계를 보았기 때문이다.

이산이 지그시 양반을 보았다.

대사간이라고 하인이 말했으니 정3품이다. 3사(三司)인 사헌부, 사간원, 홍문관 중에서 사간원의 수장이 대사간이다.

사간원이란 관인(官人)의 감찰과 언론, 인사를 감찰하여 임금께 상소하는 부서인 것이다. 그쯤은 이산도 안다.

"전라 좌수영으로 가오."

"전라 좌수영?"

눈을 크게 뜬 양반이 다시 묻는다.

"그곳에는 왜 가시는가?"

"통제사를 만나러 가는 거요."

"이 통제사를 말인가?"

"그렇소."

그때 숨을 고른 양반이 흐려진 눈으로 이산을 보았다.

"자네 관인(官人)인가?"

"내 행색이 상민 아니오?"

"변장한 것인가?"

"옷만 바꿔 입으면 양반이 상놈이 되고 상놈이 양반이 된다는 걸 당신을 보고 알았소."

"내가 전(前) 대사간 홍기선이네."

"이산이오."

"의병인가?"

"당신은 모르는 게 좋소."

마패를 내놓으려다가 이산은 감추기로 했다. 이쿠노와 곤도의 정체가 드러나면 믿지도 않을 것이다.

이순신에게 보내는 광해의 밀서까지 품고 있다는 것을 알면 기절초풍을 할 것이다.

그때 홍기선이 말을 이었다.

“내가 관상을 좀 보네.”

“점술까지 하시는구려.”

방에 들어왔을 때 조병기가 관솔 하나를 가져와 불을 붙였기 때문에 그을음이 많이 일어났다. 홍기선이 지그시 이산을 보았다.

“내가 그대와 동행한 것은 살의를 느끼지 않았기 때문이네. 나는 그대의 얼굴에서 선의를 보았네.”

“또 다른 것을 본 것이 있소?”

“그대는 새 세상에서 살아갈 상(相)이네.”

“그렇소?”

“내가 그대 같은 상(相)은 처음 보네.”

“다르기는 할 거요.”

“난세의 영웅이 될 상이네.”

“대사간이었다니 임금의 상(相)도 자주 보셨겠구려.”

이산이 말을 돌렸다.

“세자의 상도 말이오.”

“보았지.”

시선을 돌린 홍기선이 외면했다. 관솔이 타면서 불꽃이 일렁거렸고 그림자가 흔들렸다.

“말해보시오. 임금과 세자의 관상을.”

“임금은 백성을 도탄에 빠뜨릴 상(相)이지만 왕좌는 지킬 거네.”

“왜란으로 죽소?”

"아니네."

"세자는 왕위를 잇겠소?"

"그럴 거네."

"다행이오."

"그대의 수하들은 왜인인가?"

불쑥 홍기선이 물었지만 이산은 빙그레 웃었다. 반나절을 동행했으니 눈치를 챈 것이다. 더구나 상(相)까지 본다는 인물이다.

"왜 그렇게 보시오?"

"그대를 충심으로 따르고 있더구만. 왜인은 조선인과 다른 상(相)이네. 풍기는 기운이 달라."

"……."

"주막에서부터 알아보았네. 그래서 그대하고 동행하게 된 것이네."

"목숨을 내놓고 동행하셨구려."

그때 홍기선이 고개를 끄덕였다.

"내가 고집이 있지. 그래서 파직을 당했지만."

홍기선이 말을 이었다.

"임금한테 세자 책봉을 할 때가 되었다고 했더니 나를 정여립의 일파로 몰아서 파직을 시키더군."

어깨를 편 홍기선이 쓴웃음을 지었다.

"반년간 귀양을 살다가 왜란이 나는 바람에 풀려났어."

"임금의 관상이 오래 살 것 같소?"

"앞으로 10여 년은 더 살겠지."

혼잣소리로 홍기선이 말을 이었다.

"조선은 희망이 없어. 조선에 새 세상이 일어나려면 수백 년이 지나야 할 것 같네. 그것도 밖에서 바람이 불어야 돼."

"난 왜장이오."

이산이 말했지만 홍기선은 눈도 깜박이지 않았다. 그저 시선만 준다. 이산이 말을 이었다.

"녹봉 1천 석을 받는 왜장으로 밖의 부하들은 내 가신(家臣)이오."

"그렇군. 내가 맞혔어. 그대는 새 세상에서 살아갈 상이야."

"조선을 떠날 작정으로 왜장이 된 거요."

"내가 왜국 사정을 알지. 1천 석 녹봉은 누구한테서 받았나?"

"가또 기요마사."

"옳지. 가등청정이로군."

"그러나 가또의 가신으로 머물 생각은 없소."

"내가 말했지 않은가? 그대는 난세의 영웅 상(相)이야. 그렇게 될 거네."

"내 본색도 알겠소?"

"양반 상(相)이야."

"앗하하!"

이산이 짧게 웃었을 때 홍기선이 말을 이었다.

"양반의 피가 흐르고 있어."

"글쎄, 옷만 바꿔 입으면 상놈이 양반이 된다고 하지 않았소?"

"이 통제사는 어떤 연유로 만나시는가?"

불쑥 홍기선이 물었기 때문에 이산이 지그시 시선을 주었다.

그때 조병기와 홍기선의 하인이 밥상을 들고 들어섰다. 다리가 떨어진 상 받침 위에 밥 두 그릇과 소금에 절인 생선 반찬이다. 그러나 흰 쌀밥이 가득 담겨 있다.

"호오! 쌀밥을 먹은 지 오래인데."

눈을 둥그렇게 뜬 홍기선이 입맛을 다시면서 다가앉았다.

"내가 그대 덕분에 입 호강을 하네."

밥그릇을 게 눈 감추듯이 비웠을 때 고개를 든 이산이 홍기선을 보았다.

"먼저 물읍시다. 영감께선 세자 저하를 어떻게 생각하시오?"

"세자 광해군을 물으시는가?"

"그렇소."

"내가 대사간일 때 왕자들에게 강연을 한 적이 있어."

눈을 가늘게 뜬 홍기선이 말을 이었다.

"광해군, 임해군, 죽은 신성군, 정원군, 순화군까지 다섯 왕자를 모아놓고 강연을 했는데 광해군의 자질이 가장 뛰어났어."

"지금 임금은 신성군 대신 정원군을 싸고돈다는 것을 아시오?"

"알지."

홍기선이 외면을 하더니 말을 이었다.

"임금이 요부 인빈의 치마폭에 싸여서 아직도 정신 못 차리고 있다는 것을 알지."

"내 본명은 이산(李山)이오."

순간 숨을 들이켠 홍기선이 상반신을 세웠다.

"왜장의 신분으로 이 통제사를 어떻게 만나려는가?"

"내가 전라 어사의 마패가 있소."

이산이 허리춤에서 마패를 꺼내 내밀었다. 관솔불에 동으로 만든 마패가 번들거렸다. 다시 놀란 홍기선이 마패를 받더니 앞뒤를 둘러보았다.

"진품인데."

"그렇소. 세자 저하가 주신 것이니까."

"무엇이?"

고개를 든 홍기선의 눈동자에 초점이 흐려졌다.

"세자 저하께서 말인가?"

"밀서도 써주셨지만 그건 보여드릴 수가 없소. 내가 저하 휘하의 선전관이었소."

"아, 그 선전관이 그대였군."

홍기선이 천천히 고개를 끄덕였다.

"아아, 내가 상(相)을 잘 보았구나."

"내가 임금에게 이 통제사를 모함하려고 온 고부 군수 김동채를 죽이고 오는 길이오."

"운명이다. 아아!"

신음을 뱉은 홍기선이 두 손으로 방바닥을 짚었다.

"이제 알겠네."

그러더니 홍기선이 번들거리는 눈으로 이산을 보았다.

"내려가는 길에 내 낡은 집에도 들러가시게."

다음 날 아침, 맑지만 추운 날씨다.

일행 여섯은 곧장 남하했는데 이제는 곤도와 이쿠노가 자연스럽게 왜말을 쓴다. 이산이 정체를 밝혔기 때문이다. 금강을 건너 금산 영역에 들어섰을 때는 미시(오후 2시) 무렵이다.

"이곳에 지난가을에 왜군이 들어왔다가 의병에 쫓겨 갔네."

홍기선이 앞쪽을 가리키며 말했다. 삼면이 산으로 둘러싸인 황무지다.

"후쿠시마군(軍) 1개 부대가 진출했다가 의병과 관군의 협공에 쫓겨 갔네. 쌍방 1천여 명의 피해가 났어."

황무지를 걸으면서 홍기선이 말을 이었다.

"조선군은 2천여 명이었고 왜군은 1천 남짓이었는데, 비가 내렸기 때문에 왜군이 조총을 쏠 수가 없었지."

마른 잡초가 허리까지 닿는 황무지를 헤치면서 일행은 남쪽으로 직진했다.

"이 공(李公)."

앞장서 가던 홍기선이 이산을 불렀다.

"왜란이 몇 년 더 계속될 거네. 이 땅은 더욱 피폐해질 것이고."

황무지를 헤쳐 나가면서 홍기선이 말을 이었다.

"조선 왕조는 지리멸렬 상태로 지속되겠지만, 조선인의 기상은 이 왕조보다 뛰어나네. 그 증거가 이 공일세."

"영감은 관상만 보는 것이 아니라 별걸 다 보시오."

"내가 이 공을 만난 것이 천운(天運)이야."

고개를 돌린 홍기선이 이산을 보았다. 두 눈이 번들거리고 있다.

홍기선의 고택(古宅)은 낡았지만 50칸이 넘는 저택이다. 행랑채, 사랑채, 안채로 나누어진 저택이 온전하게 남아 있지만 썰렁했다.

홍기선이 들어서자 하인들이 맞았는데 앞질러 간 하인 배성이의 연락을 받았기 때문이다.

"이곳은 산비탈에 가려서 왜군이 두 번이나 스치고 지나갔네. 집에 운(運)이 붙은 것이지."

사랑방에 안내된 이산에게 홍기선이 말했다.

"영감은 모든 것을 운(運)과 연결시키시는군요."

"모든 것이 인연으로 엮여 있네. 우연이 아닐세."

정색한 홍기선이 말을 이었다.

"그 인연을 놓치지 않는 것이 하늘의 뜻을 거역하지 않는 것이네."

그날 저녁.

이산 일행은 홍기선의 정성을 다한 환대를 받았다. 닭을 잡은 것까지는 그러려니 하겠는데 돼지까지 잡은 것이다. 그야말로 칙사 대접이다.

담근 술도 내놓아서 이산은 홍기선과 술을 마셨다. 위쪽에서는 왜군이 출몰하지만 저택은 잔치 분위기다.

해시(오후 10시) 무렵 술을 마시다가 안채에 다녀온 홍기선이 이산을 보았다.

"이 공."

"예, 영감."

"내가 부탁이 있네."

홍기선의 표정을 본 이산이 술잔을 내려놓았다. 홍기선이 이제 정중해졌다.

"말씀하시지요."

"내가 아들도 없고 딸 하나가 있네. 무남독녀지."

"서자(庶子)는 없습니까?"

"없네."

숨을 고른 홍기선이 이산을 보았다.

"이 공, 내 딸과 혼인을 하지 않겠는가?"

고개만 든 이산에게 홍기선이 말을 이었다.

"그동안 내 딸에게 이 공을 훔쳐보라고 했네. 그랬더니 딸도 좋다고 하더구만."

"난 싫소이다."

이산이 쓴웃음을 지은 얼굴로 고개를 저었다.

"지금은 그럴 형편이 아니오."

"오늘 하룻밤만 지내고 가시게."

홍기선이 절실한 표정으로 이산을 보았다.

"혼례도 치를 필요가 없네. 안채의 방에서 내 딸과 하룻밤만 지내고 가시게."

"영감."

이산이 상체를 세웠다.

"왜 이러시오? 나는 인연을 맺기 싫소."

"이 인연을 저버리면 안 되네."

홍기선이 손을 뻗어 이산의 팔을 쥐었다. 두 눈이 번들거리고 있다.

"내 소원을 들어주게."

밤.

이산이 문을 열고 들어서자 안쪽에 쪼그리고 앉아 있던 여자가 고개를 들었다. 벽에 붙여놓은 선반에 기름 등이 켜져 있어서 여자의 얼굴이 드러났다.

맑은 눈, 검은 눈동자가 또렷했다. 곧은 콧날, 붉은 입술은 꾹 닫혀 있다. 시선이 마주치자 여자는 고개를 숙였는데 이제는 짙은 속눈썹과 콧등만 보였다.

다가간 이산이 여자의 앞에 앉았다.

"낭자, 이름이 무엇이오?"

이산이 불쑥 묻자 여자는 고개를 들었다. 시선이 마주쳤고 붉은 입술이 열렸다.

"화진입니다."

울림이 강한 목소리.

여자의 시선을 받은 채 이산이 다시 말했다.

"난 이산이오. 내일 아침에 떠나면 언제 다시 만날지 기약할 수가 없소. 아시겠소?"

"압니다."

"그래도 나하고 혼인을 하시겠소?"

"네, 하겠습니다."

고개를 숙인 여자가 말을 이었다.

"아버님이 시켜서가 아닙니다. 나리를 뵙고 나서 혼인하겠다고 마음먹었습니다."

그때 이산이 시선을 돌렸다. 갑자기 가슴이 메었기 때문이다. 전란(戰亂) 속을 견디는 딸 화진한테서 어머니가 겹쳐 보인 것이다.

이곳에서 어떻게 떨치고 나갈 수가 있다는 말인가?

화진이 강압을 받았다고 해도 동조해 주는 것이 도리일 것이다. 홍기선의 말대로 이것은 인연이다.

자리에서 일어선 이산이 기름 등으로 다가가 불을 껐다.

다음 날 아침.

눈을 뜬 이산이 옆자리를 보았지만 비었다.

방문의 창호지가 부옇게 밝아 있다. 아직 해가 뜨기 전이지만 날이 밝아오는 중이다.

고개를 돌린 이산이 옆쪽 벽에 붙어 앉아 있는 화진을 보았다. 화진은 옷을 다시 찾아 입었다. 몸을 일으킨 이산이 화진을 보았다. 방 안은 조금 밝아 있었기 때문에 화진의 이목구비가 드러났다.

"낭자, 나는 남쪽으로 갔다가 왜국으로 들어갈 작정이오."

그때 화진이 놀란 듯 고개를 들었다.

"왜국으로 가세요?"

"난 왜장이 되었어. 왜국에 내 영지도 있소. 1천 석 봉토지만."

"거기서 사실 건가요?"

"모르겠소. 거기도 영주끼리의 싸움이 끊이지 않는다고 하니까."

"왜 가세요?"

"조선이 싫어서."

"왜요?"

"이놈의 왕조가 싫소."

"아버님도 그러셨어요. 하지만……."

"떠날 생각은 안 하셨다는 말이오?"

"네."

"난 무인(武人)이오. 아버님과는 다르지."

"왜국에서 뭘 하시게요?"

"더 큰 영주가 되어야지. 기회가 오면 히데요시라는 왜왕을 죽일지도 모르지."

"……."

"아버님이 내 관상을 본 이야기를 하지 않습니까?"

"난세의 영웅이 될 상이라고 하셨지만, 전 그래서 온 게 아니에요."

"내 모습에 반했구만."

그때 화진이 눈웃음을 쳤다. 어느새 밖이 더 밝아져 있었기 때문이다. 그때 이산이 손을 내밀었다.

"낭자, 이리 오시오."

이산이 손을 흔들었다.

"날이 더 밝기 전에, 어서."

사랑채로 나와 홍기선과 함께 아침상을 받았을 때는 진시(오전 8시) 무렵이다.

홍기선은 시치미를 뚝 떼고 있었기 때문에 둘은 말없이 밥만 먹었다. 이윽고 상을 물렸을 때 홍기선이 기름종이에 싼 편지를 이산에게 건네주며 말했다.

"이 통제사를 보면 이 밀지를 전해주게."

이산이 잠자코 받자 홍기선이 말을 이었다.

"통제사의 운세네. 내가 진즉 이 통제사에게 연락하려고 했지만 사람 눈이 두려워서 미루고 있었는데 마침 잘되었어."

"통제사 운세가 어떻습니까?"

"이 임금 치하에서 영웅이 출현하겠는가?"

탄식한 홍기선이 말을 이었다.

"자네의 손에 고부 군수 놈이 죽었지만, 모함은 그치지 않을 거네. 내가 몇 가지 방법을 적어놓았어."

그러고는 깊어진 눈으로 이산을 보았다.

"나하고는 이제 자네가 못 만나겠지만 화진이는 언젠가 또 만날 거네."

홍기선의 눈에 물기가 번졌다.

"내가 자네를 만난 것이 내 평생의 행운이네. 내 가문(家門)에 천운(天運)이 온 것이야."

곧 홍기선의 고택(古宅)을 떠났지만 화진은 끝내 보이지 않았다.

홍기선이 나오지 못하게 한 것 같다.

홍기선이 문밖까지 따라 나와 이산의 절을 받더니 말없이 고개만 끄덕였다.

그렇게 홍기선과 작별한 이산이 다시 남하했다.

이곳은 한양성.

가또 기요마사의 본진이 위치한 남대문 근처의 진막 안.

고니시 등 왜장들이 창덕궁 등 왕궁 안에 모여 있었지만 가또는 따로 떨어졌다. 이것이 가또의 성격이다.

사시(오전 10시) 무렵.

가또가 앞에 앉은 코다에게 말했다.

"네 주군(主君)한테서 연락이 없느냐?"

"아직 없습니다."

고개를 든 코다가 가또를 보았다.

코다는 평양성 위쪽에 머물고 있는 조선 왕 선조 주변에 있는 것이다. 지금 코다는 가또에게 불려 왔다. 그때 가또가 말했다.

"관백께서 밀지를 보내셨다. 이산을 관백께 보내라는 것이다."

"이산을 말씀입니까?"

엉겁결에 코다가 주군(主君) 이름을 불러 버렸다. 본인도 느끼지 못한 것 같다. 그것을 들은 가또가 빙그레 웃었다.

"이 영감이 흥분했군."

"주군(主君), 관백께서 직접 지시하셨습니까?"

"내가 네 주군이냐? 네 주군은 이산이다."

"압니다. 관백 전하의 직접 지시입니까?"

"그렇다."

"아이구, 이거 큰일 났네."

"지금쯤 이순신을 만났겠느냐?"

"그건 모르겠습니다."

"만나면 돌아오겠지?"

"그러믄요."

"돌아오면 나한테 바로 보내."

"예, 주군."

그때 가또가 눈을 흘겼다.

"이봐, 그놈이 대성(大成)할 것 같나?"

"그건 알 수 없습니다."

"관백께서 그놈을 만나면 어떻게 하실 것 같나?"

"주군께서도 아시지 않습니까? 관백 저하의 심중은 누구도 측량할 수가 없습니다."

"다 네가 관백 저하께 그놈을 선전한 때문이다."

"관백께서 저를 주군께 보내셨을 때가 생각납니다."

"말 돌리지 마라."

"그때도 거의 비슷한 내용의 글을 올렸던 것 같습니다."

그때 입을 다문 가또가 주위를 둘러보았다. 진막 안에는 둘뿐이었기 때문에 가또가 어깨를 폈다.

"이산을 불러. 기다리지 말고."

"예, 주군."

고개를 숙여 보인 코다가 자리에서 일어섰다.

진막을 나온 코다가 기노를 만난 것은 잠시 후다. 기노도 한양성에 와 있었기 때문이다.

둘은 기노가 사용하는 주택의 방에서 마주 앉았다. 코다가 입을 열었다.

"지금 주군을 만나고 오는 길이야."

코다가 말을 이었다.

"관백 저하께서 주군께 우리 주군을 보내라고 하셨어."

"예? 관백께서 말이에요?"

놀란 기노가 코다를 보았다.

"그래. 내가 관백께 밀서를 보냈더니 궁금하셨던가 봐."

"잘되었네요."

"그래서 그대한테 알려주려고 온 거야."

기노의 시선을 받은 코다가 말을 이었다.

"곧 한양성이 떨어질 텐데 앞으로 전쟁은 오래 끌 것 같아."

"제 생각도 그렇습니다."

기노는 선조 주변에 있다가 지금 보고차 한양성에 온 것이다. 고개를 든 기노가 코다를 보았다.

"영감님은 이산 님이 오시면 함께 관백님께 가실 겁니까?"

"주군께선 그렇게 말씀 안 했지만 당연히 그래야지."

코다가 말을 맺는다.

"내가 그대와 우리 주군과의 사이를 아니까 이야기해 주는 거야."

남진(南進).

전라도에 들어서자 주민의 통행이 자주 눈에 띄었고 전쟁의 흔적이 드물어졌다.

북진(北進)하기에 급급했던 왜군이 전라도까지 석권할 여유가 부족한 데다 의병이 거칠었기 때문이다. 이순신이 전라도 해안을 장악해서 왜군의 해상 통로가 막힌 이유도 있다.

이산 일행이 섬진강 지류에 닿았을 때는 유시(오후 6시) 무렵이다.

홍기선과 헤어진 지 이틀째 되는 날.

이틀 동안 2백여 리를 걸었다. 이제 여수의 수군영까지는 하룻길이다.

"저기 민가가 있습니다."

앞장선 조병기가 앞쪽 강가를 가리키며 말했다.

강가에 민가 3채가 늘어서 있다. 주위를 둘러본 이산이 고개를 끄덕였다. 주위는 황무지여서 시야가 넓게 트였다. 일행은 민가로 다가갔다.

일행이 민가에서 1백여 보 거리로 다가갔을 때다.

민가에서 군사들이 쏟아져 나왔다. 수십 명이다. 모두 손에 칼과 창을 쥐고 있었기 때문에 살벌한 분위기다.

깜짝 놀란 조병기가 뒤에 선 이산을 보았고, 이쿠노와 곤도가 이산의 좌우로 붙어 섰다. 함정이나 같다. 겉은 평온하게 만들어 놓고 민가에 군사들을 숨겨 놓은 것이다.

그때 군사들이 다가와 일행을 둘러쌌다. 서슬이 시퍼런 기세였지만 외침이나 함성을 내지르지 않는다. 그때 벙거지에 꿩 깃을 붙인 군관 복색이 앞으로 나섰다.

"누구냐? 호패를 내보여라!"

그때 이산이 허리춤에서 마패를 꺼내 내밀었다.

"어사다."

마패를 본 군관이 흠칫하더니 다가와 다시 보았다. 그러더니 허리를 굽혔다가 펴고 이산을 보았다.

"어사께서는 어디로 가십니까?"

"어사가 어디 간다고 너한테 말해주란 말이냐?"

이산의 목소리가 사방에 울렸다.

"이놈의 고을에서는 어사 붙잡고 취조를 하는 거냐?"

"아니올시다."

당황한 군관이 두 손을 모았다.

"소인이 안내를 해드리려고 그럽니다."

"네가 어떤 놈인데?"

"마두현의 병방비장 오금석이올시다."

"왜 민가에 숨어서 술래잡기를 하고 있는 거냐?"

이산의 호통이 이어졌고 군관 이하 군사들은 더 위축되었다.

"이곳에서 강을 건너면 바로 현청이 나오기 때문에 위장 초소를 세운 것입니다, 나리."

"닥쳐라!"

이산이 버럭 소리쳤다.

"왜군이 조총대 10명만 끌고 오면 민가에 숨어 있는 네놈들은 도망갈 곳도 없이 다 죽는다! 왜군이 그렇게 호락호락 당할 것 같으냐!"

비장은 이제 고개만 숙였고 이산의 외침이 이어졌다.

"이 무식한 놈들. 초소를 세우려면 뒤쪽 개울가 바위틈에 서너 명을 숨겨 놓았어야 했다. 그 요지를 비워두고 이곳에 숨어 있었단 말이냐!"

이제는 비장이 고개만 숙였기 때문에 이산이 발을 떼었다. 군사들이 물러서서 길을 터 주었다.

민가 방 안으로 들어선 이산에게 비장이 물었다.

"나리, 현령께 전령을 보낼까요?"

"필요 없다. 우리는 이곳에서 쉬고 내일 곧장 수군영으로 떠날 예정이다."

이산이 이제는 화를 풀고 말했다.

"너희 고을에 어사출두를 할 작정이 아니었는데 너희들 기찰에 걸린 것 아니냐?"

"황송하오."

"그러니까 전갈만 하고 모른 척해라. 비밀로 하란 말이다."

"예, 나리."

"어사 출현의 소문이 난다면 다 너희들한테 죄를 물을 테니 입단속을 시켜라."

"예, 저녁상을 차려오도록 하지요."

비장이 굽실거리면서 나갔을 때 이산이 길게 숨을 뱉었다. 숨어서 가려고 했는데 이순신을 만나기 하루 전에 족적을 드러낸 것이다.

그때 이순신은 해전에서 돌아와 여수의 좌수영 본진으로 들어온 상태였다.

이번 해전에서 조선 수군은 통영 앞바다에서 왜선 6척을 격침했다.

"장군, 원 수사가 뵙겠다고 찾아왔습니다."

사도첨사 김완이 보고를 했기 때문에 이순신이 고개를 끄덕였다.

원 수사는 경상 우수사 원균을 말한다. 잠시 후에 원균이 비대한 몸을 뒤뚱거리며 청 안으로 들어섰다. 앞에 앉은 원균이 말했다.

"장군, 이번에는 전과가 6척밖에 안 되었지만 곧 다카도라가 이끄는 왜군 수군이 견내량 쪽으로 진출할 것이라고 합니다."

원균이 말을 이었다.

"수군만호 양준이 정탐원한테서 들은 정보요. 닷새쯤 후에 부산진에서 나온다니 우리가 미리 나가 있어야 할 것 같소."

그때 듣고만 있던 이순신이 말했다.

"그 이야기도 들었소. 요시아키가 이끄는 왜선 50척이 출진한다는 정보도 있더군."

"장군, 다카도라가 온다는 건 확실하오. 나한테 전선 30척만 맡겨주시면 내가 대신 수군을 이끌고 나가겠소."

"……."

"거북선은 1척만 주셔도 되오."

"……."

"그리고 내가 세운 전공(戰功)은 장군과 꼭 반으로 나누리다."

그때 고개를 든 이순신이 원균을 보았다.

"경상 우수영의 전선은 몇 척이오?"

원균이 이순신의 시선을 받더니 머뭇거리다가 대답했다.

"판옥선 2척에 연락선 3척이오."

"그럼 그 배들을 끌고 나가시오."

이순신이 시선을 준 채로 말을 이었다.

"나가서 싸우라는 것이 아니오. 다카도라의 함대가 온다면 그대가 그놈들을 유인해서 견내량 앞바다로 나오시오."

"……."

"내가 대기하고 있다가 연락선의 연락을 받으면 즉각 출동하리다."

"……."

"물론 전공(戰功)을 세운다면 우수영군과 정당하게 나눌 것이오."

"명령이시오?"

"우수사가 견내량 쪽으로 꼭 나가고 싶다면 그러라는 말이오."

그때 원균이 자리에서 일어섰다. 살찐 얼굴이 굳어졌고 눈은 흐려져 있다.

"몸이 아파서 쉬어야겠소."

"잠깐만."

이순신이 부르자 원균의 눈동자에 초점이 잡혔다. 그때 이순신이 서 있는 원균에게 물었다.

"고부 군수 김동채하고 교우 관계가 깊으셨지 않소?"

원균이 숨만 들이켰을 때 이순신이 말을 이었다.

"보름 전쯤 김동채가 왜군 밀정들의 칼을 맞아 죽었다고 들었소. 아시오?"

"들었소."

"고부에서 주상이 계시는 북쪽까지 위험을 무릅쓰고 북상한 충심이 안타깝소."

"……."

"김동채는 주상께 간언서까지 지참하고 갔다가 변을 당했다니 안타까운 일이오. 하늘이 무심하신 것 같소."

"이만 가보겠소."

원균이 몸을 돌렸다.

원균은 1540년생이니 54세. 이순신보다 5살 연상이다.

왜란이 일어났을 때 경상 우수사로 왜선을 직접 맞았는데 왜군의 대함대를 보자 전선 80여 척을 불태운 후에 판옥선 3척만 이끌고 도망을 쳤다. 그러고는 한참이 지나서야 이순신의 전라 좌수영군에 합류한 것이다.

그리고 연이은 해전에 동참은 했으나 전혀 전공을 세운 것이 없다.

경상 우수영의 판옥선 3척은 후위에 따르면서 왜군 전사자의 목을 베기만 했기 때문에 전라 좌수영군이 화포를 쏘아 쫓아내기까지 했다.

통제사의 청을 나온 원균이 옆을 따르는 이복동생 원종에게 말했다.

"저놈이 내가 김동채 편에 상소를 보낸 것을 아는 것 같다."

"동인 무리가 이순신 편을 들고 있지 않습니까?"

"영상 이산해가 마침 우리 편으로 돌아섰으니 기회는 있어."

동인이었던 이산해가 이순신 편을 드는 유성룡과 사이가 틀어지고 있는 것이다. 임금과 떨어져 있어도 파당끼리의 연락은 긴밀하게 이어졌다.

영문(營門)을 나서면서 원균이 잇새로 말했다.

"김동채가 가져간 상소는 임금이 다 읽었다고 한다. 김동채는 임무를 마치고 죽은 것이지."

"이순신 주변에 백성들이 구름처럼 몰려와 임금처럼 받든다고 했으니 임금은 가만있지를 못할 것입니다."

원종이 쓴웃음을 지은 얼굴로 말을 잇는다.

"조금만 기다려 보시지요, 형님."

"아아, 저런 자가 어찌 군사를 지휘하고 이 난국을 헤쳐 나간단 말인가?"

이순신이 앞에 선 김완에게 물었다.

"저자의 판옥선에는 아직도 여자들이 있느냐?"

"예, 조카를 시켜서 근처 민가의 과부 둘을 더 데려왔다고 합니다."

"여색(女色)을 밝히는 건 어쩔 수 없다지만 전장(戰場)까지 여자를 데려오다니, 고금에 없는 장수다."

이순신의 얼굴에 쓴웃음이 번졌다.

"전장(戰場) 뒤에서 머리나 줍는 인간이 나를 계속해서 모함하고 있구나."

"베어 죽여야 합니다."

김완이 번들거리는 눈으로 이순신을 보았다.

"명만 내리시면 누구라도 달려가 목을 벨 것입니다. 경상 우수영 장졸들도 마찬가지입니다. 원균의 일가붙이만 빼고 다 나서서 죽이려고 할 것입니다."

"저런 인간 같지도 않은 자를 믿고 있는 조정의 대신들도 있지 않으냐?"

"임금도 은근히 원균의 편을 든다는 소문이 났습니다. 백성들이 장군을 따르기 때문에 혹시나 왕조를 빼앗길까 두려워한다는 것입니다."

"입 닥쳐라."

낮게 꾸짖은 이순신이 곧 목소리를 낮췄다.

"원균이 정찰을 나가 보라고 했더니 갑자기 몸이 아프다는구나. 이언양을 시켜 견내량 근처를 돌아보고 오라고 해라."

"예, 전선 몇 척을 보내리까?"

"전선 하나에 쾌선 두 척이면 된다."

김완이 청을 나가자 이순신이 다시 길게 숨을 뱉었다. 얼굴에 수심이 덮여 있다.

여수의 수군통제영과는 1백 리(40킬로) 거리였지만 이곳 조그만 마을에서도 이순신의 수군(水軍) 소문은 자자하게 퍼져 있었다.

미시(오후 2시) 무렵.

이산은 이제 삼도수군통제영에서 반나절 거리까지 다가왔다. 그러나 오늘은 이곳에서 쉬면서 민심을 알아볼 작정이다.

마을 주막에 방을 잡은 이산이 주인에게 은 조각 2개를 내밀고 저녁을 부탁했다. 주막은 손님이 많고 소란스럽다. 전쟁이 일어난 세상이 아니다.

구석 쪽 평상에 앉은 이산이 길게 숨을 뱉었다.

"이 통제사 덕분이구나."

"당신은 어디서 왔소?"

옆자리의 40대 상민이 불쑥 물었기 때문에 이산이 고개를 들었다. 이산은 이쿠노와 겸상으로 늦은 점심을 먹는 중이었다.

"평안도에서 오는 길이오."

"거긴 멀리서 왔구려."

사내가 입가에 묻은 물기를 닦으면서 말을 이었다.

"나는 경상도 밀양에서 왔소."

옆쪽 평상에 앉은 사내는 20대쯤의 총각과 겸상으로 밥을 먹고 있었다. 주막 안은 손님이 가득 차서 떠들썩했다. 사내가 말을 잇는다.

"내 어머니는 밀양에서 왜군의 칼에 맞아 가셨고, 내 처는 피란길을 떠난 지 석 달 만에 굶어 죽었소."

사내의 목소리가 컸기 때문에 주위의 시선이 모였다. 밥그릇에 물을 부어 마시고는 사내가 퀭한 눈으로 이산을 보았다.

"10살짜리 딸은 전라도까지 내가 업고 왔는데 남원 근처까지 왔다가 병에 걸려서 죽었소."

"어디로 가시오?"

이산이 묻자 사내는 목이 메어 대답을 못 하는 사이에 젊은 총각이 대답했다.

"여수 전라 좌수영으로 갑니다."

"거기에 누가 있나?"

"아니오."

총각이 고개를 저었다.

"저하고 아버지는 팔심이 좋아서 판옥선 노꾼이 되려고 합니다. 밀양에서도 노를 저어 보았습니다."

40대 사내가 아비인 모양이다. 그때 손등으로 눈을 닦은 사내가 말했다.

"그래서 남은 노잣돈을 다 털어서 주막 밥을 사 먹었소. 내일은 좌수영에 가서 우리 부자가 판옥선 노꾼이 될 테니까."

이산이 소리 죽여 숨을 뱉었다.

이것이 조선 백성의 삶이다.

주막 뒷방은 창고를 개조해서 손님을 10여 명 들였는데 이산 일행도 구석에 자리 잡았다.

술시(오후 8시) 무렵.

이산은 구석에 벽을 향해 모로 누웠고 이쿠노와 곤도는 각각 등짐을 베고 잠든 시늉을 했다. 조병기가 셋을 가로막듯 누워서 눈만 껌벅였는데 방 안 이야기가 다 들렸다.

방 안 손님은 세 무리였는데 이산 쪽이 넷, 다른 두 무리는 넷과 셋이다.

그중 옆쪽에 붙어 있는 넷의 이야기 소리가 다 들렸다. 넷은 상인들로 여수에 곡식을 팔러 가는 중이었다. 넷 중 하나가 옆쪽 무리의 사내에게 말했다.

"원균이 지난번 해전 때 왜군 수급을 47개나 떼었다네. 아는가?"

"47개나? 많군. 그렇다면 전라 좌수영은 수백 개를 떼었겠지?"

"그래? 좌수영이 얼마 떼었는지 맞혀보게. 맞히면 상을 주지."

"5백 개는 되었겠지. 원균의 경상 우수영보다 전라 좌수영 함선이 10배도 더 많지 않은가? 더구나 통제사가 지휘하시고."

"어림도 없는 소리. 틀렸어. 다시 맞혀봐."

"그럼 6백 개? 7백 개?"

"틀려. 한 번만 더 불러봐."

이제 주위가 조용해졌고 모두 그쪽에 귀를 기울이고 있다. 사내가 대답했다.

"그럼 1천 개로군. 대공(大功)을 세웠으니까."

"아닐세."

"그럼 몇 개야?"

"42개일세."

"뭐야?"

놀란 외침은 세 곳에서나 울렸다.

"말도 안 되는 소리."

"농담하지 말게."

"어떻게 된 일이야?"

이곳저곳에서 다그치듯 물었더니 사내가 헛기침부터 했다. 그때는 이산도 몸을 돌려 그쪽을 쳐다보는 중이다. 사내가 입을 열었다.

"그날은 바람이 불어서 판옥선도 가랑잎처럼 흔들렸다네."

"나도 들었어, 풍랑이 심했다고."

사내 하나가 맞장구를 쳤고 말이 이어졌다.

"통제사께서는 침몰한 왜선을 놔두고 나포한 왜선 2척만 끌고 돌아오라고 명령하셨네. 왜군 목을 뗄 날씨가 아니었어."

"그래서?"

"그래서 전라 좌수영은 백병전에서 뗀 목만 갖고 퇴군한 거야."

"그런데 원균의 경상 우수영군은 어떻게 왜군의 수급을 많이 뗀 거야?"

"그것이……."

이제 사내는 검은 얼굴을 일그러뜨리며 방 안을 둘러보았다. 방 안의 모든 시선이 모였다.

“내가 좌수영 판옥선의 군관한테서 직접 들었네.”

“말해, 어서.”

이쪽저쪽에서 서둘자 사내가 헛기침을 했다.

“원균은 통제사의 지시로 나포한 왜선 2척을 끌고 뒤를 따랐네. 원균의 우수영 군은 판옥선 2척뿐이어서 전투도 하지 않고 후방에 머물고 있었다네.”

“그래서?”

“그런데 나포한 왜선 2척에는 40명 가까운 조선인 포로가 타고 있었다네.”

그 순간 방 안은 숨소리도 나지 않았고 사내의 목소리가 떨렸다.

“원균은 부하들을 시켜서 그 불쌍한 조선인 포로들을 죽여서 목을 벤 것이네. 그것을 왜군 머리라면서 전공으로 올린 것이지.”

“…….”

“통제사한테는 포로들을 뭍에서 다 풀어주었다고 거짓말을 했지만, 원균의 소행에 격분한 우수영 군사들이 그것을 다 퍼뜨렸다네.”

“저런 죽일 놈.”

사내 하나가 먼저 소리쳤고 방 안은 울분의 소음으로 떠나갈 것 같았다.

그때 이산과 조병기의 시선이 마주쳤다.

다음 날 아침.

방구석에 우두커니 앉아 있던 양기복이 고개를 들었다. 열린 방문 밖에 사내 하나가 서 있다. 어제 주막 평상에서 보았던 사내다.

“여보시오, 나가서 같이 밥 먹읍시다.”

양기복의 시선을 받은 사내가 말을 이었다.

“아들도 데리고 나오시오.”

그때 옆에서 쪼그리고 누워 있던 아들 금동이 꾸물대며 몸을 일으켰다. 사내가 다시 말했다.

"우리 주인이 밥을 사신다고 하오."

사내는 조병기다.

어제 밥값, 방값 낸 것으로 노자를 다 썼기 때문에 양기복 부자는 무일푼이다.

그래서 염치 불구하고 두 부자는 이산이 산 밥을 허겁지겁 퍼먹는다. 이산이 귀한 돼지고기까지 시켰기 때문에 밥이 꿀맛 같다. 양기복은 밥을 먹다가 눈물까지 쏟았으나 수저질을 멈추지 않았다.

진시(오전 8시) 무렵이어서 부지런한 장사꾼들은 일찍 요기를 마치고 주막을 빠져나갔다. 그래서 주막 평상에는 이산 일행과 양기복 부자뿐이다.

이윽고 둘이 상을 물렸을 때 이산이 고개를 들고 양기복을 보았다.

"여보시오, 둘이서 판옥선의 노꾼이 되실 생각이오?"

"예, 나리."

굽신 고개를 숙여 보인 양기복이 대답했다.

"예, 노꾼이 되면 밥 먹여주고 재워주기도 할 테니까요."

"밀양에서는 뭘 했소?"

"고기 잡고 밭도 일궜지요."

"여기서는 고기 못 잡나?"

"배가 있어야지요. 머물 집도 없는 처지에 어림도 없는 일입니다."

"고깃배 말인가?"

"예, 나리."

"배 한 척에 얼마인가?"

"그건 왜 물으십니까?"

"나도 어부나 되려고."

"그물 치고 먼바다까지 가려면 30자짜리는 있어야지요. 백미 150석은 내야 삽니다."

그러더니 눈을 가늘게 떴다가 고쳐 말했다.

"요즘은 전란 중이라 백미 1백 석쯤 주면 살지도 모르겠소."

"금으로 바꾸면 얼마를 내야 하나?"

"금이 더 귀하니 3냥이면 되겠지요."

그때 이산이 고개를 돌려 조병기를 보았다.

"금 4냥을 주게."

"예."

대답한 조병기가 등짐을 뒤적거리더니 곧 주머니 하나를 꺼내 양기복에게 내밀었다.

"이거 받으시게. 금이네."

입만 떡 벌리고 있던 양기복이 엉겁결에 주머니를 받았을 때 이산이 말을 이었다.

"마침 우리 노자가 남아서 당신한테 주는 것이네. 그 금으로 배를 사서 아들하고 고기 잡고 살게. 집도 살 수 있을라나?"

"이건!"

묵직한 주머니를 들고 있던 양기복이 안을 들여다보더니 숨을 들이켰다. 옆에 붙어 앉은 아들 금동은 몸을 굳히고 있다. 주머니 안에는 금반지가 가득 들어 있는 것이다.

그때 이산이 몸을 일으켰다.

"잘사시게. 우리는 가네."

그때 가또는 한양성에서 고니시를 만나고 있다.

왜군 1번대장과 2번대장이 만나는 것이다. 둘은 일본의 지배자 도요토미 히데요시의 측근 출신으로 경쟁 관계다. 히데요시가 조장한 것이다. 둘은 서로 치열하게 경쟁하면서 히데요시에게도 경쟁적으로 충성하고 있다.

만나는 장소는 경복궁의 청 안.

둘은 제각기 가신들을 좌우에 배석시키고 나서 마주 앉아 있다. 어깨를 편 가또가 고니시를 보았다.

"고니시 님, 강화 상황이 어떻게 되는 거요?"

"잘 진행되고 있소."

고니시가 지그시 가또를 보았다.

"맡겨주시오, 가또 님."

"글쎄, 그 내용이 궁금한데."

가또가 고니시의 시선을 맞받았다.

"내가 듣기에는 명에서 온 사신이 사기꾼이라고 했소. 조선 국경에서 짐승 가죽 장사를 했던 놈이 병신 같은 이여송을 갖고 논다는 거요."

"말을 삼가시오."

고니시가 이맛살을 찌푸렸다.

"그럼 내가 사기꾼을 상대로 강화 회담을 하고 있다는 말이오?"

"그렇소. 그놈을 나한테 보내주시오, 금세 껍질을 벗겨 보일 테니까."

가또의 목소리가 높아졌다.

"이렇게 시간 보낼 수가 없으니 나는 내 군사들과 함께 한양성을 나가겠소. 그렇게 알고 계시도록."

"만일 문제가 일어난다면 가또 님이 책임을 져야 할 거요."

"물론이지. 내가 언제 책임을 지지 않은 적이 있었나?"

가또가 자리에서 일어서며 말했다.

"구로다 님, 고바야카와 님과도 상의했소. 이것으로 고니시 님께 통고는 한 거요."

고니시가 눈을 치켜떴지만 입을 열지는 않았다.

그때 고니시는 39세.

고니시는 장사꾼의 아들로 태어나 우키다 나오이에에게 발탁되어 무사가 된 후에 히데요시의 측근으로 등용된 무장(武將)이다.

독실한 천주교 신자인데 경쟁자인 가또는 불교 신자이니 이것만으로도 원수가 될 만했다.

가또가 가신들과 함께 바람을 일으키며 청을 나갔을 때 고니시가 말했다.

"심유경을 불러라."

가신 하나가 서둘러 일어서더니 한 식경쯤 후에 심유경이 허겁지겁 들어섰다. 심유경도 가또와 고니시가 만난다는 것을 아는 것이다. 심유경이 자리에 앉았을 때 고니시가 말했다.

"이 도독에게 전하시오."

"뭐라고 말씀드릴까요?"

"부상병과 병약자는 용산에 남겨두고 갈 테니까 건드리지 말고 후퇴할 때까지 보호해 주시오."

"그러지요. 그럼 임해군, 순화군 두 왕자는 돌려보내 주시겠소?"

"그건 가또가 데리고 있어서 안 됩니다. 잘 아시겠지만 가또는 내 말을 듣지도 않소."

"그럼 용산의 군량미는 그대로 남겨두고 가시오."

"알겠소. 그 대신……."

고니시가 지그시 심유경을 보았다.

"심 장군은 우리하고 같이 가셔야겠소. 그래야 다른 장군들도 믿을 테니까 말이오. 특히 가또가 장군을 의심하고 있소."

그때 심유경이 쓴웃음을 지었다.

"그거야 내가 고니시 님을 믿고 있으니까 당연한 일 아니오?"

심유경도 고니시와 가또의 관계를 아는 것이다.

"나리, 암행어사가 왔습니다."

김천 현감 우종성이 서둘러 들어와 말했기 때문에 이순신이 고개를 들었다.

신시(오후 4시) 무렵.

'삼도수군통제영'의 청 안이다.

"암행어사가?"

"예, 마패를 확인했습니다. 전라도 암행어사입니다."

"어디 계신가?"

"본영 바깥 청에 계십니다."

"내가 나가겠다."

자리에서 일어선 이순신이 바깥 청으로 나갔다.

바깥 청에 서 있던 장신의 사내가 이순신이 들어서자 고개를 들었다.

젊다.

시선이 마주치자 사내가 한 걸음 다가섰다. 중인(中人) 차림으로 머리에는 두건을 썼는데 옷은 때와 먼지에 절어 후줄근했다. 그때 사내가 말했다.

"암행어사 한석입니다."

이산이 말하고는 허리를 굽혔다.

상대는 종2품 삼도수군통제사 이순신이다. 이순신은 짙은 수염에 눈이 어글어글한 광채를 띠고 있다. 다가선 이순신이 고개를 숙여 답례했다.

"이순신이오. 잘 오셨습니다."

주위에 비장, 별장, 만호, 첨사 등 장수들이 벌려 서 있었기 때문에 이순신이 먼저 안쪽 청으로 안내했다.

"안으로 드시지요."

이산이 이순신을 따라 안쪽 청으로 들어섰다.

"오시느라고 힘드셨소."

청에서 마주 보고 앉았을 때 이순신이 똑바로 이산을 보았다.

"남하(南下)하시면서 백성들을 많이 겪으셨을 텐데, 생활이 어떻습니까?"

이순신이 오히려 암행어사에게 먼저 묻는다.

이것이 이순신이다.

"좌우를 물려 주시지요."

먼저 이산이 말하자 이순신이 고개를 들었다. 청 뒤쪽에 비장 둘이 서 있다.

"자네들은 물러가 있으라."

허리를 굽힌 비장 둘이 청을 나갔을 때 이산이 이순신을 보았다.

"장군, 제가 세자 저하의 밀서를 가져왔습니다."

"세자 저하께서 말이오?"

놀란 이순신이 되묻더니 상반신을 세웠다.

"그대에게 밀서를 주셨소?"

"예, 은밀하게 주셨소."

이산이 가슴에서 비단 보자기에 싼 밀서를 꺼내 내밀었다.

금세 무릎을 꿇은 이순신이 두 손으로 밀서를 받는다.

밀서를 받은 이순신이 공손하게 앞에 놓더니 절을 했다.

이마를 청 바닥에 붙이면서 세 번 절을 한 이순신이 상반신을 세우더니 밀서를 다시 집어 들면서 이산에게 말했다.

"삼가 밀서를 읽겠소."

이순신이 비단 보자기를 풀어서 안에 든 밀서를 꺼냈다.

사각으로 접힌 흰 종이다.

이순신이 종이를 펼치면서 밀서를 읽기 시작했다.

이윽고 밀서를 다 읽고 난 이순신이 허리를 펴면서 눈을 감았다.

그러고는 한동안 미동도 하지 않더니 눈을 떴다. 앞에 앉은 이산과 시선이 마주쳤다.

그때 이순신이 입을 열었다.

"세자 저하께서 밀서에서 말씀하셨소."

"……."

"백성을 위해 죽을 작정으로 세자 노릇을 하신다는군요."

"……."

"그러니 함께 백성들을 위해 살자고 하십니다."

"……."

"고부 군수 김동채가 원균의 무고 투서까지 들고 와서 임금께 드렸다고 하시는군요."

고개를 든 이순신이 이산을 보았다.

"그대가 선전관 이산이라는 말도 쓰셨습니다. 김동채를 베어 죽인 것이 그대라고도 하셨소."

이산이 가슴 주머니에서 이번에는 기름종이에 싼 뭉치를 꺼냈다.

전(前) 대사간 홍기선이 준 밀서다.

"장군, 전(前) 대사간 홍기선을 아십니까?"

"알지요."

대번에 대답한 이순신이 눈썹을 모았다.

"곧은 성품의 관리였소. 직언했다가 정여립의 도당으로 몰려 귀양을 간 것으로 알고 있는데, 어떻게 되었습니까?"

"제가 노중(路中)에 만났습니다. 장군을 뵈러 간다고 했더니 이 밀서를 주시더군요."

"허, 이럴 수가!"

이순신의 얼굴에 웃음이 떠올랐다.

이산이 건네준 밀서를 받은 이순신이 말을 잇는다.

"홍 사간은 천문과 관상에 통달한 학자요. 10년쯤 전에 잠깐 만난 적이 있는데, 나한테 그럽디다. 10년만 견디면 나라에서 꼭 필요한 인재가 될 것이라고 말이오. 내가 그 말을 믿고 견디어 왔다고 해도 과언이 아니오."

이순신의 말이 많아졌다.

기름종이를 푸는 이순신의 손길이 빨라졌다.

"그런데 이제 나한테 서신을 보내다니 이렇게 기쁠 수가."

밀서를 꺼낸 이순신이 자리를 고쳐 앉더니 정중한 표정으로 읽기 시작했다.

이윽고 서신에서 시선을 뗀 이순신이 이산을 보았다.

얼굴이 상기되었고 두 눈이 번들거리고 있다.

이산의 시선을 받은 이순신이 눈동자의 초점을 잡더니 서신을 내밀었다.

"이 공이 읽어 보시는 것이 낫겠소."

이산이 주저했을 때 이순신이 서신을 흔들었다.

"이 공, 읽어보시오. 이 공은 이미 이 난세의 증인이 되셨소."

이산이 두 손으로 서신을 받았다. 그러고는 읽었다.

'통제사께 전(前) 대사간 홍기선이 서신을 보냅니다. 이번 전란(戰亂)은 오래갈 것이니 서둘지 마시고 옥체를 보중하시오. 조선 이씨 왕조를 위해서가 아니올시다. 이 땅의 백성을 위해서 보중하시라는 말씀이오.

전란은 내부 여건으로 끝나지 않습니다. 왜국의 사정으로 인하여 왜군이 떠나갈 것입니다. 천문(天文)을 보아하니 그 시기가 6년쯤 후가 되겠습니다. 그동안 장군 주위에 모이는 백성을 안돈시켜 주시기 바랍니다.

장군, 그사이에 장군을 음해하는 세력에 장군은 생사의 갈림길에 닿을 것이오. 그러나 견디시면 다시 복귀하시고 오히려 용명(勇名)을 천하에 떨치게 되시리라. 백성을 위하여 견디시기 바라오. 또한, 장군의 곁에 붙어 있는 마귀를 놔두시기 바랍니다. 그 마귀로 인하여 오히려 장군의 위상이 더 높아질 것이며, 왕조의 처신이 역사에 오명으로 기록될 것이니까 말이오.

장군, 왜란의 마지막 결전의 날. 장군은 떠나시는 게 좋소. 가슴을 내밀고 적탄을 받으시어 이 한 많은 왕조를 버리시고 백성의 영웅이 되시오. 그러면 오래도록 역사에 남으시리라. 결전에서는 대승하실 것이나 살아 돌아가신다면 왕(王)은 장군을 놔두지 않으시리라. 치욕을 안기실 것이니 그때에는 백성들과 왕조의 전란이 일어날 것이오. 아아, 장군, 떠나시오. 영웅으로 떠나시오.

이 서신을 지참한 이산은 또 하나의 난세영웅이오. 장군과는 다른 세상을 살 영웅이니 자식처럼 생각하고 가르침을 주시기 바라오.

현세(現世)에서 다시 뵙지 못할 장군과의 인연이나, 나는 두 영웅의 혼을 끝내 지

켜보리라. 홍기선이 보냅니다.'

서신을 다 읽고 고개를 든 이산에게 이순신이 입을 열었다.

"다 읽었는가?"

자연스럽게 하대가 나왔고 이산이 그대로 받아들인다.

"예, 장군."

"홍 사간의 글에 내 곁에 붙어 있는 마귀란 원균을 말하는 것이겠지?"

"그렇습니다."

고개를 든 이산이 이순신을 보았다.

"오면서도 원균의 악행에 대한 소문을 많이 들었습니다. 그래서 장군을 뵙고 나서 원균을 참하려고 했는데 놔둬야 할 것 같습니다."

"나도 장수들의 충언을 듣고 자객을 보내려고 했지만 그만둬야 할 것 같네."

시선이 마주친 둘은 동시에 쓴웃음을 지었다.

"장군을 뵈려고 천 리 길을 내려왔습니다."

"왜 그런가?"

"저는 가또 기요마사의 가신(家臣)이 되었습니다. 1천 석 녹봉까지 받았지요."

"허! 홍 사간이 자네가 다른 세상을 살 영웅이라고 하더니 그래서 한 말이군."

"놀라지 않으셨습니까?"

"아니야."

이순신이 고개를 저었다.

"처음에는 천민, 중, 상민까지 왜인의 무리에 동참하더니 차츰 서자(庶子), 양민, 양반 무리까지 왜인에 합세하고 있네. 이것은 민심이 이 왕조에서 떠나고 있다는 증거네."

"저도 서자(庶子)올시다. 제 아비는 전(前) 호조판서 이윤기였고 어머니는 북방의 회령에서 병마사였다가 역적으로 몰려 죽은 김경업의 딸이올시다."

"오오!"

신음을 뱉은 이순신이 눈을 크게 떴다.

"내가 두 분을 다 아네. 자네 외조부는 무장으로 명성이 있던 분이었고, 누명을 썼다는 소문이 났었어."

"옛날 일이어서 부질없습니다."

"자네 부친은 면식이 없지만 성함은 들었네."

"이번 전란에 모두 왜군에게 살해당하셨습니다. 몰살했지요."

"그런데도 왜장이 되려는가?"

"왜인을 지배해야 복수를 하는 것이 아니겠습니까?"

"옳지."

"조선 왕가(王家)와 조정을 떠나려는 것입니다."

"왜를 정벌하고 나서 돌아오겠지?"

"맞을 사람이 없습니다."

"그럴까?"

고개를 기울였던 이순신이 지그시 이산을 보았다.

"이보게."

"예, 장군."

"오늘 밤 나하고 술에 취해 보세."

"예, 그러지요."

"내가 오늘은 말이 많구나."

이순신이 가라앉은 눈으로 이산을 보았다. 눈동자의 초점은 흐려져 있다.

"어사가 왔어?"

눈을 치켜뜬 원균이 별장 우종기에게 물었다.

여수 수군영 위쪽의 저택 안.

여수에 경상 우수영군도 전선을 정박시켜 놓았기 때문에 원균이 숙소로 사용하는 곳이다.

"예, 지금 통제사하고 청에서 독대하고 있습니다. 어사는 분명합니다."

"어사가 출두도 안 하고 무슨 독대야?"

"비장 이야기를 들었더니 민생(民生) 이야기를 한답니다."

"민생이라……, 어사는 어떤 놈이야?"

"말 하나가 새겨진 전라 어사랍니다."

"괴이하군."

원균이 설렁줄을 당기자 곧 비장 조복이 달려왔다.

"부르셨습니까?"

"너, 지금 본영으로 가서 통제사가 만나는 어사를 살펴보고 오너라. 어사를 따라온 나졸이 있을 테니 그놈들한테 어사 내역까지 알아보고 오너라."

"예, 나리."

조복이 바람을 일으키며 달려 나갔다.

그 무렵.

고니시는 도요토미 히데요시로부터 한양성에서 철수하라는 지시를 받은 상태다.

동시에 행주성에서의 승전을 계기로 조선군은 결속하는 상황이다. 도원수 김명원이 경기도, 황해도, 평안도의 관군과 의병, 승병을 모아 연합 부대를 편성한 것이다.

그러나 주력군은 명군(明軍)이다.

명군의 주장(主將)은 송응창.

송응창은 심유경을 내세워 고니시와 회담을 서둘렀다.

"좋소."

송응창이 보낸 서일관이 먼저 고니시에게 말했다. 서일관이 강화사다.

"당신 요구대로 다 해줄 테니 갑시다."

이곳은 한양성 안.

왜군은 철수 준비가 다 되어 있는 상황이다. 서일관이 말을 이었다.

"나는 당신들 왕의 사죄 문서만 받아 가면 되니까."

그때 서일관의 말을 옆에 앉은 심유경이 통역했다.

"사죄 문서만 받아 가면 된다니까 적당히 대답해 주시오."

그때 고니시가 고개를 끄덕였다.

"같이 내려가십시다. 우리 관백께서도 써드릴 거요."

통역을 들은 서일관이 고개를 끄덕였다.

"좋소. 빨리 한양성이나 비우시오."

"오늘 밤에 떠날 테니까 길을 비우시오."

"알겠소. 연락하지요."

서일관이 호기롭게 대답했다.

서일관이 밖으로 나가 전령을 명군(明軍) 지휘부에 보내는 동안 심유경에게 고니시가 말했다.

"장군, 관백 저하의 항복 문서는 어림도 없는 수작이오. 그쯤은 장군도 알고 계시겠지요?"

"서일관은 무식한 자요. 좋은 종이에다 큰 도장을 찍고 글씨 잘 쓰는 문사(文士)를 시켜서 그럴듯하게 문장을 만들면 되오."

심유경이 빙글빙글 웃으면서 말했다.

"우리는 시간을 번 거요, 고니시 님."

"저자는 우리 본토까지 같이 가자는 것 같은데, 떼어 놓아야 되지 않겠소?"

"가서 속이면 된다니까 그러시네."

심유경이 말을 잘랐다.

"서일관 저 작자는 화평 사절로 둔갑시켜서 관백께 일본 황제를 제수하려고 가는 것으로 합시다."

"과연."

그때야 고니시의 얼굴에 웃음이 떠올랐다.

"당신 중국인들, 사기꾼으로는 뛰어나구만그래."

3장
이순신과 히데요시

저녁에 이순신과 이산은 조촐한 주안상을 차려놓고 술을 마셨다.

"이봐, 산아."

서너 잔 술잔을 비웠을 때 이순신이 이산을 불렀다.

불빛에 반사된 눈이 어글어글했고 입도 꾹 닫혔다.

함께 있으면서 이산은 이순신이 입이 무겁고 잘 웃지 않는다는 것을 깨달았다. 한마디씩 분명하게 말을 내놓으며 군더더기가 없다.

"예, 장군."

어느덧 생부(生父) 같은 느낌을 받은 것은 술기운 때문이기도 할 것이다.

대답한 이산이 이순신을 보았다.

그때 이순신이 말했다.

"네가 날 만나려고 천 리 길을 남하했다니, 내 마음이 무겁다."

"저는 이제 후련합니다."

"이렇게 헤어지게 되는구나."

"원균을 베어 죽이고 장군의 짐을 덜어드린 후에 떠나고 싶었지만 대사간님의 말씀에 따르겠습니다."

"그래야지."

"장군, 부디 건녕하시옵소서."

"내가 마지막 결전 때 가슴을 내밀고 떠나리라."

이순신이 가슴을 내밀면서 처음으로 소리 없이 웃었다.

"어찌하리오, 그것이 내 운명인 것을."

"원통합니다."

"무엇이 원통하단 말이냐?"

"이 왕조에 태어난 것이 그렇습니다."

"산아."

"예, 장군."

"내 대신으로, 내 몫까지 뻗어 나가거라."

"예, 장군."

"나를 생각하거라."

이순신이 이글거리는 눈빛으로 이산을 보았다.

"그러면 내 기운이 너에게 옮겨갈 테니까."

이산의 눈에 물기가 번졌다. 그러나 가슴은 정기로 가득 찬 느낌이 된다.

조금 전에 후련했던 것은 지금까지 쌓였던 원한, 미련, 증오심이 싹 사라졌기 때문일 것이다.

전라 좌수영의 밤이 깊어간다.

내일 이순신은 삼도수군본영이 세워진 통영으로 떠나야 한다.

이순신과 작별한 이산이 낙동강 중류의 작은 마을에 도착했을 때는 4월 하순이다.

왜군은 4월 18일 한양성에서 철수한 것이다. 왜군은 모두 남하하는 중이었다.

이 이름 없는 마을이 가또군(軍)의 본진이다. 가또는 행재소 근처에 있던 코다를 불러들였기 때문에 이산의 가솔도 합류해 있다.

유시(오후 6시) 무렵.

가또는 진막 안에서 이산을 맞았다.

"이순신을 만나고 왔느냐?"

인사를 한 이산에게 가또가 대뜸 물었다.

가또 기요마사는 이때 32세. 이산이 고개를 들었다. 진막 좌우에는 가또의 중신(重臣)들이 정연하게 앉아 있다.

"예, 주군."

"그래, 이순신은 어떻더냐?"

"제대로 된 장수였습니다, 주군."

"그게 무슨 말이야?"

"무장(武將)의 참모습을 보았습니다."

그러자 가또가 눈을 가늘게 뜨고 소리 없이 웃었다.

"적장한테서도 배워야지. 그래, 어떻게 된 인물이더냐?"

"임금보다도 백성을 위해 죽겠다고 했습니다."

"호, 그런가?"

가또가 정색했다.

"임금에 대한 충성심은 없더냐?"

"임금을 배신할 인물은 아니었습니다."

"흠, 우리 일본군에 대한 증오심은 대단하겠지?"

"그렇습니다, 주군."

"우리가 포섭할 가능성은?"

"저하고는 입장이 다른 인물입니다."

"그건 그렇다. 하지만 우리가 조선 왕조를 무너뜨렸을 때 이순신은 남은 백성을 위해 우리에게 합류하지 않겠느냐?"

"그때는 죽을 것입니다."

"죽어? 어떻게?"

"저한테 말하더군요. 마지막 결전에서 죽겠다고 했습니다."

"허, 마지막 결전에서?"

"예, 주군."

그때 입을 꾹 다문 가또가 흐려진 눈으로 이산을 보았다. 주위가 조용해진 것은 중신(重臣)들도 숨을 죽이고 있기 때문이다. 이윽고 고개를 든 가또가 말했다.

"모두 물러가라."

그러더니 덧붙였다.

"이산하고 코다만 남고."

진막 안에 셋이 남았다.

넓은 진막이 갑자기 서늘해진 느낌이 든다. 가또가 턱수염을 문지르면서 시선을 조금 들고 이산의 머리 위를 보았다. 진막 안에 잠깐 무거운 정적이 덮였다. 그때 가또가 눈의 초점을 잡고 이산을 보았다.

"너, 관백 전하를 뵈러 가야겠다."

이산이 고개만 숙였고 가또가 말을 이었다.

"관백께서 네 이야기를 듣고 싶으신 것 같다."

가또의 시선이 코다에게로 옮겨졌다.

"여기 있는 코다가 관백께 바람을 넣어드린 때문이기도 하겠지."

그때 이산이 고개를 들었다.

"주군의 지시를 따르겠습니다."

"관백 전하의 지시니 가야지."

"예, 주군."

"내일 곧장 부산포로 가서 수군의 배에 타도록."

"예, 주군."

"코다가 너를 수행할 거다. 관백께서 저 영감도 동행시키라고 하셨다."

고개를 든 가또가 이산을 노려보았다.

"네가 내 가신(家臣)이 되기에는 너무 머리가 큰 것 같다."

그때 코다가 헛기침을 했다.

"주군……."

"이만 물러가라."

가또가 손을 저었기 때문에 이산이 몸을 일으켰다.

"주군께서 서운하신 것 같습니다."

진막을 나왔을 때 코다가 이산에게 말했다.

"그리고 이제 주군의 가문(家門)에서 떠나게 된다는 것을 알고 계시는 것이지요."

"내가 말이야?"

이산이 묻자 코다가 고개를 끄덕였다.

"예, 주군. 아마 주군은 관백의 직속 무장이 되실 것 같습니다."

발을 떼면서 코다가 말을 이었다.

"관백 전하 측근한테서 들었습니다."

이산이 잠자코 발을 떼었다.

새 세상으로 떠난다는 감회는 일어나지 않는다. 가또의 가신에서 관백의 직속 무장이 된다는 것에도 아직 실감이 안 난다. 다만 앞날이 순탄하지 않으리라는 예감은 일어났다.

그것이 마음에 든다.

애당초 가또의 가신이 될 때 순조롭게 살 작정은 하지 않았다.

그날 밤, 가솔과 모인 자리에서 이산이 말했다.

"내가 코다하고 관백 전하를 뵈러 간다. 너희들과 당분간 헤어지게 되겠다."

모두 알고 있었기 때문에 놀라지는 않았지만 서운한 기운이 덮였다. 그때 코다가 헛기침을 하고 덧붙였다.

"당분간 가문은 미요시가 집사 역할을 맡고, 주군은 나하고 조병기, 이쿠노, 곤도가 수행한다."

다음 날 아침에 떠나기로 되어서 이렇게 가신들과 작별을 했다.

왜군이 떠난 한양성은 폐허가 되어 있었다.

관아나 궁궐은 대부분 불에 타 소실되었고, 주민은 흔적도 보이지 않았다.

왜군이 점령하고 있을 때는 완장을 찬 향도나 주민들이 거리를 오갔지만, 지금은 묘지다. 도성 안팎에 백성들의 시신이 산처럼 쌓여 있었기 때문에 악취가 진동했다.

명군(明軍)이 포악하다는 소문이 퍼져서 더욱 그렇다.

진주한 명군들은 집집마다 수색을 해서 백성들을 끌어냈다. 사내는 사역을 시키고 여자는 노소를 불문하고 끌고 가 음욕을 채웠다.

"이산이 이 통제사를 만났을까?"

광해가 묻자 최경훈이 고개를 들었다.

"만났을 것입니다."

이산이 떠난 지 한 달이 지났다.

이곳은 평양성 안.

아직 임금은 평양성에서 움직이지 않았다. 최경훈이 말을 이었다.

"어사로 떠났으니 곧 소식이 전해지겠지요."

"한양성이 수복되었으니 조정이 들어가서 백성들을 수습해야 할 텐데."

광해가 걱정했다.

한양성에서 명군의 만행이 수시로 전해지고 있다. 허수아비 임금이라도 도성에 돌아오면 명군(明軍)의 악행이 줄어들 것이기 때문이다.

그때 최경훈이 외면하고 말했다.

"주상께선 왜군이 확실하게 남쪽으로 내려가기 전까지는 이곳에 계실 것 같습니다."

"그렇다면 나라도 먼저 도성에 가는 것이 낫지 않을까?"

"유 대감과 상의해 보시지요."

최경훈이 목소리를 낮췄다.

"마침 유 대감이 이곳에 와 계십니다."

유 대감은 유성룡이다.

"저하께서 늦은 시간에 오셨습니다."

광해를 맞은 유성룡이 방으로 안내하면서 말했다.

해시(오후 10시)가 되어 갈 무렵이다.

방에서 마주 보고 앉았을 때 광해가 유성룡을 보았다.

"대감, 제가 먼저 도성에 가는 것이 낫지 않겠습니까?"

"저하께서 말씀이오?"

"예, 도성에서 명군(明軍)이 악행을 저지르고 있다고 하지 않습니까? 명군(明軍)은 말리는 조선군 장졸들에게 칼질을 하고, 그것을 송응창에게 보고한 종사관 박응서를 쇠사슬로 묶어 끌고 다니다가 베어 죽였다고 들었습니다."

"……"

"저라도 도성에 가 있으면 명군의 악행이 줄어들지 않겠습니까?"

그때 유성룡이 고개를 들었다.

"저하, 가만 계시지요."

"무슨 말씀이오?"

"저하를 위해서 드리는 말씀입니다."

"왜 그렇습니까?"

"주상께서 허락하지 않으실 것 같습니다."

숨을 고른 유성룡이 말을 이었다.

"주상 대신으로 나선다는 것처럼 보일 것입니다."

"……."

"저하, 그래서 말씀드리는 것입니다."

"알겠소."

광해가 고개를 끄덕였다.

"대감 말씀대로 하지요."

유성룡은 호의로 말해준 것이다.

"원용, 네가 가는 것이 낫겠다."

원균이 조카 원용에게 말했다.

"이순신이 조정에서 내려왔다는 어사와 밀담을 나눈 후에 견내량의 왜 선단이 무사히 부산포로 돌아갔다는 내용이다."

앞에 놓인 밀서를 집은 원균이 원용에게 내밀었다.

"어사 수행원이란 놈들도 수상했다고 전해."

"예, 백부."

"이순신이 왜군과 내통했다는 증거야."

"한응인 대감께 전합니까?"

"그렇다. 내가 보냈다면 반겨줄 거다."

원균이 말을 이었다.

"지난번에도 보냈지만 가만둘 수는 없어. 가랑비에 옷 젖는 법이니라."

"예, 백부."

고개를 숙여 보인 원용이 몸을 돌렸을 때 원균이 어깨를 부풀렸다가 내렸다.

이순신의 지휘는 받지 않을 것이다. 이것이 원균의 목표다. 다른 건 생각할 필요도 없다.

남하(南下)하는 속도는 빠르다.

다섯이 모두 말을 탄 데다 왜군의 점령지였기 때문이다. 도중의 왜군 진지에서 말도 갈아탔기 때문에 부산포까지 닿는 데 이틀밖에 걸리지 않았다.

신시(오후 4시) 무렵.

부산포는 왜군의 점령지여서 넷은 곧장 수군 대장 와키자카 야스하루의 진으로 찾아갔다. 와키자카는 전선 140여 척을 거느리고 본토와 조선을 왕래하는 수송선단을 맡고 있다.

코다와 안면이 있는 와키자카가 반색했다.

"오, 영감. 왔는가?"

"와키자카 님, 내 주군(主君)을 모시고 왔소."

코다가 뒤에 선 이산을 위해 비켜서며 말했다.

"오오!"

와키자카가 웃음 띤 얼굴로 이산을 보았다.

"이산 님, 이야기 들었소."

"처음 뵙습니다. 이산입니다."

"일본말을 잘하시는군."

"열심히 배웠습니다."

"그래야지요."

와키자카가 자리를 권하고는 셋이 둘러앉았다. 와키자카가 본영으로 사용하는 부산진 관영 안이다. 미리 기별을 받은 터라 와키자카가 바로 입을 열었다.

"내일 수송단이 떠나니까 잘되었어. 지금 관백께선 오사카에 계시니까 전선 1척을 빼내 오사카까지 모셔다드리지."

와키자카는 40세.

3만 석의 영주였지만 이산에게 정중하게 대했다.

한산도 해전에서 이순신에게 대패한 와키자카는 구사일생으로 도망쳐서 살아남았다. 그것이 작년 8월 14일이다.

이 전투에서 이순신은 왜 전선 59척을 격파해서 왜군의 주력 함대를 일시에 궤멸시킨 것이다. 와키자카는 전선 14척을 이끌고 패주했다.

와키자카가 다시 말을 이었다.

"이순신을 함정에 빠뜨리려고 원균 주변을 통해 거짓 정보를 흘려도 도무지 끌려들지 않아."

와키자카가 혀를 찼다.

"조선에 이순신 같은 명장이 있을 줄은 몰랐어."

"와키자카 님이 명장이오."

코다가 정색하고 말했다.

"영웅은 영웅을 알아본다는 말이 있지 않습니까?"

"허, 참. 영감도 말을 지어내는군."

혀를 찬 와키자카가 손바닥으로 수염을 쓸어내렸다. 와키자카도 정색했다.

"나를 이긴 상대를 치켜세워서 내 가치를 높이려는 의도는 아닐세."

이산과 코다의 시선이 마주쳤다. 와키자카는 이산이 이순신을 만난 것을 모르는 것이다. 그때 이산이 물었다.

"조선 수군이 강했습니까?"

"그대가 조선인이어서 이해하기 쉽겠군."

와키자카가 이산을 보았다.

"조선인은 장수를 존경하면 죽기 살기로 따른다네. 그것이 일본군하고 다른 점이야."

"그렇습니까?"

"이순신이 바로 그런 조선 장수지. 내가 직접 부딪쳐 봐서 알아."

와키자카의 표정이 열기를 띠었다.

"대장선의 깃발에 조선군은 일사불란하게 움직였어. 훈련이 잘된 것이 아냐. 모두 한 덩이가 된 것처럼 달려들었어."

"……."

"물론 조선군 판옥선이 밑바닥이 평평한 평저선이라 제자리에서 회전이 되고 화포가 위력적이었지. 우리 일본선의 주력선인 아다케(安宅船)는 대포가 한두 개지만 조선군 판옥선은 5, 6문이었거든."

와키자카가 고개를 저었다.

"그러나 무엇보다도 지형을 잘 아는 이순신의 전술에는 역부족이었지."

"어쨌든 이순신과 대적해서 귀환한 장수 아니시오? 다시 만났을 때는 빚을 갚으시오."

코다가 말하자 와키자카가 쓴웃음을 지었다.

"그래서 원균을 자꾸 들쑤시고 있어."

그러고는 덧붙였다.

"조선은 안이 썩어서 망할 거네."

그날 밤.

바닷가의 숙소에서 이산과 코다가 방문을 열어놓고 술을 마신다. 조병기와 곤도도 조선을 떠나기 전날 밤이라 허락을 받고 밖으로 나갔다. 그때 이산의 잔에 술을 채운 코다가 말했다.

"주군, 돌아오시겠소?"

조선으로 돌아올 것이냐고 묻는다. 이산이 고개를 들었다.

"이 땅에 미련은 없어."

"목표는 세우셔야지요."

"영주가 되어야지."

"큰 영주가 되셔야지요."

코다가 바로 말을 잇는다.

"큰 영주는 조선의 왕보다 낫습니다."

"그런가?"

"조선은 명(明)의 속국 아닙니까? 조선 왕이 되려면 명(明) 황제의 승인을 받아야 하지 않습니까? 조선 왕은 일본 영주보다 못합니다."

"그렇군."

"일본의 큰 영주는 관백도 함부로 못 합니다. 이에야스 님 같은 분이지요."

도쿠가와 이에야스다.

이산이 한 모금의 술을 삼켰다.

이산 일행이 탄 전선(戰船) 아다케(安宅船)는 길이가 70자(21미터)가 되는 왜군의 주력 전투함이다.

배 선수에 대포가 1문 장착되었고 좌우에 조총병 30명 정도가 배치되었다. 전투원은 조총병을 포함해서 60명. 수부(水夫)는 80명이 노를 젓는다. 따라서 탑승 인원은 150명 정도.

아다케는 2층 누각선이어서 이산은 선장 신지와 함께 이층 누각에 서 있다.

사시(오전 10시) 무렵.

아침 일찍 부산포를 떠난 수송 선단은 우측으로 대마도를 끼고 전진하는 중이다. 대마도는 일본명으로 쓰시마다.

"이 배는 곧장 북구주(北九州)의 시모노세키를 거쳐 내해(內海)로 들어갈 것입니다."

신지가 앞쪽 바다를 가리키며 말했다.

나머지 수송 선단은 후쿠오카에 들러 군수품을 싣고 돌아간다.

신지가 말을 이었다.

"노중(路中)에 사고가 없으면 오사카까지 20일쯤 걸릴 것입니다."

"사고라니? 무슨 일인가?"

아래쪽에 서 있던 코다가 묻자 신지는 쓴웃음을 지었다.

"해적선이 가끔 출몰합니다."

"아직도 진압이 안 되었나?"

"옛날 다케다, 야마나 영지의 섬에서 새로운 해적이 여러 개 생겨났지요."

코다가 고개를 끄덕였다.

"모리 씨가 평정했지만 해적들까지는 미처 손을 대지 못했을 거야."

"해적선은 속력은 빠르지만 무장은 우리 전선(戰船)을 당하지 못합니다. 밤에 기습을 조심하면 됩니다."

이산이 배를 둘러보았다.

아다케(安宅船)는 대선(大船)이다.

조총병이 30명, 백병 전용 병사도 30명이나 있다. 백병전이 벌어지면 노 젓는 수부(水夫) 80명까지 150명이 전투 요원이 되는 것이다.

시모노세키를 지나 내해로 들어선 전선(戰船)은 순풍을 타고 서진(西進)했다.

노 젓는 수부(水夫)가 노를 잡을 필요도 없이 전선은 돛을 활짝 펴고 달렸다. 그렇게 이틀을 달렸을 때 선장 신지가 점심 무렵에 이산에게 말했다.

"나리, 앞으로 사흘은 조심해야 할 것 같습니다."

"해적선 출몰 지역인가?"

"예, 나리. 전선단으로 오갈 때는 해적선이 접근하지 못했지만, 지금은 한 척이어서 만만하게 볼 것입니다."

"관(官)의 전선까지 습격하다니 거친 해적이군."

"그놈들도 전선을 부리는 놈들이지요. 한때는 관인(官人)이었다가 영지를 몰수당하자 해적이 된 것입니다."

이산이 고개를 끄덕였다. 신지는 와키자카의 부하인 것이다. 신지가 돌아갔을 때 이산이 소리쳐 조병기를 불렀다.

"예, 주군."

계단 밑에서 조병기가 대답했을 때 이산이 말했다.

"내 활을 꺼내 오너라."

조선 활이다.

이산이 짐에 활과 화살을 묶어 온 것이다. 이산이 명궁(名弓)인 것은 조병기도 안다.

저녁을 마친 이산이 석궁을 손질하고 있을 때 물끄러미 바라보던 코다가 말했다.

"주군, 조선 활은 작지만 강하게 보입니다."

"그런가?"

활을 내려놓은 이산이 코다를 보았다.

"영감, 이에야스 님 이야기를 해주게."

"이에야스 님 말씀이오?"

코다의 얼굴에 웃음이 떠올랐다.

"영웅이지요. 관백 전하인 히데요시 님의 주군이셨던 오다 노부나가 님과 의형제 사이였던 거물입니다."

"오다 노부나가?"

"예, 오와리의 영주이셨다가 천하를 통일하신 주역이었소."

"그런데, 왜?"

"그런데 부하인 아케치 미쓰히데의 배반으로 혼노사에서 장렬히 자결하셨지요."

"부하가 배신했어?"

"11년 전이었소."

"그래서 어떻게 되었나?"

"그때 노부나가 님의 최측근이었던 관백께서 대군(大軍)을 몰아와 아케치 미쓰히데를 치고 천하를 평정하셨지요."

"그때까지는 이에야스 님이 관백 전하보다 윗분이었군."

"그렇지요. 배신으로 자결한 오다 노부나가 님과 의형제 사이셨거든요."

"히데요시 님이 천하를 장악하신 지가 11년이 되었나?"

"오다 님이 죽고 나서 1년쯤 지나서 장악하셨으니 10년 되었습니다."

"그동안 이에야스 님은 히데요시 님을 거들었나?"

"동쪽에서 관망하고 계셨습니다. 히데요시 님이 하나씩 오다 님의 중신들을 제거하시는 동안 거들지도, 방해하지도 않았지요. 동쪽을 누르고 있는 형국이었지요."

"……."

"그리고 히데요시 님이 천하를 장악하자 순순히 신하의 예를 보였지만 대영주입니다. 3백만 석 가까운 영지를 갖고 동쪽에서 군림하고 있지요."

코다의 눈에 열기가 띠어졌다.

"관백께서는 순순히 협조한 이에야스 님을 믿으십니다. 이에야스 님이 천하에 분란을 일으키려고 하지 않는다는 것을 알기 때문이지요. 자극하지 않으면 되니까요. 관백께서는 이에야스 님을 동지로 껴안고 천하를 통일하신 것입니다."

"이에야스 님 나이는?"

"올해로 50세요. 히데요시 관백 전하는 7살 위인 57세가 되셨습니다."

이산이 고개를 끄덕였다.

이렇게 배를 타고 가는 동안 일본 내국 사정을 알아갔다.

밤.

저녁 무렵부터 바람이 가라앉더니 이제는 부풀었던 돛이 늘어져 버렸다. 그러나 내해의 조류가 섬 사이로 빠져나가면서 동쪽으로 흐르는 터라 선장 신지는 수부(水夫)들을 쉬게 했다.

"경계병을 두 배로 늘려라."

섬이 가까워졌기 때문에 노련한 신지가 조장들에게 지시했다.

"배의 불을 끄고 소음을 줄여라."

이곳이 해적선 구역이다.

이산은 2층 누각에서 코다와 함께 잤는데 사방에 창이 있어서 경관이 좋았다.

낮에는 문을 접어 내리면 조총병이 사격하기 좋은 장소가 된다.

달은 보름달이었지만 안개가 짙은 밤이다.

뱃전을 두드리는 파도 소리만 적막을 깨뜨렸고 전선은 조류를 따라 흘러가고 있다.

그때 이산이 침상에서 상반신을 일으켰다. 신발을 꿰고 벽에 기대 세워놓은 활을 집어 들었다. 살통을 등에 멘 이산이 누각 밖으로 나왔다. 난간에 서 있던 경비병이 고개를 숙여 인사를 했다.

"무슨 소리 듣지 못했느냐?"

이산이 묻자 경비병이 눈을 둥그렇게 떴다.

"못 들었는데요, 나리."

"물 튀기는 소리가 났어. 노 젓는 소리 같았다."

뱃전에 부딪히는 파도 소리가 들릴 뿐이다.

이산이 안개에 덮인 바다 위를 훑어보면서 말했다.

"내려가서 조장을 데려와라."

"예, 나리."

"소리 내지 말고."

병사가 발소리를 죽이며 선창으로 내려갔다.

잠시 후에 조장 두 명이 병사를 따라 올라왔다.

조장들이 옆에 섰을 때 이산이 말했다.

"그동안 물 튀기는 소리를 또 들었다. 노 젓는 소리다."

이산이 손으로 왼쪽의 안개를 가리켰다.

"저쪽이다. 노 젓는 배가 따라오는 것 같다."

가리키는 곳은 안개가 덮여서 아무것도 보이지 않는다. 안개와의 거리는 5백여 보 정도. 배가 가는 방향에 따라서 간격이 좁혀졌다가 멀어지곤 했다.

이산이 조장들에게 말했다.

"병사들을 깨워서 대기시켜라."

조장들이 서둘러 돌아갔을 때 선장 신지가 누각으로 올라왔다. 자다가 깬 것이다.

"나리, 인기척을 들으셨습니까?"

신지가 묻자 이산이 고개를 저었다.

"인기척은 못 들었어. 물 튀기는 소리를 들었어."

"이곳이 해적 구역입니다."

신지는 시큰둥한 표정이다. 그 표정으로 말을 잇는다.

"한낮에도 배에 갈고리를 걸어 당겨서 배에 오릅니다. 물론 한두 척이 지나갈 때 그렇습니다."

배가 조류를 따라 안개 속으로 들어가고 있다. 그때 이산의 옆으로 코다가 다가와 섰다.

"주군, 청각이 밝으십니다."

"아니, 청각보다도 후각이 더 발달된 것 같아."

이산이 웃음 띤 얼굴로 말을 이었다.

"바람결에 사람 냄새가 맡아진다."

"사람 냄새 말입니까?"

"바다 냄새와는 전혀 다르지. 기름 냄새와 비슷해."

"그렇습니까?"

코다도 건성으로 대답했을 때다. 신지가 안개 쪽을 보더니 숨을 들이켰다. 안개 속의 검은 물체를 보았기 때문이다.

"앗, 저기!"

신지가 손으로 그쪽을 가리켰다. 곧 검은 형체가 드러났다.

해적선이다.

안개 속에서 이쪽으로 다가온다. 거리는 이미 1백 보 정도.

"타타타타탕!"

조총의 일제 사격 소리가 바다 위에 울렸다.

전함에서 조총병들이 해적선을 향해 발사한 것이다. 선고(船高)가 낮은 해적선이 내려다보이는 데다 거리가 50보 미만이다. 10발 중 6, 7발이 명중되었다.

"타타타타탕!"

다시 일제 사격.

해적선 안은 금세 수라장이 되었다. 다가오던 해적선이 뱃머리를 틀었지만, 오히려 이쪽에서 부딪칠 듯이 다가갔다.

"타타타타탕!"

다시 일제 사격.

이제 해적선의 갑판에서 움직이는 해적은 없다.

그때다.

"좌측에 해적선!"

외침이 울렸다.

반대쪽에서 해적선이 다가온 것이다.

"뒤쪽에도 해적선!"

다시 외침이 울렸다. 이번에는 목소리가 당황한 때문인지 허공에 뜬 것 같다.

"세 척이다!"

다른 목소리.

이산이 활을 움켜쥐고 좌측으로 달려갔다.

"조총수 1조는 좌측으로!"

신지가 고래고래 소리쳤다.

"타탕, 타탕탕!"

해적선에서도 조총을 발사한다. 벌써 이쪽에서도 서너 명의 사상자가 생겼다. 이산이 신지에게 소리쳤다.

"선장! 나는 좌측을 맡겠다! 나머지는 네가 처리해라!"

"예, 나리!"

전투 경험이 많은 신지가 대번에 알아듣고 병사와 수부까지 배치시켰다.

이산이 시위에 살을 먹이고는 우선 가깝게 다가온 해적선의 지휘자를 겨눴다.

모두 불을 밝히지 않았지만 거리가 50보 미만이어서 윤곽은 다 드러났다.

"쉭!"

이산이 쏜 화살 첫 발이 날아가 해적선에서 소리치던 사내의 가슴에 박혔다.

"왓!"

주위에서 함성이 울렸다.

"타타탕, 탕탕!"

이쪽저쪽에서 쏘는 총성이 밤바다를 울리고 있다.

해적선은 5척.

이제는 전선의 사방을 가로막은 채 공격하고 있다. 배는 낮고 전선보다 작았지만 해적선 한 척에 50, 60명씩 탑승하고 있어서 2배가 넘는 병력이다.

이산이 지휘관으로 보이는 해적 넷을 쏴서 넘어뜨렸을 때 옆쪽에서 곤도가 소리쳤다.

"주군! 뒤쪽에서 해적이 기어오릅니다!"

어느새 뒤쪽의 해적선 한 척이 배를 붙이고는 사다리를 걸쳐 놓은 것이다.

이산이 활을 버리고는 옆쪽 병사의 칼을 집어 들었다.

선미로 달려갔을 때 이미 해적들이 올라와 칼부림을 하는 중이었다.

칼날 부딪치는 소리가 요란했고 이쪽 병사 둘이 벌써 쓰러져 있다.

"이놈들!"

배가 울리는 것 같은 고함은 조선어다. 외침이 컸기 때문이기도 했지만 조선어다.

칼날을 마주친 해적도 달려들던 해적도 섬광 같은 순간에 흠칫했다.

이산이 달려들었다.

"얏!"

단칼에 병사와 칼을 맞댄 해적 하나의 머리통을 조각내고 한 걸음 더 뛰면서 이산에게 칼을 내지르는 해적의 허리를 베었다. 그때 곤도도 해적 하나를 쓰러뜨렸다.

"아악!"

해적의 비명이 거의 동시에 울렸다.

이산이 다시 뛰면서 이쪽에 옆구리를 보이는 해적의 어깨를 내려찍었다. 몸을 돌린 이산이 막 배에 기어오른 해적의 머리통을 발로 차서 바다로 떨어뜨렸다.

"에잇!"

이산의 고함이 선미를 울렸다.

그사이에 병사들이 배에 걸친 사다리를 걷어 떨어뜨렸다. 조총병 둘이 달려와 아래쪽 해적선을 향해 발포했다.

"타탕!"

10보도 안 되는 거리라 해적들이 사지를 벌리면서 쓰러졌다.

"와앗!"

병사들이 함성을 울렸다.

"쳐라! 모조리 죽여라!"

신지의 외침이 울렸다.

"타타타타탕!"

다시 조총의 일제 사격.

전함은 위치가 높아서 절대적으로 유리하다. 그리고 해적들은 약탈할 목적으로 화공을 하지 않는 것이다.

전함의 총성이 더 격렬해진 것은 해적들의 전력이 급격히 소진되고 있다는 증거다.

이제는 사냥이다.

키잡이도 보이지 않는 해적선 5척이 전함 주위에 떠서 흔들리고 있는 것이 마치 죽은 벌레 같다.

전함에서 사냥하듯 살아 있는 해적들을 조총으로 쏘기 때문이다. 전함의 병사와 수부도 수십 명의 사상자를 냈지만 대승이다.

그때 신지가 이산에게 말했다.

"전리품을 모아야 합니다."

해적선에서 전리품을 모으다니.

해적선을 수색한 수색대는 선창에 숨은 해적 80여 명과 두목급 3명을 생포했다.

하물은 보잘것없었기 때문에 두목급 3명만 제외하고 배와 함께 불태웠다. 해적선 5척을 화장시킨 것이다.

전선은 다시 어둠 속을 항진했다.

"다나카 휘하의 해적선입니다."

잠시 후에 선창에서 올라온 선장 신지가 이산에게 보고했다.

"다나카는 해적선 12척을 보유하고 있는데 그중 5척을 불태운 셈입니다."

"다나카라면 4만 석 영지를 가진 영주인데, 이놈을 토벌해야겠습니다."

옆에서 듣던 코다가 이산에게 말했다.

"관백께 보고를 해야지요."

"두목 세 놈을 끌고 가겠습니다."

신지가 말을 이었다. 두목 셋은 전리품인 것이다. 그때 이산이 쓴웃음을 짓고 말했다.

"일본에 들어와서 첫 전투를 치렀군."

내해라고 했지만 거대한 바다다.

수평선이 보이는 대해(大海)인 것이다. 노중에 풍랑도 만났지만 해전(海戰)을 치른 후에 전선은 15일 만에 오사카항에 입항했다.

선착장에 내렸을 때 관복을 입은 사내가 병사들을 인솔하고 다가왔다.

"이산 님이시오?"

"그렇소."

대답은 코다가 했다.

"관백 전하의 부름을 받고 오셨소."

"저는 오사카항 봉행 사이토라고 합니다. 기다리고 있었습니다."

이산을 향해 절을 한 사내가 옆으로 비켜섰다.

"가시지요. 준비하고 있습니다."

질서 있는 행동이다.

오사카성은 히데요시가 공을 들여 신축한 거성(巨城)이다.

거대한 누각을 중심으로 해자까지 파놓은 성벽이 세워졌는데 위압감이 풍겼다.

이산은 성안의 접객소에서 사흘을 묵은 후에 히데요시를 접견했다.

유시(오후 6시) 무렵이다.

이산은 조선 왕궁을 본 적이 없고 세자 광해를 이천 분조(分朝)에서 모신 경험만 있다. 더구나 피란 생활 중에 만든 분조와 비교가 되겠는가.

접견실은 사방이 200자(60미터)가 넘는 다다미방이다. 중앙에 아름드리 기둥이 4개 세워져 있는데 금박을 입혀서 번쩍이고 있다.

전면의 단 위에 앉은 히데요시가 아득하게 보일 정도다.

좌우에 중신(重臣)들이 미동도 없이 앉아 있어서 모두 석상처럼 보였다. 수백 명이다. 그런데 숨소리도 내지 않는다.

이산과 코다는 봉행이 준비해 둔 관복으로 갈아입어서 말끔한 차림이다.

가운데 난 통로를 걸어 둘은 히데요시의 50보 밖에 무릎을 꿇고 앉았다.

그때 히데요시가 앉은 단 아래쪽에 앉아 있던 관리가 말했다.

"10보 앞으로 오라."

낮게 말했는데도 목소리가 울렸다. 히데요시의 중신(重臣) 미요시다.

다시 일어선 둘이 히데요시의 10보 앞으로 다가가 꿇어앉았다.

그때 이산은 히데요시의 얼굴을 제대로 보았다.

작다.

쥐 같은 얼굴. 관복 어깨에 '심'을 넣어서 마치 날개처럼 어깨 폭이 넓어졌는데 그래서 더 작게 보였다.

흰색 비단옷에 오른쪽 가슴에는 붉은색으로 주먹만 한 호리병 자수가 박혀 있다.

피부색이 검어서 병자 같았지만 단 하나, 눈빛이 예사롭지가 않다.

무심한 것 같은 시선이었지만 이산은 숨을 죽였다.

사방이 빈 것 같지만 무언가로 막힌 느낌. 허허실실(虛虛實實). 검사(劍士)인 이산에게는 처음 만난 강수다.

이것은 선입견이 아니다. 잠깐 히데요시의 시선을 받았지만 이산은 어금니를 물었다.

곧 이산이 시선을 내렸을 때다. 중신 미요시가 히데요시에게 물었다.

"전하, 무엇을 물어보시겠습니까?"

히데요시가 입을 열었다.

"내가 직접 묻겠다."

히데요시의 목소리가 처음 울린 것이다. 전 안에 숨소리도 나지 않았고 히데요시가 똑바로 이산을 보았다.

"네가 조선인 이산인가?"

"예, 전하."

"체구가 크구나."

"감사합니다."

"조선인 체구가 크지."

혼잣말처럼 들렸기 때문에 이산은 대답하지 않았다. 그때 히데요시가 다시 물었다.

"네가 검사(劍士)라고?"

"검술을 조금 배웠습니다."

"네가 고니시의 부하들을 여럿 죽였지?"

"예, 전하."

"야마시다도 죽였지?"

"예, 전하."

"내가 야마시다를 알지. 그놈이 네 어미를 죽였다던데, 맞느냐?"

"예, 전하."

"사내라면 부모 원수를 갚아야지. 단신으로 막사에 쳐들어갔다면서?"

"예, 전하."

"가또의 가신이 된 이유는 뭐냐?"

"일본 무장으로 입신하고 싶었습니다."

"네가 세자 광해군의 신임을 받고 정4품 선전관이 되었다면서?"

"예, 전하."

"광해군의 목숨을 구해줬다는 말이 맞느냐?"

"예, 전하."

그때 히데요시의 시선이 코다에게로 옮겨졌다.

"코다."

"예, 전하."

"네가 수고했다."

"예, 전하."

코다가 전 바닥에 이마를 붙였을 때 히데요시가 미요시에게 말했다.

"내전에서 다시 이산을 만나겠다."

"예, 전하."

놀란 미요시의 두 눈이 커졌고 목소리의 뒤끝이 떨리기까지 했다.

특전이다. 지금까지 이런 전례가 없었다.

잠시 후에 내전의 청에서 넷이 둘러앉았다.

히데요시가 상석에 앉았고 그 아래쪽에 미요시, 이산, 코다가 반월형으로 둘러앉은 것이다. 거리는 세 발짝 정도였으니, 백만 석 이상 영주급과의 대담 같다.

각자의 앞에는 작은 상이 놓였고 상 위에 술병과 잔, 접시에 매실장아찌가 놓였다. 간단한 술상이다. 그때 히데요시가 입을 열었다.

"이봐, 코다. 네가 조선에서 꽤 큰 고기를 낚았다고 생각하느냐?"

"예, 전하."

코다가 두 손으로 방바닥을 짚었다.

"칭찬 받고 싶습니다."

히데요시의 시선이 이산에게 옮겨졌다.

"네가 세자를 모셨으니 알 것이다. 광해는 어떻더냐?"

"임금보다는 낫습니다."

"그래?"

히데요시의 얼굴에 웃음이 떠올랐다.

"세자가 왕이 되기 전에 조선은 망할 것 아니냐?"

이산이 입을 다물었고 히데요시가 술잔을 쥐었다.

그때 옆쪽에서 여인 하나가 소리 없이 다가와 잔에 술을 따라놓고 돌아갔다. 옆쪽 방에서 기다리고 있었던 모양이다. 여자의 치맛바람에 공기가 흔들렸고 향내가 맡아졌다.

한 모금 술을 삼킨 히데요시가 이산을 보았다.

"네가 이순신을 만났지?"

"예, 전하."

"세자의 밀서를 전했어?"

"예, 전하."

"무슨 내용이었더냐?"

"모함이 있더라도 견뎌 달라고 했습니다."

"허, 그랬더니?"

"이순신이 그렇게 하겠다고 했습니다."

"이순신이 배신할 것 같지는 않더냐?"

"예, 전하."

"나도 그렇게 생각해. 이순신은 충신이다."

히데요시가 흐려진 눈으로 천천히 고개를 끄덕였다.

"조선 왕한테는 과분한 신하지."

"……."

"이순신한테 네 정체를 밝혔느냐?"

"예, 전하."

"뭐라더냐?"

"새 땅에서 뜻을 이루라고 했습니다."

"네 뜻은 뭔데?"

"예, 일본에서 영주가 되는 것입니다."

"7천 석 이상 녹봉을 받아야 영주지."

"……."

"대공(大功)을 세워야 돼."

"……."

"가또가 너한테 1천 석 봉지를 줬다면서?"

"예, 전하."

"내가 오다 노부나가 님의 말고삐를 잡는 하급 무사였다는 말을 들었느냐?"

"못 들었습니다, 전하."

"코다 저놈이 말 안 해줬어?"

"그런 이야기는 안 했습니다."

"어떤 이야기를 했는데?"

"영웅이라고만 했습니다."

"네 나이가 몇이라고?"

"스물하나가 되었습니다."

"네 상(相)을 보니 반역을 할 놈은 아니다."

히데요시가 지그시 이산을 보면서 말을 잇는다.

"가볍게 입을 놀려 아부를 할 상(相)도 아니고."

이산이 심호흡을 했다.

격의 없이 말하는 히데요시에게 끌려 들어가는 느낌이 든다.

미요시와 코다는 숨을 죽인 채 술잔에 손을 대지도 못하고 있다.

그때 히데요시가 한 모금 술을 삼키고 나서 말했다.

"너, 이산."

"예, 전하."

"오면서 해적을 만났다고?"

"예, 전하."

"그곳이 모리 모토나리의 영지였다가 지금은 쪼개져서 여럿에게 나눠주었는데 다나카라는 놈이 해적질로 영역을 넓히는 모양이야."

히데요시가 말을 이었다.

"네가 다나카를 소탕해라."

팔걸이에 몸을 기댄 히데요시의 눈빛이 강해졌다.

"네 첫 임무다."

그렇게만 지시를 받고 이산과 코다는 히데요시 앞에서 물러났다.

오사카성 안의 접객소에서 그날 밤이 지나고 다음 날 오전, 미요시가 찾아왔다.

객사의 청에서 셋이 모여 앉았을 때 미요시가 말했다.

"전선(戰船) 6척과 호소카와의 가신이었던 나카무라(中村)가 인솔하고 있는 무사 5백을 줄 테니까, 그것으로 다나카를 치도록."

미요시는 히데요시의 집사 격인 노중(老中)으로 5만 5천 석을 받는 영주다. 미요시가 말을 이었다.

"오늘 중으로 나카무라가 이곳에 와서 그대를 만날 거야. 전하께선 그대가 다나카를 치우고 돌아오면 만나시겠다네."

"알겠습니다."

이산이 고개를 숙여 보였을 때 코다가 상반신을 세우고 미요시를 보았다.

"미요시 님, 좀 물읍시다."

"묻게."

"나카무라는 호소카와의 중신(重臣) 아닙니까?"

"그렇지."

"호소카와가 아케치 미쓰히데 편에 붙었다가 멸망한 가문이고 말입니다."

"그건 세상 사람들이 다 알지."

"그 호소카와의 중신 나카무라가 수하 무사 5백을 거느리고 있단 말씀이지요?"

"그렇지."

"나카무라가 언제 투항했습니까?"

"호소카와 잔당이 이곳저곳에 많이 흩어져 있었어."

"나도 압니다. 골칫거리였지요."

"그래서 산속에 처박혀 있던 나카무라를 시켜서 그 잔당들을 모은 거네."

"그렇군요."

코다가 고개를 끄덕였다.

"죽여도 손해 볼 것 없는 놈들을 데리고 가서 해적들을 소탕하는 것이군요."

"그런 셈이지."

미요시의 얼굴에 웃음이 떠올랐다.

"그렇다고 자네 주군을 무시하는 것이 아냐. 관백 전하의 용인술일 뿐이지."

그때 이산이 말했다.

"삼가 지시대로 하겠다고 말씀드려 주시지요."

미요시가 숙사를 나갔을 때 코다가 어깨를 으쓱거렸다가 길게 숨을 뱉었다.

"나카무라를 가신(家臣)으로 받아들이게 되겠습니다."

이산이 팔짱을 끼고 코다를 보았다. '그럼 어떠냐?'는 자세다.

그때 코다가 입맛을 다셨다.

"주군, 호소카와는 나중에 항복했지만 관백께서 할복을 시켰지요. 그리고 처자식도 모두 처형했습니다."

"……."

"역적 미쓰히데에게 붙어서 끝까지 저항했기 때문이지요."

"……."

"그래서 호소카와의 잔당들도 거칠고 관백께 원한이 많습니다. 모조리 몰살시키느니 해적 소탕전에 보내는 것이지요."

"재미있다."

불쑥 말을 뱉은 이산이 쓴웃음을 짓고 말했다.

"반역자 잔당을 이끄는 조선 출신 무장이라니. 잘 어울리는 조합이야."

"주군."

어깨를 부풀렸던 코다가 천천히 고개를 끄덕였다.

"헤쳐 나가십시다. 나는 주군의 역량을 믿습니다."

그날 신시(오후 4시) 무렵이 되었을 때 숙소의 청에 앉아 있던 이산에게 이쿠노가 다가와 말했다.

"나카무라라는 무사가 뵙자고 찾아왔습니다."

"어, 들어오라고 해."

이산 옆에 있던 코다가 말했다. 이쿠노가 물러가더니 곧 40대쯤의 사내와 함께 들어섰다.

무사다.

깨끗한 무명옷 차림으로 허리에 대소도(大小刀)를 찼는데 중키에 팔이 길고 어깨가 넓다.

마당에 선 사내가 마루로 나온 코다를 보더니 목례를 했다.

"나카무라입니다."

"오, 나카무라 씨, 난 코다요."

"예, 말씀 들었습니다."

"어제 미요시 님한테서 이야기 들었소. 주군께서 기다리고 계시오."

코다가 말을 이었다.

"청으로 올라오시오."

"예, 실례합니다."

청 안쪽에 앉은 이산이 둘의 이야기를 듣는다.

청에 오른 나카무라가 이산의 다섯 걸음 앞에서 무릎을 꿇었다.

"나카무라가 뵙습니다."

인사를 한 나카무라가 이마를 청 바닥에 붙였다가 상반신을 세웠다. 이산을 응시하는 두 눈이 번들거리고 있다, 습기가 덮였기 때문이다.

"호소카와의 전(前) 가신, 지금은 낭인 신세지만 이산 님 휘하에서 싸우라는 관백 전하의 지시를 받았습니다."

한마디씩 분명하게 나카무라가 말을 내놓았다. 옆쪽에 앉은 코다도 잠자코 나카무라를 응시했다. 그때 이산이 물었다.

"그대의 휘하 병력은 몇이나 되나?"

"예, 525명이 되었습니다."

나카무라가 바로 대답했다.

"모두 호소카와 가문에 복속했던 가신(家臣)입니다. 그런데 2천 석을 받던 제가 가장 상급자가 되겠습니다."

이산과 코다의 시선이 마주쳤다. 호소카와는 65만 석을 받던 대영주였다. 그 휘하 중신(重臣) 중에 수만 석을 받던 자들도 있었지만 모두 전쟁에서 죽거나 할복했다. 고개를 든 이산이 나카무라를 보았다.

"우리는 내해의 해적단을 거느리고 있는 다나카를 치러 갈 거네."

"미요시 님한테서 들었습니다."

"전선 6척과 장비를 받았어."

"예, 알고 있습니다."

"나는 다나카를 치는 동안 그대와 그대가 데려온 무사들의 지휘자일 뿐이지, 주군은 아니야."

"예, 그렇습니다."

이산의 시선을 받은 나카무라가 말을 이었다.

"외람된 말씀이나, 같이 관백 전하의 시험을 받게 되었습니다."

"이번 싸움에 목숨을 바칠 각오가 되어 있는가?"

"예, 나리."

"좋다."

이산이 고개를 끄덕였다.

"나도 목숨을 건다고 전해라."

"예, 나리."

"함께 싸우고, 함께 기반을 굳히기로 하자."

"그 말씀을 모두에게 전하겠습니다."

"그렇다면 계획을 세워야겠지."

이산의 말에 코다가 거들었다.

“내해 히로시마 남쪽 지역의 정보가 필요해, 나카무라. 무작정 떠날 수는 없지 않겠어?”

다음 날 오후에 이산 일행은 숙소를 오사카항 위쪽 어촌으로 옮겼다. 그곳을 출진 기지로 삼은 것이다.

히데요시의 지시를 받은 대형 아다케(安宅船) 6척이 바닷가에 정박했고, 작은 어촌은 나카무라가 데려온 무사들과 선원, 수부(水夫)로 가득 찼다.

전선 1척에는 양곡과 무기로 가득 차 있었기 때문에 무장은 금세 갖춰졌다.

이제는 작전이다.

밤에 이산의 거처에 간부들이 둘러앉았다.

그 면면을 보면 이번 작전의 지휘관이 구성되고 있다. 방바닥에는 내해 히로시마 남쪽 지도가 펼쳐져 있다.

이산이 지도에서 고개를 들고는 둘러앉은 사내들을 보았다. 코다, 나카무라, 이쿠노, 조병기, 곤도 그리고 오마치, 시라카와, 무라타까지 여덟이다.

그때 지도를 짚은 나카무라가 말했다.

“이곳 아키츠성이 다나카의 거성(居城)입니다. 이곳은 조류가 빠르고 암초가 많은 지역이어서 배로 접근하기는 어렵습니다.”

모두의 시선이 지도로 모였고 나카무라가 말을 이었다.

“멀리 떨어진 육지에 내려서 접근하는 수밖에 없습니다.”

“은밀하게 움직여야 하는데.”

코다가 거들었다. 그때 이산이 물었다.

“다나카의 군세(軍勢)는 얼마나 되지?”

“지난번 생포한 두목의 말은 2개 성(城)에 4만 5천 석가량의 소출을 내는 영지를 확보하고 있고 군사는 3천5백가량이라고 했습니다."

코다가 말을 이었다.

"지리도 모르는 우리 병력 5백으로는 정면 승부는 꿈도 못 꿀 상황이오."

"기습할 수밖에 없지요."

나카무라가 말을 받았을 때 이산이 좌중을 둘러보았다.

"내일부터 사흘간 무기를 점검하고 하물을 실은 후 나흘 후에 출항한다."

이산이 말을 이었다.

"사흘 동안 전열을 정비하도록 하자. 여기서 오래 머물수록 불리하다."

그러나 다음 날 오후.

포구에서 배를 둘러보던 이산에게 나카무라가 서둘러 다가왔다.

"대장께 드릴 말씀이 있습니다."

나카무라는 이산에게 대장이라고 부른다. 지금은 호소카와 가문의 무사들과 이산은 용병(傭兵)과 용병 대장(傭兵隊長)의 관계인 것이다.

이산은 나카무라의 표정에 절박감이 배어 있는 것을 느끼고 있다. 그것은 처음 만났을 때부터다. 다가선 나카무라가 말했다.

"대장, 오사카성에서 우리들의 거병(擧兵)을 모르는 사람이 없습니다."

"무슨 말이냐?"

놀란 이산이 묻자 나카무라가 한 걸음 다가섰다. 치켜뜬 눈이 흐려져 있다.

"소문을 막지 않은 것 같습니다."

"막지 않다니?"

"그러니까 성안의 잡병들까지 조선 무장이 이끄는 호소카와 잔당이 다나카를 치러 간다는 이야기를 하겠지요."

"……."

"함구령이 내렸다면 소문이 퍼질 리가 없습니다."

그때 이산이 고개를 끄덕였다. 얼굴에 웃음이 떠올라 있다.

"그럴 수도 있지."

이산의 웃음을 본 나카무라가 숨을 들이켜더니 물었다.

"대장, 무슨 말씀입니까?"

"전면전이야. 정공(正功)을 하라는 것 같군."

"그러시다면……."

"소문이 나는 것이 오히려 낫다."

이산이 말을 이었다.

"어둠 속에 묻혀 죽느니, 대낮에 당당하게 죽는 것이 낫지 않겠느냐?"

나카무라의 눈에 초점이 잡혔다. 이산이 바다를 바라보았다.

"나나 너희들이나 같은 신세다, 나카무라."

"과연 그렇습니다."

"이 소문은 관백 전하 측근에서 내놓았을 것이다. 만일 우리가 다나카를 멸망시키면 우리는 당당하게 새 세상을 산다."

"……."

"관백께서 세상에 우리를 내놓고 보도록 하신 것이야."

"……."

"다나카한테 방비할 기회를 주는 것이 아냐. 그쯤을 꺾지 못한다면 우리는 존재 가치가 없는 거지."

"대장."

고개를 든 나카무라가 이산을 보았다. 눈이 번들거리고 있다.

"모두에게 대장의 말씀을 그대로 전하겠소."

코다가 고개를 끄덕였다.

"말씀 잘하셨습니다."

숙소 안.

포구에서 돌아온 이산이 나카무라에게 한 이야기를 전해준 것이다.

유시(오후 6시) 무렵.

코다가 말을 이었다.

"관백께서 정벌군을 파견하시는 것입니다. 비밀 작전일 이유가 없지요."

"……."

"주변 영주들에게도 경각심을 주게 될 것이고, 유사시에 지원을 요청할 수도 있을 테니까요."

"지원받고 싶지는 않아."

"비밀 작전이라면 방해를 받을 수도 있습니다."

"영감의 생각도 나하고 같구나."

"어쨌든 전(全) 영주가 지켜보는 상황으로 변했습니다."

코다의 얼굴에 웃음이 떠올랐다.

"주군의 첫 전쟁입니다."

"그렇다면 서둘 필요는 없어."

이산이 고개를 들었다.

"내일부터 조련을 한다. 다나카 영지로 정탐병도 먼저 파견하도록."

"조련을 해?"

미요시의 보고를 들은 히데요시가 되물었다.

내성의 청 안이다. 뒤쪽에 장검을 쥔 시동 둘만 앉아 있을 뿐 청 안에는 둘뿐이다.

미요시가 대답했다.

"예, 전하. 병사들 편제를 다시 만들고 밤낮으로 조련을 한다고 합니다."

"떠들썩하게 출전을 한다는 것이군."

"예, 이미 소문이 다 퍼졌으니까요. 어제는 사이토 님이 이산에 대해서 물었습니다."

사이토는 다나카의 영지 위쪽에 영지가 있다. 히데요시가 눈을 가늘게 떴다.

"사이토가 불안하겠군."

"예, 이산을 지원할 것인가를 묻더군요."

"그래서 뭐라고 했느냐?"

"내가 대답할 수 없다고 했습니다."

"사이토가 다나카한테 연락하겠구나."

"예, 그럴 것입니다."

"어디, 이번 싸움이 볼 만하겠다."

히데요시의 얼굴에 웃음이 떠올랐다.

"이산이 전면전으로 대들 모양인데, 이놈도 모양이 좋아."

"소문이 퍼진 것을 알았을 테니까요."

"5백으로 다나카의 3천 병력, 거기에다 해적선까지 협공하면 백전백패다."

"이산과 호소카와 잔당은 필사적일 것입니다."

"그렇지."

고개를 끄덕인 히데요시가 앞쪽 벽을 보았다.

"돌멩이 하나로 뱀 세 마리를 잡는 것이지."

사이토 고잔은 히로시마 지역의 영주로 영지는 58만 석.

이번 조선 원정에 선박과 양곡을 대었고 물자 수송을 맡았지만 군사는 보내지 않았다. 본래 사이토는 오다 노부나가의 가신이었다가 히데요시의 신하가 된 경우다.

49세, 사이토의 군사는 4만 5천. 서부지역의 강자다.

특히 해상 교역이 활발해서 부(富)를 많이 축적해 놓았다.

사이토가 해적선을 지원하고 있다는 소문이 끊임없이 나돌고 있다. 영지 구석에 붙어 있는 다나카를 지원하고 있다는 소문도 난 상황이다.

이곳은 오사카성에 위치한 사이토 고잔의 저택 안.

전국의 영주들은 오사카 성안에 저택을 배당받고 1년 간격으로 영지와 오사카성을 오가며 근무한다. 이른바 참근교대(參勤交代)다.

청에 앉은 사이토가 눈썹을 모으고 가로(家老) 진타로를 보았다.

"다나카가 방심했어. 하물선이나 상선을 쳐야지, 관백의 전선을 습격하다니."

"그 전선에 관백이 부른 이산이 타고 있을 줄은 몰랐던 것입니다. 다나카가 운이 없었습니다."

"이젠 나한테도 그 여파가 몰려오게 되었다."

사이토가 비대한 몸을 기울여 진타로를 보았다.

"어제 궁 안에서 미요시를 만나 이산을 지원할까 물었더니 저는 모른다고 하더구만."

"관백은 다나카의 배후에 우리가 있다는 것을 압니다."

"진즉부터 알았지. 대신으로 세금을 많이 걷어갔으니까. 관선은 건드리지 않고 말이다."

"아무래도 분위기가 수상합니다. 공개적으로 다나카 정벌군을 보내다니요. 더구나 조선 무장에게 호소카와 잔당을 딸려서 말입니다."

"다나카에게 밀사를 보내라."

"쾌속선을 띄우지요."

"서신은 위험하니 믿을 만한 놈으로 구두 전갈을 보내."

"핫도리를 보내지요."

"이산과 호소카와 잔당에 대해서 자세히 말해주고 이번에 몰살시키도록."

"후환이 없을까요?"

"전면전이야. 다나카는 대를 이어서 해적질을 해 왔지만 명색이 영주다. 조선 놈과 호소카와 잔당에게 밀린다는 것은 일본 무사의 치욕이다."

"그렇게 전하겠습니다."

"그렇게 된다면 관백도 할 말이 없을 것이다, 자신이 자초한 일이니까."

사이토가 초점이 없는 시선으로 진타로를 보았다.

"우리한테 시비를 걸 이유도 없어."

"알겠습니다."

진타로가 자리에서 일어섰다.

사이토는 58만 석의 대영주인 것이다. 더구나 히로시마 지역에 3대째 기반을 굳힌 토호다. 명분도 없이 제거할 수가 없는 것이다.

조련 나흘째 되는 날 사시(오전 10시) 무렵에 이산의 숙소에 손님이 찾아왔다. 나카무라가 데려온 것이다.

"대장, 다나카하고 거래를 해 온 상인입니다. 저하고 안면이 있어서 데려왔습니다."

사내는 왜소한 체구에 머리통만 컸다. 그러나 눈을 똑바로 치켜떴고 이산을 보았다. 이산 옆에 있던 코다가 말했다.

"오, 이리 올라오게."

"그럼 실례하겠습니다."

허리를 굽혀 보인 사내가 청으로 올라오더니 이산에게 무릎을 꿇고 절을 했다.

"아오키라고 합니다. 다나카의 장물을 처리해 오다가 작년에 갈라섰지요."

이산이 고개만 끄덕였고 사내가 말을 이었다.

"이번에 다나카를 응징하러 가신다고 해서 제가 안면이 있는 나카무라 씨한테 찾아온 것입니다."

그때 옆에 앉은 나카무라가 말했다.

"10여 년 전에 제가 호소카와 가문의 장비 구매를 맡았지요. 그래서 아오키를 알게 되었습니다."

"그럼 다나카에 대해서 잘 알겠구나."

코다가 부드러운 시선으로 아오키를 보았다.

"말해보게. 우리는 다나카의 성향에서부터 영지 사정까지 알아야겠네."

"예, 제가 10여 년간 다나카 영지에서 살다시피 했으니까요. 해적선의 장비까지 제가 맡았습니다."

아오키가 말을 이었다.

"다나카의 성 개구멍이 어느 곳에 많은지도 다 압니다. 다나카에게 원한을 품은 부하들도 알구요."

이산의 시선이 코다에게로 옮겨졌다.

필요한 자(者)다.

"다나카는 포악한 놈입니다. 영주가 아니라 그야말로 해적 두목입니다. 부하들을 항상 의심하고 감시하기 때문에 오래 배겨나는 가신(家臣)이 없습니다."

아오키가 입가의 거품을 손등으로 닦고 나서 말을 이었다.

"저도 오래 거래를 해왔는데 단 한 번도 제값을 받은 적이 없지요. 제 약점을 쥐고 가격을 후려쳤습니다."

이산이 고개를 끄덕이며 물었다.

"너도 우리와 함께 가겠느냐?"

"예, 나리."

아오키가 바로 대답했다.

"그러려고 온 것입니다."

"바라는 것이 있겠지?"

코다가 묻자 아오키는 큰 머리를 들었다.

"예, 소인한테 다나카의 장물 처리를 맡겨주십시오."

그때 코다가 이산을 보았다. 결정을 바라는 것이다. 이산이 고개를 끄덕였다.

"맡겨주마."

밤.

어촌은 정적에 덮여 있다.

이제 이곳은 군(軍) 기지여서 곳곳에 초병이 서 있고 전선 근처에는 접근할 수가 없다.

낮에는 5백여 명의 군사가 각 조(組)로 나뉘어서 전술 훈련을 받고 무술까지 조련한다.

벌써 6일째다.

해시(오후 10시) 무렵.

대장(隊長)의 거처 마루방에서 이산과 코다, 나카무라가 둘러앉았다. 셋 앞에는 각각 세 다리 작은 소반에 술병과 말린 생선 안주가 놓여 있다.

그때 이산이 나카무라에게 물었다.

"처자가 있는가?"

"없습니다."

바로 대답한 나카무라가 이산을 보았다.

"지난번 주군(主君) 가문이 멸망할 때 제 가족도 모두 죽었습니다."

"전사한 것인가?"

"아닙니다. 자결했습니다."

나카무라가 표정 없는 얼굴로 이산을 보았다.

"15살짜리 아들은 제법 사내답게 할복을 했고, 딸 둘과 처는 목을 매었지요."

"혼자 남았나?"

"예, 저는 할 일이 있었기 때문에."

나카무라가 말을 이었다.

"이른바 주군의 잔당이 많이 남아 있었거든요. 이쪽저쪽에 분산되어서 사냥당하고 있었습니다."

"그런가?"

"이미 대세는 기울어진 상황에서 개죽음을 당하면 안 된다고 믿었습니다. 주군을 따라 할복하는 것은 무책임한 처사입니다. 저는 가족을 잃고 나서 그것을 깨우쳤습니다."

고개를 든 나카무라가 이산을 보았다. 눈이 번들거리고 있다.

"그래서 남은 가신들을 설득했더니 관백 전하께서 사람을 보내신 것입니다."

"잘했어."

술잔을 든 이산이 나카무라를 보았다.

"나는 이 땅에 기반을 굳히려고 온 조선인이야. 그대 또한 새 기반이 필요한 인물이고."

"예, 대장."

"서로 절박하고 힘이 필요한 상황이다. 힘껏 따르면 보상을 받을 것이다."

"예, 대장."

그때 코다가 입을 열었다.

"겪어보면 알겠지요."

쾌속선이 아키츠성 앞 포구에 닿을 때까지는 6일이 걸렸다.

순풍을 받은 데다 노가 20개나 달린 쾌속선이다. 전선(戰船)이 15일 걸릴 거리를 엿새 만에 주파한 것이다.

핫도리가 다나카 앞에 앉았을 때는 유시(오후 6시) 무렵이다.

"웬일인가?"

놀란 다나카가 묻자 사이토의 가신(家臣) 핫도리는 쓴웃음부터 지었다.

"오사카에서는 소동이 났는데 영주께선 태평하시오."

"무슨 말이야?"

다나카의 눈썹이 치켜 올라갔다.

다나카는 38세.

22세 때 영주를 이어받아 16년째 영지를 통치 중이다. 5척 반(165센티)의 신장에 건장한 체격, 각진 얼굴에 검은 피부, 가는 눈이 날카롭게 번쩍인다. 그때 핫도리가 말했다.

"정벌군이 출동 준비 중이오. 정벌군 대장은 조선 무장 출신인 이산이란 인물이고, 병력은 호소카와의 잔당을 모은 결사대들이오."

순간 다나카가 숨을 죽였고 핫도리가 말을 이었다.

"곧 이곳으로 닥칠 테니까 대비를 하라는 주군(主君)의 지시요."

다나카의 눈이 흐려졌다. 정벌군이 준비 중이라니, 영지 역사상 처음 있는 일이다.

"조선 무장 출신이라구?"

"그렇소. 이십여 일 전에 이곳을 지나다가 해적선을 격파한 것이 그자요."

다나카가 다시 몸을 굳혔다.

다나카로서는 전선 5척을 잃은 사건이다. 다행히 살아남은 해적한테서 당한 사연을 들었지만 그것이 조선 무장의 짓이라니.

다나카가 물었다.

"호소카와 잔당은 얼마나 모았나?"

"5백여 명. 전선 6척이 준비되었소. 모두 아다케(安宅船)요."

"흥! 6척에 5백여 명이라."

다나카가 어깨를 부풀렸다가 내렸다.

"내가 조선 무장 따위에 넘어가진 않아."

아키츠성은 포구 쪽으로 남문이 세워졌고 동문과 서문까지 성문이 3개다. 남문에서 포구까지는 1리(400미터) 정도여서 성루에서 보면 바다가 보인다.

"어제 코누의 배가 들어왔어. 이야마 섬 앞에서 무역선을 털었다던데."

수문장 산나이에게 가네마루가 말했다.

가네마루는 경비대 조장으로 200석 녹봉을 받는 다나카의 가신이다. 산나이가 고개를 끄덕였다. 산나이도 180석 가신인 것이다.

가네마루가 옆으로 다가섰다.

"그런데 산나이, 들었나?"

"뭐가?"

어둠이 덮이는 포구를 성루에서 내려다보던 산나이가 건성으로 물었다.

"오늘 쾌속선이 들어왔지?"

"그래, 상인으로 변장했지만 내 눈은 못 속이지. 사이토 님 밀사야."

"그 밀사 수행원이 퍼뜨린 소문이 벌써 성안을 덮었어."

"뭔데?"

"이곳으로 정벌군이 온다는 거야."

"정벌군?"

놀란 산나이가 가네마루를 보았다.

"누가 보내는 정벌군이야."

"관백이지 누구야?"

"관백이?"

숨을 들이켠 산나이가 아예 몸을 돌려 마주 보았다.

"마침내 우리 해적질이 문제가 되었군. 사이토 님은 손도 못 대는 모양이지? 밀사를 보낸 걸 보면 말이야."

"글쎄, 그건 모르겠어."

"정벌군은 어디 군사야? 관백의 직속군인가? 아니면 조선 원정군으로 대기시킨 군사들이야?"

"조선 무장을 시켜 호소카와 잔당들을 이끌고 온다는 거야."

"……."

"그런데 군사가 5백여 명, 전함이 6척이라는군."

"설마?"

"관백의 직접 지시라고 했으니 그건 사실이야."

산나이의 시선을 받은 가네마루가 길게 숨을 뱉었다.

"어쨌든 가솔들은 피란을 보내야겠다."

사이토의 영지다, 믿을 곳은 그곳뿐이니까.

군사 조련 10일째가 되는 날 오후.

미시(오후 2시) 무렵이 되었을 때 이산에게 전령이 달려왔다. 오사카성에서 보낸 전령이다.

"관백 전하께서 오시오!"

전령이 고압적인 자세로 소리쳤다.

놀란 이산이 고개를 들었을 때 곧 수십 기의 기마 무사가 달려왔다. 관백의 호위대다.

이어서 호리병 자수가 그려진 관백의 깃발이 드러났고 수백 기의 기마 호위대에 둘러싸인 히데요시가 나타났다.

사방이 기마 무사의 갑옷과 깃발로 가득 차 있다.

이산이 코다와 함께 히데요시 앞으로 다가가 무릎을 꿇었다.

"어, 군사 조련 구경을 왔다."

마상에서 히데요시가 말했다.

"그런데 언제 출진할 예정이냐?"

"예, 며칠 더 조련을 하고 출진할 것입니다."

"네가 정벌군 조련을 하고 있다는 걸 이제 전(全) 일본이 다 알겠다."

그때 말에서 내린 히데요시가 땅바닥에 내려놓은 걸상에 앉았다.

어느새 호위무사들이 땅바닥에 대나무 돗자리를 깔아놓았다.

이산과 코다가 앉은 주위로 다시 병풍이 둘러쳐졌다. 히데요시 뒤에 호위무사 둘이 서 있었기 때문에 병풍 안에는 다섯이 들어 있다.

그때 히데요시가 지그시 이산을 보았다.

"네가 꾸물거릴수록 다나카는 준비할 시간을 버는 거야. 알고 있지?"

"예, 전하, 알고 있습니다."

"오늘 내가 너한테 다녀갔다는 것도 다나카는 알게 될 것이고. 그렇지 않으냐?"

"예, 전하."

"내가 그러라고 이곳에 온 것도 알고 있느냐?"

히데요시가 다시 물었을 때는 이산이 대답하지 못했다. 히데요시가 쓴웃음을 지었다.

"이제 전(全) 일본이 오늘 이 장면에 대해서 온갖 소문을 만들어 낼 것이다."

이산이 숨만 죽였고 히데요시의 말이 이어졌다.

"네가 배를 타고 가는 동안 다나카는 이 장면을 보고 받고 머리를 싸매면서 고민하겠지. 조선 무장 저놈이 히데요시의 격려를 받고 오는데 내가 몰살을 시켜야 하나?"

히데요시가 다나카의 표정을 만들면서 고개를 기웃거렸다.

"히데요시가 놔두라 하면 그만둘 것인가?"

"……."

"또, 그 위쪽 사이토 고잔은 어떻게 할 것 같으냐? 지금 오사카성 안의 저택에서 내가 여기 와있는 것도 보고받았을 터."

"……."

"아마 내일쯤 쾌속선을 보낼 것이다. 다나카에게 말이다."

고개를 든 히데요시가 이산을 보았다.

"다나카의 배후는 사이토야. 그래, 사이토가 다나카에게 뭐라고 할 것 같으냐?"

"모르겠습니다, 전하."

"상황이 심상치 않으니 아키츠성을 비우고 가까운 섬으로 피신하라고 할 것이다. 생각이 조금이라도 있는 놈이라면 말이다."

히데요시가 흐린 눈으로 이산을 보았다.

"내가 너한테 호소카와 잔당을 거느리고 다나카를 제거하라고 했다."

"예, 전하."

"그런데 넌 예상과 달리 이곳에서 꾸물대고 있었어. 5백으로 다나카를 치려면 기습이 유일한 방법이고, 그렇다면 속전속결이 되어야 할 텐데 말이다. 다나카가 알기 전에 말이야. 그렇지 않으냐?"

"예, 전하."

"그런데 왜 여기서 꾸물거렸느냐?"

"예, 소문이 일찍 퍼졌기 때문입니다."

"소문이 났다?"

"예, 전하."

"그래서?"

"그렇다면 다나카가 기습을 알게 될 테니 정공법으로 부딪치자는 결심을 하게 되었습니다."

"5백으로 말이지."

"예, 전하."

"또 있느냐?"

"정공법으로 부딪쳐서 패한다고 해도 다나카는 멸망할 테니까요."

"네 생각이냐?"

그때 코다가 나섰다.

"그렇습니다, 전하."

그때 코다를 흘겨본 히데요시가 다시 이산을 보았다.

"사이토가 보내는 쾌속선이 내일쯤 내려갈 테니 너는 사흘쯤 후에 출진하는 것이 낫겠다."

"예, 전하."

"아키츠성이 비어 있을 테니 그곳에서 당분간 호소카와의 잔당을 모아서 제대로 된 영주 교육을 받아라."

히데요시의 시선이 코다에게로 옮겨졌다.

"코다, 네가 영주 교육을 시켜라."

"예, 전하."

"가또와는 다른 방법을 써야 할 거야."

"알고 있습니다, 전하."

그때 히데요시가 자리에서 일어서면서 불렀다.

"이산."

"예. 전하."

"너한테 내 성(姓)을 주마."

"예, 전하."

"너는 오늘부터 하시바 이산이다. 그렇게 부르도록."

"무엇이? 하시바 이산?"

놀란 사이토가 숨까지 들이켰다. 사이토가 앞에 앉은 진타로를 보았다.

"전하의 옛 성(姓)을 줬단 말이냐?"

"예, 주군."

시선을 돌린 진타로가 말을 이었다.

"지금 이산의 진중은 소동이 났다고 합니다. 하시바 성을 받았으니 가문 문장이 있어야 한다면서 코다가 서둘고 있다는데요."

"……."

"주군께 오면서 들었습니다만, 소가 가문에서 집사 아오키가 축하 사절로 갔다는 것입니다."

"약삭빠른 소가 놈."

"내일이면 축하 사절이 쏟아지겠지요."

"진타로 너도 내일 그놈한테 가도록."

"예, 주군."

"그리고 내일 일찍 다나카한테 쾌속선을 보내라."

"예, 주군. 이번에는 고또를 보내지요."

"다나카한테 성을 비우고 신키 섬으로 피신하라고 해."

"예, 그래야 될 것 같습니다."

진타로가 길게 숨을 뱉었다.

"하시바 씨를 상대할 수는 없으니까요."

해시(오후 10시) 무렵.

둘이 되었을 때 코다가 이산에게 물었다.

"주군, 전하를 조금 알게 되셨습니까?"

"그래, 조금."

고개를 끄덕인 이산이 코다를 보았다.

"세상이 너무 다르구나."

"이곳에 사시려면 익숙해지셔야 합니다."

코다가 정색하고 말했다.

"그래야 살아남습니다."

이틀 후에 전선 6척이 오사카항 북쪽 선착장을 떠났다.

기함(旗艦)인 3층짜리 아다케(安宅船)에는 '하시바 이산'의 문장이 박힌 깃발이 걸려 있다. 바로 '바가지' 문장이다.

관백인 도요토미 히데요시의 문장은 호리병이다. 히데요시가 하시바 히데요시였을 때부터 사용하던 문장이다. 천왕으로부터 '도요토미' 성을 하사받고 나서도 여전히 호리병 문장을 사용한다.

그런데 하시바 이산의 깃발은 바가지다.

박을 두 쪽으로 잘라서 술잔 같기도 하고 밥그릇처럼 보이기도 하는 바가지는 검은색 바탕에 노란색으로 멀리서도 눈에 확 띄었다. 이산의 지시로 코다가 밤을 새워 독려해서 만든 것이다.

그 바가지 문장의 깃발을 단 전선단을 오사카성에 있던 영주들이 나와서 전송하고 있다. 10여 명의 영주가 가신들을 데리고 나와 하시바 이산의 '해적 소굴 소탕' 원정을 배웅하는 것이다.

"문장이 독특합니다."

시나노 남쪽 영주인 요시마사의 가신 도지가 기함의 깃발을 바라보며 말했다.

깃발이 커서 배가 2리쯤 멀어졌는데도 바가지 문장이 선명했다. 그때 요시마사가 대답했다.

"내가 본 문장 중에 가장 낫다."

"바가지가 술잔처럼 보입니다."

"밥그릇으로 보인다는 자도 있더군."

"호리병을 쪼개면 바가지가 되지 않겠습니까?"

"호리병이 술병이나 물병이니 딱 맞는 조합이야. 관백께서 마음에 드신 것이 당연하다."

"관백께서 문장을 보더니 손뼉을 치고 웃으셨다고 합니다."

그때 요시마사가 말 머리를 돌리면서 말했다.

"사이토가 보이지 않는군. 이제 사이토가 어떻게 처신할지가 궁금하다."

"이미 다나카한테 밀사를 보냈을 것입니다."

목소리를 낮춘 도지가 말을 이었다.

"이제 조선 무장 이산은 하시바 이산입니다. 저 문장 깃발을 보십시오."

기함(旗艦)이 멀어졌기 때문에 검은색 깃발만 보였다.

요시마사가 고개를 끄덕였다.

"이제는 다나카한테서 사이토가 손을 떼려고 할 것이다."

"보셨습니까?"

코다가 이산에게 묻더니 제 말에 제가 대답했다.

"깃발을 세어보았더니 영주 12명이 배웅을 나왔습니다."

"그런가?"

이산이 건성으로 대답했다.

둘은 기함의 3층 누각에 서서 뒤쪽 오사카항을 바라보는 중이다. 그때 코다가 말을 이었다.

"사이토 고잔은 나오지 않았습니다."

"……."

"배웅 나온 영주들은 모두 관백 전하의 눈치를 본 것이지요."

그때 2층에서 나카무라가 올라왔다.

"대장, 드릴 말씀이 있습니다."

정색한 나카무라가 이산을 보았다.

"제가 전(前) 호소카와 가신단을 대표해서 말씀드립니다."

"뭔가?"

"모두 대장님의 가신(家臣)이 되기를 원합니다. 어제 간부 전원이 모여 합의를 했습니다."

"허어."

먼저 코다가 턱을 치켜들고 웃었다.

"이제 대장이 주군이 되는 것인가?"

코다가 고개를 돌려 이산을 보았다. 이산이 입을 꾹 다물고 있었기 때문이다.

"주군, 말씀하시지요."

이산의 기색을 본 코다도 금세 긴장하고 있다. 그때 이산이 나카무라를 보았다. 담담한 표정이다.

"나카무라."

"예, 대장님."

"너희들이 나를 주군으로 선택하는 것이냐?"

"예?"

당황한 나카무라의 눈동자가 흔들렸다.

"아닙니다. 그것은……."

"네 옛 주군 호소카와도 너희들이 그렇게 선택한 것이냐?"

"아니올시다. 그것은 경우가……."

"관백 전하께서 나한테 하시바 성(姓)을 하사하신 것처럼 너희들도 날 앞잡이로 내세우는 것처럼 들리는구나."

나카무라가 숨을 죽였고 이산이 말을 이었다.

"다나카를 처리할 때까지 용병 대장과 용병대 사이로 일하기로 하자."

"예, 대장님."

시선을 내린 나카무라가 말했을 때 이산이 몸을 돌렸다.

"주군 말씀이 맞습니다."

나카무라가 사라졌을 때 코다가 낮게 말했다. 고개를 숙여 보인 코다가 말을 잇는다.

"나카무라 무리가 심복해 온 것처럼 잠깐 착각했습니다. 제가 들떠 있었던 것 같습니다."

"……."

"나카무라 무리는 대영주(大領主)였던 호소카와의 가신이었다는 것에 아직도 자부심을 품고 있는 것 같습니다."

그것은 이산을 무시하고 있다는 말이 된다. 옛 주군과 비교가 되는 것이다. 이산이 입을 열었다.

“다나카와 전쟁을 할 테니까 진면목을 볼 수가 있겠지. 개나 소나 다 가신으로 받아들일 수는 없어.”

“지당하신 말씀입니다.”

코다가 고개를 끄덕였다.

4장
하시바 이산의 도약

서진(西進)한 지 닷새가 되었을 때 함대 쪽으로 쾌속선 한 척이 접근해 왔다.

사시(오전 10시) 무렵이다.

선장이 이산에게 보고했다.

"다나카에게 보낸 정탐선이 돌아왔습니다."

다나카의 영지가 사흘 거리로 다가온 지점이다. 곧 쾌속선이 다가와 밧줄로 전선(戰船)에 묶였고 사내 둘이 건너왔다.

이산도 낯이 익은 정보원이다.

누각으로 올라온 사내들이 이산 앞에 무릎을 꿇었다.

"다나카가 아키츠성을 비웠습니다."

사내 하나가 보고했다.

"처자식과 가신들을 이끌고 신키 섬으로 옮겨가는 것을 보고 왔습니다."

"신키 섬?"

그때 뒤쪽에 서 있던 아오키가 말했다.

"아키츠 성에서 60리(24킬로)가량 떨어진 섬입니다. 사이토 영지와 1리 정도 떨어져 있지요."

이산이 고개를 끄덕였다.

"고생했다."

배 안의 사기가 금세 올라갔다.

듣고 있던 수부(水夫), 군사들이 웅성거렸고 함성을 지르는 자도 있었기 때문이다.

이산이 이쿠노와 곤도, 나카무라 등을 불렀을 때는 잠시 후다.

항진하는 중이어서 옆을 따르던 전선(戰船)에서도 지휘관들이 쪽배를 타고 기함에 모인 것이다.

갑판에 둘러앉은 지휘관들은 20여 명, 나카무라를 중심으로 호소카와 잔당이 10여 명이다.

이산이 입을 열었다.

"정보원의 보고를 받았다. 다나카가 아키츠성을 비우고 신키 섬으로 옮겨갔다는 거야."

지휘관들을 둘러본 이산이 말을 이었다.

"그래서 우리는 다나카의 영지에 무혈입성하게 되었는데."

모두의 얼굴에 웃음이 떠올랐고 이산이 말을 이었다.

"나는 아키츠성으로 가지 않는다. 함대는 곧장 신키 섬으로 가서 다나카를 친다."

모두 긴장해서 숨소리도 나지 않는다. 뱃전을 치는 파도 소리만 울렸고 이산의 목소리가 울렸다.

"다나카를 잡아 죽여야 이번 원정의 목적이 달성되는 것이야. 모두 대비하도록."

"목숨을 걸고 싸워서 이기는 수밖에 없어. 그래야 우리 입장이 산다."

나카무라가 옆에 선 오마치와 시라카와에게 말했다. 두 눈이 번들거리고 있다.

"슬그머니 끼어들어서 옛 지위를 되찾을 생각은 안 하는 게 낫다. 우리는 주인

없는 낭인 신세라는 것을 명심하도록."

"부하들에게 말해놓겠습니다."

오마치가 고개를 끄덕이며 말했다.

"그런 놈들이 있기는 해요."

"나도 다시 한번 깨우쳤다."

숨을 고른 나카무라가 둘을 번갈아 보았다. 셋은 기함의 선미에 모여서 있다.

"대장을 잘못 판단했어."

나카무라는 둘에게 이산의 반응을 알려준 것이다.

주군으로 모시겠다고 했다가 보류당한 것은 무사로서의 수치다. 그런데 이산의 대응은 일리가 있었다.

조병기는 이산의 측근으로 옆에 붙어 있을 때가 많다.

저녁 무렵.

"주군, 호소카와 무리가 잔뜩 긴장하고 있습니다."

3층 누각에서 둘이 있을 때 조병기가 말했다.

"주군께서 나카무라의 제의를 거절하신 것에 충격을 받은 모양입니다."

"할 수 없지."

이산이 쓴웃음을 지었다.

"코다 영감하고도 말했지만 가신이라고는 너희들 몇 명뿐인 내가 '그러냐?' 하고 덥석 받아들일 줄 알았다면 날 무시한 거다."

"잘하셨습니다. 이쿠노, 곤도도 주군의 말씀을 전해 듣고 감동하고 있습니다."

"내가 받아들이지 않는다는 건 아니야."

"그것도 압니다."

조병기가 정색하고 이산을 보았다.

"이제 주군은 하시바 성씨를 지닌 유력자입니다. 호소카와 잔당이 털썩 업히려고 들면 안 되는 것이지요."

이산의 얼굴에 쓴웃음이 번졌다.

맞는 말이다. 지금 이 상황에서는 어떤 무사 집단도 '하시바 이산'의 가신(家臣)이 되려고 할 것이다. 반역자로 멸족된 호소카와의 잔당은 몸값이 없다.

그 시간에 다나카는 신키 섬에서 가신들과 회의 중이다.

신키 섬은 사방이 10리(4킬로) 규모의 작은 섬으로 섬의 주민이 5백여 명 정도다. 그런데 다나카가 1천여 명의 군사를 이끌고 왔기 때문에 섬은 군사기지가 되었다.

"그놈이 하시바 성까지 갖게 되었으니 기고만장한 채로 아키츠성에 입성하겠구나."

다나카가 번들거리는 눈으로 가신들을 보았다. 모두 침묵했고 다나카의 말이 이어졌다.

"사이토 님이 말리지 않았다면 그놈을 격멸시킬 수 있었는데, 아쉽다."

"주군, 어쩔 수 없습니다."

중신(重臣) 야마토가 입을 열었다.

"아키츠성은 미끼로 내놓은 것으로 생각하시면 됩니다. 머지않아 되찾게 되실 테니까요."

"주군, 그자는 오래 버티지 못합니다."

가신 하나가 말을 잇는다.

"아키츠성에는 양곡이 한 톨도 남아 있지 않습니다. 이곳저곳으로 양곡을 걷으러 다니다가 지쳐 떨어질 테니까요."

지금까지 다나카의 해적 선단이 존속해 온 이유가 이것이다.

수십 개 섬으로 구성된 영지가 모두 해적 기지인 것이다. 아키츠성은 해적선 본

부였을 뿐이다. 그때 다나카가 물었다.

"우리가 아키츠성을 비웠다는 소문이 퍼졌겠지?"

"예, 떠들썩하게 옮겼으니까요. 이미 이산의 귀에 들어갔을 것입니다."

야마토가 대답했다.

일부러 한낮에 수십 척의 배로 아키츠성을 떠난 것이다. 물론 행선지는 밝히지 않았다. 섬이 수십 개여서 신키 섬과 반대 방향으로 나갔다가 밤에 돌아온 것이다.

참근 교대로 오사카성에 체류하고 있는 사이토 고잔 대신으로 영지에는 아들 야스노리가 남아 있다.

야스노리는 24세.

사이토의 장남으로 상속자다. 19살 때부터 사이토를 대리했는데 성품이 거칠고 오만했다. 그러나 머리가 명석한 데다 통솔력이 강해서 사이토의 신임을 받는다.

이곳은 사이토의 거성(居城)인 산가쿠성.

성벽 높이가 20자(6미터)에 길이는 5리(2킬로). 성벽 앞에 길이 10자(3미터)의 해자까지 파놓아서 사이토가 난공불락의 성이라고 호언할 정도의 성이다.

말 그대로 사이토의 조부 이시카가가 60년 전에 축성한 후로 한 번도 함락된 적이 없다.

성안 병력은 5천. 성 밖에 거주하는 주민은 5만 8천.

서부의 옛 다케다 지역에서는 가장 큰 성(城)이다.

이곳은 헤이안 시대의 산양도 지역으로 다케다 가문의 지배를 받다가 모리 모토나리에 이어서 여러 영주로 쪼개졌다. 그 이후에 사이토가 그중 한 곳을 차지하게 된 것이다.

거성의 청 안에서 야스노리가 중신들에게 말했다.

"아버님 지시대로 다나카를 피신시켰지만, 그 조선 무장 놈이 아키츠성에서 가만있을 것 같은가?"

"다나카를 찾겠지요."

보좌역 아와노가 대답했다.

"가만있을 것 같지는 않습니다. 하시바 성까지 받았으니 득의양양한 상태일 테니까요."

"스무 살이라고 했지?"

"예, 스물을 갓 넘겼다고 들었습니다."

"조선 놈이라 관백이 특별 대우를 한 것인가?"

"조선 세자의 신임을 받던 선전관이었다고 들었습니다."

"가소로운 놈."

잇새로 말한 야스노리의 두 눈이 번들거렸다.

희고 둥근 얼굴, 건장한 체격이나 살이 많이 쪘다. 그러나 눈매가 날카롭고 얇은 입술은 야무지게 닫혀있다. 그때 아와노가 입을 열었다.

"이산이 끌고 오는 병력은 호소카와 님 잔당입니다. 이산이 용병 대장 역할로 잔당을 이끌고 있지만 충성심이 있을 리가 없지요. 한번 무너지면 순식간에 허물어질 것입니다."

아와노는 52세.

사이토로부터 야스노리를 보좌하도록 지시를 받은 중신(重臣)이다. 아와노가 말을 이었다.

"야스노리 님, 이 싸움은 이산과 다나카에게 맡겨둬야 합니다. 끼어들면 안 됩니다."

사이토의 지시인 것이다.

깊은 밤.

자시(밤 12시)가 넘었다.

별도 없는 밤이어서 10자(3미터) 앞도 보이지 않는다. 파도가 거칠었기 때문에 모두 난간을 잡고 서 있어야 했다. 물보라가 일어나 얼굴을 적셨다.

이산이 고개를 들고 나카무라를 보았다.

"나카무라, 넌 2개 대(隊)를 이끌고 뒤쪽을 맡아라. 난 2개 대(隊)로 정면으로 들어간다."

"예, 대장."

나카무라의 눈이 어둠 속에서 번들거렸다.

"목표는 다나카지만 가로막는 놈들은 다 베어라."

이산은 머리에 흰 띠를 매었고 어깨와 허리 갑옷만 둘렀다. 허리에는 장검 2자루를 찼고 가죽신을 신었다. 장신이어서 다른 사람보다 머리통 하나만큼 크다.

이산은 부대를 2개 대(隊)씩 둘로 나눈 것이다. 1개 대(隊)가 각각 1백 명이니 각각 2백씩 인솔한다. 그때 선장이 다가와 말했다.

"1리(400미터) 거리입니다."

그러자 이산이 나카무라에게 말했다.

"자, 불화살을 신호로 동시에 공격한다."

"예, 대장."

고개를 숙여 보인 나카무라가 배 난간을 쥐더니 아래쪽으로 사라졌다. 옆쪽 전선으로 옮겨가는 것이다.

지금 전선 6척은 신키 섬에서 1리 거리로 접근해 온 상태다. 빈 아키츠성(城)은 놔두고 다나카가 피신해 온 신키 섬으로 온 것이다.

이산 휘하에 든 호소카와 무리의 지휘관 둘은 시라카와와 무라타다.

둘 다 150석을 받던 하급 무장으로 호소카와 가문의 멸망 후에 낭인 생활을 했다. 10년간의 거지 같은 낭인 생활을 하다가 모인 것이다.

선수에 선 이산이 시라카와와 무라타를 보았다.
"배에서 내린 후에 일단 바닷가에 모이도록 하자."
얼굴에 뿌려진 바닷물을 손바닥으로 씻은 이산이 말을 이었다.
"모두 칼만 들고 경장 차림으로 나간다."

한 시진쯤이 지난 후에 쪽배에 나눠 탄 원정대가 신키 섬의 남쪽과 북쪽에 상륙했다.
풍랑이 심했기 때문에 시간이 걸렸고 쪽배 4척이 3번씩 오가다가 한 척이 뒤집혀서 10여 명이 익사하는 사고도 일어났다.
노 젓는 수부(水夫)들이 죽을 고생을 했지만 다행인 점도 있다. 칠흑처럼 어두운 밤인 데다 비바람까지 치는 풍랑이 심한 날씨여서 감시병이 나와 있지도 않았다.
이곳은 신키 섬 북쪽의 언덕 위다.
나카무라가 오마치에게 물었다.
"인원은?"
"194명이오. 셋이 실종되었소."
얼굴을 손바닥으로 닦으면서 오마치가 소리쳐 대답했다.
"곧 불화살이 오르면 쳐들어간다."
하늘을 올려다보면서 나카무라가 말했다.
"다 죽인다. 정신 똑바로 차려!"

"14명이 실종되었습니다!"
시라카와가 소리쳐 보고했다. 바람과 파도 소리가 커서 소리를 쳐야만 한다.
"현재 187명입니다!"

신키성 정문에서 50보 앞이다. 이산의 옆에 붙은 이쿠노와 곤도의 눈이 번들거리고 있다. 이산이 소리쳤다.

"불화살을!"

비바람이 치는 어둠 속이다.

밤하늘을 올려다보는 사람은 기습군뿐일 것이다.

곧 부하 하나가 준비해 둔 화약을 비벼 불씨를 살리더니 기름에 적신 살촉에 불을 붙였다. 비바람 속이어서 서너 명이 옷으로 가려야 했다.

곧 기름에 불이 붙자 부하가 시위에 걸고는 힘껏 당기더니 밤하늘로 쏘아 올렸다.

먹물 속 같은 밤하늘에 불덩이 하나가 기괴하게 떠올랐다.

비바람 속에서 희미한 소음이 울렸기 때문에 다나카는 이맛살을 찌푸렸다.

깊은 밤.

축시 가깝게 되어서 안채는 조용하다. 비바람 몰아치는 소리만 울릴 뿐이다. 이곳에서 파도 소리는 은근하게만 들린다.

다나카가 가슴에 안겨 있는 측실을 밀어내면서 눈을 치켜떴다.

방 안의 불은 꺼 놓았기 때문에 주위는 어둡다.

그때 이번에는 외침이 들렸다. 비바람 소리에 섞여서 누군가를 부르는 것 같다.

다나카는 상반신을 일으켰다.

이번에는 비명이 울렸다.

가깝다.

이미 성안에 진입한 기습군은 거침없이 내성(內城)으로 달려가고 있다.

신키성은 남북간 거리가 1리(400미터)밖에 되지 않는다. 그 중심부에 다나카의 거처인 내성(內城)이 있는 것이다. 내성의 담장은 10자(3미터)밖에 되지 않는다.

이산은 장검을 빼 든 채 앞장서서 내성을 향해 달려가고 있다.

성벽은 높이가 15자(4.5미터) 정도지만 부하들의 어깨를 밟고 뛰어올랐다. 성문 안쪽 대기소에 있던 경비병 7, 8명을 순식간에 베어 죽이고 곧장 내성으로 달려가는 것이다.

이산의 뒤를 곤도, 이쿠노, 조병기의 순으로 따른다. 그 뒤를 시라카와가 기를 쓰고 뛰어오는 중이다.

그때 소음에서 깨어난 군사 10여 명이 어둠 속에서 뛰어나왔다.

"아악!"

첫 칼은 이산이 날렸다. 칼에 맞은 군사가 내지르는 비명이 비바람 속에 울렸다.

"으아악!"

이제는 한꺼번에 비명이 울렸다.

기습군은 소리를 내지 않는다.

모두 머리에 흰 띠를 동여맸고 검은 악귀처럼 달려와 베고 나갈 뿐이다.

"기습이다!"

마당에서 외침이 울렸을 때는 다나카가 벽에 걸어둔 장검을 집어 들었을 때다.

"적이 기습해 왔다!"

또 다른 목소리가 울렸고 주위에 금세 소란이 일어났다.

이어서 비명과 외침.

이미 마당으로 기습군이 뛰어든 것이다.

"에이!"

이를 악문 다나카가 칼을 빼 들었다. 그러나 방 밖으로 나가지는 않는다.

복도를 달리던 이산이 와락 옆방에서 덮쳐 온 사내의 칼을 받았다.

"쨍!"

칼날이 부딪치는 소리.

다음 순간 몸을 비튼 이산이 발길로 사내의 배를 찼다.

"억!"

사내가 몸을 굽혔을 때 이산의 칼이 옆으로 흐르면서 목을 쳤다. 사내가 비명을 지르지도 못하고 쓰러졌다.

그때 이산이 처음으로 소리쳤다.

"다나카를 잡아라!"

그때 뒤쪽으로 진입했던 나카무라의 부대가 그 외침을 들었다.

나카무라의 2개 대(隊)가 조금 늦은 것이다.

"다나카를 잡아라!"

뒤쪽에서 누군가 따라 외쳤다.

살육이다.

코앞도 보이지 않는 깊은 밤.

더구나 앞뒤 양쪽에서 성벽을 넘어와 숙소로 진입한 기습군이다.

정신을 수습한 다나카군(軍)이 저항을 했지만 순식간에 제압당했다.

몰살 수준이다.

맨 마지막으로 양쪽 기습군이 내성 안채의 안방을 둘러쌌다.

이산과 나카무라 등이 안방에서 아직 나오지를 않는 다나카를 부르는 장면.

마당은 횃불이 켜져 환하다.

"나와라."

세 번째로 소리친 사내는 목청이 큰 무라타다. 무라타는 장검을 어깨에 둘러메고 있었는데 온몸에 피칠을 했다.

사방에서 함성이 울리고 있는 것은 이미 신키성이 정벌군에게 제압당했다는 증거다. 이제 바람이 가라앉기 시작했고 비는 이미 그쳤다.

타는 냄새가 맡아졌다. 어딘가 불에 타는 모양이다. 여자의 비명이 울렸다. 이어서 아이의 울음소리가 이어졌다.

그때 방문이 열리더니 사내 하나가 나왔다.

손에 장검을 쥐고 있지만 칼 끝이 내려갔다. 충혈되어 번들거리는 눈, 입이 반쯤 벌어졌고 헝클어진 머리칼. 급하게 허리 갑옷을 매었는데 끈을 잘못 매어서 비틀어졌다.

마루 끝에 선 사내가 소리쳤다.

"내가 다나카다!"

그때 이산이 발을 떼어 다나카에게 다가갔다.

"나는 하시바 이산, 나한테 항복하겠느냐?"

"조건이 있다."

다나카가 칼을 치켜들면서 말했을 때 이산은 껑충 뛰어 마루 위에 올랐다. 다나카와의 거리는 두 걸음.

"네가 지금 조건을 내걸 입장인가?"

버럭 소리친 이산이 칼을 휘둘렀다.

마당에 선 원정군이 숨을 들이켠 순간이다. 다나카의 손에서 장검이 떨어졌다. 이산이 칼등으로 다나카의 팔목을 친 것이다.

"앗!"

놀란 다나카가 신음을 뱉었을 때 한 걸음 다가간 이산이 팔꿈치로 관자놀이를 찍었다. 둔탁한 소음과 함께 다나카가 마루 위에 엎어졌다.

"묶어라."

이산이 부하들에게 지시했다.

이제 함성이 울리고 있다.

신키성이 함락된 것이다.

다음 날 사시(오전 10시)가 되었을 때 산가쿠성의 청에서 야스노리가 전령의 보고를 받는다.

청 안에는 가신들이 도열해 있다.

"신키성이 함락되었습니다."

전령이 고개를 들고 야스노리를 보았다.

"다나카는 생포되어 아키츠성으로 끌려갔습니다."

"신키성이라고 했느냐?"

야스노리가 되물었는데 눈동자가 흔들렸다.

"신키성을 함락시키고 아키츠성으로 들어갔어?"

"예, 다나카 님의 가신 대부분은 신키 섬에서 몰사했고, 다나카 님만 끌려갔습니다."

"으음."

신음을 뱉은 야스노리가 옆쪽에 앉은 아와노를 보았다.

"어젯밤 해상에 폭풍우가 있었다고 했지 않은가?"

"예, 야스노리 님."

"하시바 이산이 곧장 신키 섬으로 간 것이군. 그렇지?"

"다나카가 위장을 했지만 신키 섬으로 간 것이 탄로가 난 것이지요."

"그놈, 다나카를 생포해서 어쩔 작정이지?"

"지켜보는 수밖에 없습니다."

정색한 아와노가 흐려진 눈으로 야스노리를 보았다.

"먼저 오사카의 주군께 급보를 띄워야 합니다."

"그래야지."

아침 햇살이 밝은 청명한 날씨다. 어젯밤의 폭풍은 꿈이었던 것처럼 지워졌고 새날이 밝아 있다.

그때 청 밖에서 웅성대는 소음이 울리더니 사내 하나가 계단을 올라왔다. 관복 차림이지만 옷매무새가 단정하지 못하다. 다급한 태도다.

"야스노리 님, 미야지마 섬의 구보가 왔습니다."

뒤쪽에서 가신(家臣) 하나가 소리쳤고 사내가 허둥지둥 다가와 무릎을 꿇었다.

"구보가 야스노리 님을 뵙습니다."

구보는 미야지마 섬의 수호역이다.

미야지마 섬은 사이토 가문의 영토로 1500석 봉토에 해당하는 영지였고 그 수호가 구보인 것이다. 따라서 구보는 1500석 녹봉을 받는 가신이다.

"구보, 여긴 웬일인가?"

보좌역 아와노가 먼저 묻자 구보가 잇새로 말했다.

"섬을 빼앗겼어."

"섬을 빼앗기다니? 무슨 소리야?"

구보와 아와노는 52세 동갑내기로 친구 사이다. 아와노가 묻자 구보가 번들거리는 눈으로 주위를 두리번거렸다.

"이곳도 위험해."

"구보, 정신 차려. 무슨 말이야?"

"기습을 받아서 쫓겨났어. 미야지마를 하시바군(軍)에게 빼앗겼어."

"하시바군(軍)?"

"하시바 이산."

순간 청 안에 숨소리도 나지 않았다. 그것을 야스노리가 깨뜨렸다.

"하시바 이산이 미야지마 섬을 점령했다고?"

"예, 갑자기 1백여 명이 내성으로 쳐들어오더니 반항하는 가신들을 베어 죽이고 나를 쫓아냈습니다."

"하시바 이산이? 그자를 보았어?"

"아니, 그 부하들을 보았습니다."

"그대를 쫓아냈다고?"

"미야지마 섬이 다나카의 영토라는 것입니다. 다나카가 말했다는 것이오."

야스노리가 입만 벌렸고 구보의 목소리가 청을 울렸다. 그때 아와노가 야스노리를 보았다.

"야스노리 님, 가신들을 총집합시켜야겠습니다. 이건 비상사태올시다."

아와노의 얼굴이 굳어 있다.

"가쓰라라고 합니다."

어깨를 부풀린 사내가 이산을 보더니 이마를 청 바닥에 붙이면서 절을 했다.

신시(오후 4시) 무렵.

청 안에는 이산의 부하 10여 명이 늘어앉아 있다.

화창한 날씨. 5월 중순이어서 따스한 날씨다.

고개를 든 사내는 40대 중반. 어깨가 넓고 앉은키도 컸다. 볕에 탄 검은 피부. 옆에 대도(大刀)와 소도(小刀)를 내려놓았다. 사내가 말을 이었다.

"이노시마 섬 도주(島主)입니다. 오늘 자로 하시바 이산 님께 투항합니다. 받아들여 주시기 바랍니다."

그때 이산이 고개를 끄덕였다.

"좋다. 받아들이겠다."

"감사합니다."

"이노시마 섬의 내력이 어떻게 되나?"

"예, 이노시마 섬은 3,000석 영지로 주민이 5,600, 군사는 650입니다. 20년 전에는 모리 모토나리 가문의 일족인 야나가와 님 영지에 포함되었지만 사이토 고잔 님이 합병시킨 곳이올시다."

가쓰라가 이산을 보았다.

"이번에 하시바 이산 님이 오셨으니 영지에 복속시켜 주십시오."

"알았다. 그대는 지금부터 하시바 이산의 가신이다."

이산이 말하자 가쓰라는 청 바닥에 이마를 붙였다.

"감사합니다. 충성을 바치겠소."

하시바 이산이 일본에서 받아들인 첫 가신이다.

그날 저녁 식사를 마쳤을 때 이산이 호소카와 가문의 지휘관들을 청으로 불러 모았다.

지휘관 중 다나카 가문과의 전쟁으로 여섯이 죽었고 8명이 살아남았다.

524명의 원정대 중에서 67명이 전사하고 130명이 부상당한 것이다.

그러나 3배 이상의 적을 꺾고 대승했다.

이어서 투항자가 계속되는 상황이다.

"나카무라, 지금부터 옛일은 잊을 수 있겠느냐?"

이산이 묻자 나카무라가 고개를 들었다.

"예, 잊겠습니다."

나카무라의 목소리가 청을 울렸다. 이산의 말뜻을 아는 것이다.

고개를 끄덕인 이산이 둘러앉은 사내들을 보았다.

다나카의 영지에 진입한 지 나흘째가 되는 날이다.

그동안 다나카의 영지와 함께 주변에 흩어진 사이토 소유의 섬 4곳을 획득했다. 2곳은 점령했고 2곳은 투항해 온 것이다.

“너희들도 잊을 수 있느냐?”

“예, 대장님.”

모두 소리쳐 대답했을 때 이산이 고개를 끄덕였다.

“그렇다면 너희들의 주군이 되겠다.”

“예, 주군.”

다시 대답한 사내들이 이마를 청 바닥에 붙였다.

그때 코다가 말했다.

“서약서를 받아야겠어. 서약서와 함께 녹봉을 정해야 할 테니 각각 서약서를 써 오도록.”

코다의 카랑카랑한 목소리가 청을 울렸다.

“나한테 잘 보여야 할 거야. 그래야 몇 석이라도 봉지가 올라갈 테니까.”

청에 앉은 이쿠노, 곤도가 빙글빙글 웃었고, 청 안 분위기가 금세 밝아졌다.

그러나 이 자리에 참석하지 못한 간부도 있다. 오마치는 둘째 날에 칼을 맞아 전사했고 지휘관급 전사자도 다섯이나 되었다. 그들은 주군 없이 죽어간 낭인이 되었다.

“앗하하.”

히데요시가 손바닥으로 무릎을 치며 웃었다.

오사카성의 5층 청 안에는 히데요시와 노중(老中)인 미요시, 그리고 히데요시의 부름을 받고 온 아카마스의 영주 시타케 마사모리까지 셋이 앉아 있다.

극비 회의다.

넓은 청 안에는 셋과 뒤쪽 벽에 붙어서 있는 시동 둘까지 다섯뿐이다.

방금 히데요시는 시타케를 통해 다나카의 멸망 소식을 들은 것이다. 시타케의 영지 아카마스는 사이토 고잔의 영지와 인접해 있다.

"사이토의 섬 7개를 탈취했다고?"

히데요시가 묻자 시타케가 히데요시 앞에 펼쳐진 지도를 손으로 짚었다.

"예, 중요한 섬이 12개가 있는데 나머지 섬들도 위험합니다. 언제 함락될지 모릅니다."

"그렇군. 이제 사이토가 발을 뻗을 섬이 없어지겠구나."

"요시마사가 산가쿠성으로 군사를 소집시켰습니다."

"이곳에 있는 사이토의 엉덩이가 들썩거리겠다."

그때 미요시가 말했다.

"매일 쾌속선이 오갑니다. 곧 무슨 명분이건 내세우고 영지로 귀향하겠다는 청원을 내겠지요."

"이산이 제대로 하는군."

눈을 가늘게 뜬 히데요시가 시타케를 보았다.

"시타케, 그대가 영지로 먼저 내려가서 이산을 지원해라. 물론 사이토가 모르도록 은밀하게 해야겠지."

"예, 전하."

"내일 즉시 돌아가도록. 나는 사이토한테 오사카항에 쌓인 군량을 검사하라는 소임을 맡기겠다. 그러면 빨라도 한 달은 걸리겠지."

히데요시의 얼굴에 웃음이 떠올랐다.

"한 달이면 사이토의 아들놈 야스노리인가 그놈이 영지를 말아먹을 수 있겠지?"

"글쎄요."

머리를 기울인 미요시가 시타케를 보았다.

"시타케 님, 어떻게 생각하시오?"

"야스노리는 후계자 자질이 안 됩니다. 날뛰다가 영지를 말아먹어도 이상하게 생각하지 않을 것입니다."

그때 히데요시가 혼잣소리처럼 말했다.

"사이토가 이에야스에게 갈 수도 있어."

미요시와 시타케가 입을 다물었고 히데요시가 둘을 번갈아 보았다.

"가신들을 이끌고 동쪽의 이에야스에게 간다면 어떻게 해야 되겠나?"

"영지에 들어가기 전에 잡아야 합니다."

미요시가 대답했다.

"영지에 들어가면 끄집어내기가 힘들 것입니다."

히데요시는 눈만 껌벅였고 미요시가 말을 이었다.

"그때는 이에야스 님한테 군사를 보낼 수도 없지 않겠습니까?"

그때 히데요시가 미요시를 보았다.

"미요시, 네가 맡아라."

"그러지요."

히데요시의 시선이 시타케에게 옮겨졌다.

"시타케, 너는 야스노리를 맡아."

시타케 마사모리는 45세.

3대째 아카마스의 영지를 세습해 온 영주다. 아카마스 영지는 소출이 64만 석. 사이토 고잔의 영지 동쪽에 붙어 있다.

시타케 가문은 오다 노부나가의 중신(重臣)이었다.

그러나 혼간사에서 아케치 미쓰히데가 오다를 자결시켰을 때 시타케의 부친 요시모토는 히데요시의 편이 되어 난을 수습했다. 호소카와 가문은 아케치에게 붙어 멸망했고 사이토 고잔은 중립을 지켰다.

히데요시가 천하를 제패한 후에 시타케는 노중(老中)의 일원이 되어서 서쪽 지역의 대부 노릇을 하고 있다.

청에서 나온 시타케가 옆을 따르는 집사 요시다에게 말했다.

"급하다. 대역을 불러라."

"예, 주군."

금세 눈치를 챈 요시다가 바짝 붙었다.

"하시토모를 부르겠습니다."

"그놈이 좋지."

시타케의 대역은 셋이다. 그중 하시토모가 용모는 물론 목소리까지 시타케를 빼다 박았다. 요시다가 물었다.

"영지로 내일 출발하십니까?"

"오늘 밤."

"예, 오늘 밤."

"하시바 이산을 도와서 사이토 가문을 멸망시켜야 한다."

"그렇군요."

요시다가 커다랗게 고개를 끄덕였다.

"사이토가 오래 버텨온 셈입니다."

코다의 도움으로 며칠 만에 다나카 영지를 수습하고 인근의 섬 7개를 평정했다.

다나카의 영지는 소출 기준으로 4만 5천 석인데, 섬 4개를 포함한 영토다.

그런데 여세를 몰아 사이토 고잔의 영토로 소속된 섬 7개를 합병한 것이다. 섬 3개는 무력으로 귀속시켰지만 4개는 투항해 왔다.

"주군, 야스노리의 사신이 왔습니다."

코다가 말했을 때는 미시(오후 2시) 무렵. 아키츠성 안이다. 코다가 말을 이었다.

"가신 마쓰모토가 아래청에서 기다리고 있습니다."

이산이 고개를 들었다.

"들라고 해라."

청으로 들어선 사이토 고잔의 가신 마쓰모토는 40대쯤의 사내로 관복을 입었다. 뒤에 수행원 둘이 따랐는데 모두 긴장으로 굳은 표정이다.

안쪽 단 위에 앉은 이산의 10보쯤 앞에서 발을 멈춘 셋이 무릎을 꿇었다.

영주를 대하는 자세다.

청의 좌우에는 가신들이 벌려 앉아 있어서 셋은 그 가운데에 있는 셈이다.

앞쪽에 앉은 마쓰모토가 고개를 들고 이산을 보았다.

"사이토 고잔의 가신 마쓰모토가 영주님을 뵙습니다."

마쓰모토의 목소리가 청을 울렸다.

"사이토 영주님의 후계자시며 대리인이신 야스노리 님께서 안부 말씀을 전하셨습니다."

"그런가? 고맙네."

이산이 정색하고 고개를 끄덕였다.

"내가 해적단을 소탕하느라고 제대로 인사를 못 했어."

"야스노리 님께서는 어려운 일이 있으면 얼마든지 돕겠다고 하셨습니다."

"반가운 일이야. 고맙다고 전하게."

"예, 영주님."

마쓰모토가 어깨를 펴더니 이산을 보았다.

각진 얼굴. 눈을 치켜떴고 굳게 닫혔던 입이 열렸다.

"영주님께서 이번에 사이토 가문의 영지인 미야지마, 이노시마 등 7개 섬을 공취하셨습니다. 이 7개 섬은 다나카의 영지가 아닙니다. 착각하신 것 같아서 저를 통해 말씀을 드리라고 하셨습니다."

이산은 듣기만 했고 아래쪽 첫 열에 앉았던 코다도 딴전을 피웠다.

그때 마쓰모토의 말이 이어졌다.

"섬을 돌려주시기 바랍니다. 그렇지 않을 경우에는 우리 가문에서 다시 회복할 수밖에 없음을 양해해 주셔야겠습니다."

"잘 알았네."

이산이 말했기 때문에 마쓰모토가 숨을 들이켰다.

"영주님, 그러시다면……."

"잘 들었다고 전하게."

"그렇게만 전하면 되겠습니까?"

"그렇지."

"섬을 돌려주시겠습니까?"

"아직 접수할 섬이 여러 개 남아 있어."

"무슨 말씀이신지……."

"아끼 섬, 신도 섬, 다지마 섬 등이야."

마쓰모토가 숨을 들이켰다.

이 섬들은 사이토 영지 깊숙한 곳에 있는 대도(大島)다. 육지에서 1리(400미터)도 떨어지지 않은 요지다.

이산이 말을 이었다.

"그 섬들은 20여 년 전에 사이토 가문에 흡수 합병되었다는 증거가 있어. 곧 우리가 접수할 것이라고 전하게."

이산이 자리에서 일어섰기 때문에 마쓰모토가 몸을 젖혔다. 그러고 나서 입을 벌렸을 때 코다가 말했다.

"접견 끝났소."

나카무라는 이제 3천 석 녹봉을 받는 이산의 중신(重臣)이다.

마쓰모토가 청에서 쫓겨나갔을 때 곧 중신 회의가 열렸다. 그때 나카무라가 말했다.

"주군, 나머지 섬을 서둘러 접수해야 합니다."

"그렇습니다."

이번에는 이쿠노가 동의했다. 이쿠노는 1천 석 녹봉을 받는다.

"소신을 보내주십시오."

5백 석짜리 중신이 된 시라카와가 소리쳐 말했고 청 안 분위기가 달아올랐다.

그때 이산이 입을 열었다.

"우선 내부 정리를 해야 한다. 군사를 모으고 무기를 정비하도록."

이산의 시선이 코다에게 옮겨졌다.

"코다, 그대가 정비 책임을 맡으라."

"지당하신 말씀이오."

코다가 커다랗게 고개를 끄덕였다.

"당장 사이토군(軍)과 전면전을 할 필요는 없습니다. 우리가 계속해서 공취하면 야스노리에게 군사를 동원할 명분을 줄 테니까요."

코다는 이산의 노중(老中) 역할이다. 중신들의 대리인 것이다.

"주군, 어젯밤 어디서 주무셨습니까?"

유시(오후 6시) 무렵.

영지 순시를 마치고 말을 마구간에 두고 나오는 이산의 옆으로 조병기가 다가왔다.

"왜 묻느냐?"

발을 떼면서 묻는 이산의 옆을 따르면서 조병기가 대답했다.

"코다 영감이 걱정하고 있습니다."

"왜?"

"다나카의 처첩과 자식들을 정리하셔야 합니다."

"다 내보내라고 하지 않았느냐?"

걸음을 멈춘 이산이 조병기를 보았다.

조병기는 측근으로 내궁(內宮) 관리 책임자다. 다나카는 생포해서 옥에 가둬 놓았지만 수십 명의 처첩은 아직도 내궁을 차지하고 있다.

이산이 정리를 하지 않았기 때문이다.

그리고 며칠 동안 내궁의 별채에서 혼자 지냈다.

그때 조병기가 말했다.

"다나카의 처첩은 16명이나 됩니다. 그중에는 해적질로 다른 곳에서 납치해 온 여자도 포함되어 있습니다."

"……."

"자식은 12명으로 사내아이 중 장성한 자식은 18세, 16세, 15세짜리도 있습니다. 이놈들은 모두 베어 죽여야 합니다."

"……."

"주군께서 지시를 안 하시는 바람에 내궁은 지금까지 감옥이 되어 있습니다. 주군께서 다 내보내라고 하셨습니다만 선별해서 정리하셔야 합니다."

이산이 고개를 끄덕였다.

술시(오후 8시) 무렵.

내궁(內宮)의 청에 다나카의 처자식이 모두 모였다.

불을 환하게 밝힌 청 안이다.

모두 복장을 갖춘 처첩들이 빠짐없이 나와 있는 것이다.

내궁이어서 위사들도 들어오지 않았고 외부인은 조병기 하나뿐이다.

이산이 앞에 순서대로 앉은 다나카의 처자식을 둘러보았다.

다나카는 38세였으니 정실부인도 40 가까운 나이다. 그러나 나머지는 천차만별. 모두 눈이 부실 정도의 미인이다.

그럴 수밖에 없다. 미인만 데려왔기 때문이다.

그리고 자식들은 사내가 7명, 여자애가 5명. 두어 살짜리 아이를 안고 있는 첩도 있다.

모두 몸을 굳힌 채 시선을 내리고 있어서 청 안은 조용하다. 아이들도 입을 열지 못한다.

그때 이산이 말했다.

"내해의 위쪽에 마쓰노 섬이 있다. 6백 석 소출이 되는 작은 섬인데 주민이 1백명 정도다."

이산이 말을 이었다.

"너희들을 그곳으로 보내겠다. 장성한 사내자식은 베어 죽이는 것이 마땅하나, 살려서 보내주겠다. 내일 중으로 그곳으로 옮겨갈 것이다."

모두 숨을 죽였고 이산이 16명의 처첩과 12명이 넘는 자식들을 둘러보았다.

"자식이 있는 처첩은 제외하고 나머지 중에서 이곳에 남고 싶다면 말하도록 해라."

청을 나온 이산이 침전에서 저녁상을 물렸을 때 조병기가 서둘러 다가왔다.

"주군, 다나카의 첩 8명이 남겠다고 합니다. 모두 자식이 없는 첩입니다."

이산은 시선만 주었고 조병기의 말이 이어졌다.

"다섯 살, 두 살짜리 자식이 있는 첩 2명도 남겠다고 사정을 합니다. 자식은 절에 보내겠다고 합니다만."

조병기의 두 눈이 반짝이고 있다.

조병기는 내궁에 사람이 많을수록 좋은 모양이다.

"주군, 부르셨습니까?"

코다가 다가와 앞에 앉는다.

진시(오전 8시) 무렵.

일찍 일어나는 이산은 아키츠성 안을 말을 타고 한 바퀴 돌아온 후다.

청 안에는 이미 이쿠노와 조병기, 무라타 등 가신들이 둘러앉아 있다.

그때 이산이 입을 열었다.

"코다, 그대가 해야 할 일이 있어."

"해야지요."

바로 대답한 코다가 이산을 보았다.

"주군, 무슨 일입니까?"

"내가 가신들을 안돈시키려고 한다."

"안돈시킨다면……, 어떤 것 말씀입니까?"

"가족이 없는 가신이 많아. 그렇지 않은가?"

"그건 그렇습니다."

코다의 시선이 옆쪽에 앉은 가신들을 훑고 지나갔다.

우선 옆에 앉은 나카무라부터 처자식을 잃은 홀아비다.

이쿠노, 무라타, 시라카와 등 호소카와 가문 출신들은 대부분 홀아비다. 10여 년 동안 낭인 생활을 하면서 가족을 만들 여유도 없었기 때문이다.

그때 이산이 말했다.

"코다, 내가 미녀 10명을 보유하고 있으니 그대가 적절하게 가신들과 짝을 만들어 주도록 하라."

"예? 미녀 10명이라면……"

코다가 되물었을 때 가신들이 술렁거렸다.

이산이 말을 이었다.

"이제 모두 녹봉까지 정해졌으니 더 미룰 이유도 없다. 서둘러라."

그러고는 이산이 자리에서 일어섰다.

이산이 청을 나갔을 때 코다가 조병기를 보았다.

청 안의 가신들은 술렁거리고 있었는데 아직 영문을 모르는 사람이 많다. 다만, 중신 나카무라와 이쿠노는 입을 꾹 다물고 있다.

"이보게, 10명이나 되는가?"

대충 짐작한 코다가 묻자 조병기는 어깨를 폈다.

"다나카의 처첩 16명 중 6명은 자식들과 함께 마쓰노 섬으로 가겠다고 했습니다. 모두 목숨을 살려준 은혜에 주군께 눈물로 감사를 드렸지요."

"사내자식들도 다 살려서 보내기로 하셨단 말이지?"

"예, 코다 님."

"전례가 없는 일이지만 주군의 결단이니 따를 수밖에."

어깨를 편 코다가 다시 묻는다.

"그런데 미녀가 10인이라고 하셨는데, 남은 첩이 10명이란 말인가?"

"자식이 없는 첩이 8명, 2명은 어린 자식을 절에 맡기고 새 인생을 살겠다는 것입니다."

모두 숨을 죽이고 듣는다.

그때 코다가 고개를 기울였다.

"그 첩들은 내궁에 남겠다는 것 아닌가?"

"그렇지요."

"주군의 측실이 되겠다는 거야. 그렇지?"

"그렇지요."

"그런데 주군은 그 10명을 우리에게, 아니 나는 빼고."

당황한 코다가 말을 고쳤을 때 말석에서 웃음소리가 났다.

그쪽에 대고 눈을 흘긴 코다가 곧 정색했다.

"어쨌든 주군의 명이다. 자, 신청을 받겠다. 주군의 지시니 체면 차릴 것 없다. 선착순이다. 신청한 순서대로 여자를 고르도록 해줄 테니 손을 들도록."

"무엇이? 아끼, 신도, 다지마 섬까지 가져가겠다고?"

버럭 소리친 야스노리가 주먹으로 팔 받침대를 내려쳤다.

야스노리는 어깨가 넓고 힘이 장사다. 팔 받침대가 부서졌다.

산가쿠성 내성의 청 안.

방금 야스노리는 아키츠 성에서 돌아온 마쓰모토의 보고를 받은 것이다.

"이런 개 같은 조선 놈이!"

야스노리가 이를 갈았다.

청 안이 조용해졌고 보좌역 아와노도 입을 열지 않는다. 비상시국이어서 가신들은 모두 평상복을 벗고 갑옷을 둘렀기 때문에 살벌한 분위기다.

그때 마쓰모토가 말했다.

"다나카 영지에 들어가 살펴보았더니 아직 민심은 안정되지 않았습니다. 각 지역의 주민들이 새 주인을 맞는 상황이었습니다."

그때 옆쪽의 가신들이 말했다.

"지금 출전을 하시지요."

"1만 명만 동원하면 다나카 영지는 쓸어 버릴 수가 있습니다."

"이대로 두면 사방에서 달려들 것입니다."

이쪽저쪽에서 나섰기 때문에 청 안이 소란스러워졌다.

그때 아와노가 소리쳤다.

"모두 입을 다물라!"

청 안이 조용해졌을 때 아와노가 고개를 돌려 야스노리를 보았다.

"야스노리 님이 결단을 하셔야 됩니다."

야스노리는 시선만 주었고 아와노가 말을 이었다.

"이대로 놔둘 수는 없습니다. 이산은 공공연하게 도전을 한 것입니다."

"바로 아키츠성으로 진군해야 하나?"

"이산이 대비를 하고 있겠지요."

아와노가 말을 이었다.

"마쓰모토를 통해 자극을 준 것도 유인하기 위해서일 것입니다."

"그렇다면 우리도 기습전이군."

야스노리의 눈동자에 초점이 잡혔다.

"아와노, 그대에게 맡기겠다."

"사이토, 그대가 할 일이 있어."

히데요시가 눈을 가늘게 뜨고 사이토를 보았다.

오사카의 성안이다.

앞에 엎드린 사이토가 히데요시에게 물었다.

"무슨 일입니까?"

"조선에 보낼 군수품이 오사카항에 쌓이고 있는데, 질서가 없고 도둑질하는 놈들이 들끓고 있어."

히데요시가 금 장식이 달린 부채로 방바닥을 쳤다.

"그대가 군수품 검역관을 맡아서 순서대로 조선에 보내도록 해라. 장부와 대조해서 납기를 지키지 못한 영주는 3할의 벌금을 물리고, 물건을 빼돌리는 놈들은 지위 고하를 막론하고 참수하도록."

"현재의 검열관 무라다는 직위 해제됩니까?"

"무라다는 제 영지로 돌아가 군사 1만을 이끌고 조선으로 갈 것이다."

히데요시의 얼굴에 쓴웃음이 떠올랐다.

"그것도 3개월 안에."

검열관 무라다는 38만 석 영지를 소유한 히데요시의 측근이다. 그런데 1만 군사와 함께 조선으로 가게 되다니, 날벼락을 맞은 것이나 같다.

히데요시가 말을 이었다.

"사이토, 지금 당장 항구로 나가 군수품을 수습해라. 하루에도 1백여 척의 배가 하역하고 있다."

"예, 전하."

"무라다가 어질러 놓은 하역장의 질서를 수습해라. 네 공은 잊지 않겠다."

"예, 전하."

사이토가 자리에서 일어나 서둘러 청을 나갔다.

신시(오후 4시) 무렵.

넓은 청 안에는 히데요시와 중신 미요시 둘이 남았다. 사이토의 모습이 시야에서 사라졌을 때 히데요시가 입맛을 다셨다.

"사이토가 눈치챈 것 같군."

"알면서도 시치미를 뚝 떼고 있는 것이지요."

미요시가 말을 이었다.

"오늘 오전에도 쾌속선이 또 한 척 떠났습니다. 어젯밤에도 한 척 보냈는데 사이토는 몸이 달아 있습니다."

"일거수일투족을 감시하도록."

"예, 전하."

어느덧 얼굴을 굳힌 히데요시가 말을 이었다.

"다나카에 이어서 사이토까지 제거하면 내해의 골치 아픈 놈들은 처리하게 된다."

오사카항으로 달리는 사이토 옆으로 가로(家老) 진타로가 말 배를 붙여왔다.

"주군, 전하가 작심한 모양입니다."

진타로가 소리치듯 말했지만 사이토는 앞만 보고 말을 몰았다.

진타로가 말을 잇는다.

"항구에서 군량 검사하는 사이에 영지는 몰락합니다. 짐작하십니까?"

그때 고개를 든 사이토가 진타로를 보았다.

"시타케가 오사카에 있는지 확인해라."

"예, 주군."

"그리고……."

뒤를 따르는 위사들에게 시선을 주었던 사이토가 말을 이었다.

"히데요시가 나한테 감시자를 붙였을 거다. 지금도 우리를 따르고 있겠지."

"당연합니다."

진타로가 잇새로 말을 잇는다.

"주군, 이제는 히데요시에 대한 미련을 버리셔야 합니다."

"나도 오늘 자로 버렸다."

"히데요시는 주군을 영지로 돌아가지 못하게 하고, 조선 놈 이산을 시켜서 우리 영지를 갈기갈기 찢을 겁니다."

"조선 놈 능력으로 가능할까, 야스노리가 미숙하다고 하지만 말이다."

"시타케가 도와줄 것입니다."

"그렇다."

사이토가 고개를 끄덕였다.

"히데요시의 수단은 이제 뻔하다. 앞으로는 당하지 않을 거다."

"6만 7천 석이 됩니다."

코다가 지도에서 얼굴을 들고 말했다.

청 바닥에는 영지 지도가 펼쳐져 있다.

이제 '하시바 이산'의 영지는 사이토 고잔의 영지 아래쪽, 그리고 시타케 마사모리의 영지 왼쪽이 된다.

위쪽 내륙은 사이토, 시타케의 영지가 동서로 접경하고 있다.

"우리가 수복한 사이토 가문의 섬이 7개, 이곳의 면적이 2만 석 가깝게 됩니다."

손끝으로 내해의 섬을 가리킨 코다가 말을 이었다.

"이곳 사이토 가문의 남은 섬까지 합병시키면 8만 석쯤이 될 것입니다."

그렇게 되면 사이토 영지의 아래쪽 섬은 이산이 다 접수하는 셈이다. 지금도 절반 이상인 7개를 강탈한 상황인 것이다.

"주군, 야스노리가 군사를 아끼 섬에 3천을 보냈고, 신도 섬에는 4천을 보냈습니다."

코다의 얼굴에 웃음이 떠올랐다.

"야스노리가 사자의 말을 듣고 놀란 모양입니다."

"야스노리의 보좌역 아와노는 어떤 인물인가?"

"충신이지요. 사이토가 신임하는 가로(家老)입니다."

"오사카의 사이토가 가만있지 않을 텐데."

"관백께서 조처를 하실 것입니다."

어느새 정색한 코다가 말을 이었다.

"주군, 이번에 사이토 가문은 멸망하게 될 것입니다."

"그대가 관백의 지시를 받았나?"

"아닙니다."

코다가 고개를 저었다.

"관백께선 물이 흘러내리는 것처럼 작전을 세우십니다. 어느 때는 매복병 숫자까지 세어보시지만, 큰 작전은 대개 대장에게 맡기시지요."

"대장에게 맡긴다?"

"대장의 성향, 환경, 충성도를 파악하신 후에 작전을 맡기십니다. 그것은 물 흐르는 것과 같지요."

"그대의 역할은 무언가?"

"주군에 대한 정보를 말씀드리는 역할이었지요."

"그러니 이렇게 될 줄 예상했겠군."

"예, 관백께서도 주군이 사이토의 섬들을 공취하실 것을 예상하고 계셨을 것입니다."

"전쟁만 일삼던 사람들이라 조선인들하고는 다르군."

"주군께서는 일본인이 다 되셨습니다."

"지금 관백께선 어떻게 하실 것 같으냐?"

"곧 밀사가 내려올 것입니다."

코다가 번들거리는 눈으로 이산을 보았다.

"이제 본격적인 전쟁이 시작될 테니까요."

조병기는 맨 끝 순위로 취처(娶妻)했다.

내궁(內宮) 담당이어서 제 머리를 제가 깎을 수는 없다면서 극구 사양했다.

그러나 코다가 마지막 남은 다나카의 첩 하나를 넘겨준 것이다.

아내의 이름은 도미코.

영주의 첩이었으니 빼어난 미모다. 나이는 23세. 그러나 다섯 살짜리 딸이 있었고 그 딸을 근처의 절에 맡기기로 했다.

해시(오후 10시) 무렵.

내궁에서 나온 조병기가 자택으로 들어섰을 때 마당에서 얼쩡대던 집사가 다가왔다.

"나리, 마님이 옆집에서 아이 목욕을 시키고 계십니다. 곧 돌아오실 것입니다."

고개만 끄덕인 조병기가 방으로 들어와 옷을 갈아입었을 때다.

도미코가 하루에를 안고 들어왔다.

다섯 살짜리 하루에는 내일 아키츠성에서 50여 리 떨어진 훈간사로 간다. 그곳에서 중들이 키워줄 것이다.

하루에는 아직 영문을 몰랐기 때문에 조병기를 보더니 예의 바르게 고개를 숙여 절을 했다.

"다녀오셨습니까?"

"오."

건성으로 대답한 조병기에게 이번에는 도미코가 묻는다.

"식사는 하셨어요?"

"오, 궁에서."

"내일 아침에 일찍 하루에를 데리고 가겠습니다."

"오."

외면한 채 대답한 조병기가 슬쩍 하루에를 보았다.

다섯 살짜리 하루에는 얌전하게 도미코 옆에 무릎을 꿇고 앉아 있다.

도미코가 말을 이었다.

"절에 두고 오는 데 시간이 좀 걸릴 것 같습니다. 밤에 돌아올 것 같아요."

"오."

"죄송합니다. 전 동쪽 출신이어서 가까운 곳에 맡길 데도 없기 때문입니다."

그때 조병기가 고개를 돌려 도미코를 보았다.

"하루에를 나하고 같이 키우지."

순간 숨을 들이켠 도미코가 조병기를 보았다. 눈이 흐려졌고 초점이 멀어서 먼 곳을 보는 것 같다. 조병기가 헛기침을 했다.

"내일 절에 데려가지 말란 말이다. 하루에를 내 딸로 키우자고."

"나리."

억양 없는 목소리로 불렀던 도미코가 눈의 초점을 겨우 잡았다.

"하지만 법(法)이, 주군께서 용서하시겠습니까?"

도미코의 목소리가 떨렸고 말이 막히기도 했다.

"우리 주군은 다른 영주하고는 다르시다."

조병기가 어깨를 폈다.

"내일 내가 말씀드릴 테니까 그대는 걱정할 것 없어."

그런데 조병기는 다음 날 아침에 코다에게 보고했다.

도미코에게 큰소리는 쳤지만 이산에게 직접 보고하기가 두려웠기 때문이다.

"이런! 나한테 그 이야기를 하면 어떻게 하나, 이 사람아?"

코다가 이맛살을 찌푸리고 조병기를 보았다.

내성 청 옆쪽의 대기실 안이다. 대기실에는 둘뿐이었지만 코다가 목소리를 낮췄다.

"나는 그 말은 안 들은 것으로 하겠네."

"아니, 가로(家老)님, 말을 물리라는 말씀입니까?"

목을 움츠렸지만 조병기가 눈을 치켜뜨고 코다를 보았다.

"제가 명색이 내궁 담당 가신입니다. 내궁 담당이 제 집안 이야기까지 주군께 미주알고주알 말씀드릴 수는 없지 않겠습니까?"

"말해도 돼."

"그건 가로(家老)님 소임 같습니다."

"내 소임이 아냐. 난 못 들었어."

"그럼 다섯 살짜리 딸을 절로 보낼까요?"

"그러든지. 난 모르는 일이야."

"아예 제가 베어 죽여서 뒷마당에 묻어 버리지요."

"마음대로 해."

"그러고 제 처도 베어 죽이겠습니다."

그때 코다가 고개를 들고 조병기를 보았다.

"이것 봐, 그대가 이번에 녹봉을 얼마나 받았지?"

"아시면서 왜 묻소?"

"잊었으니까 말해봐."

"1,250석 받았소."

"1천 석 이상이니까 하시바 이산 가문으로서는 중신(重臣)이군."

"그래서 어쩌란 말씀이오?"

"1,250석이면 20석당 군사 1인이 기준이니 60명 군사를 모을 수가 있고."

"……."

"주민은 1천 명 가깝게 될 것이고."

코다의 주름진 얼굴이 엄숙해졌다. 호흡을 고른 코다가 말을 이었다.

"이제 중신(重臣)이 되었다면 중신의 자세를 갖춰야지. 그대의 행동이 주군에게 어떤 영향이 미칠 것인가를 생각해 보았는가?"

"……."

"더구나 내궁 감독관이 내궁의 질서를 무너뜨리다니."

코다의 눈빛이 강해졌다.

"그리고 가장 딱한 것은 본인이 제 행실의 후유증을 생각하지도 않고 있다는 거야."

그때 조병기가 고개를 들었다.

"모녀를 같이 절로 보내겠소. 내가 잘못한 것 같소."

조병기가 말을 이었다.

"모녀를 떼어 놓는 것이 인정상 딱해서 그랬소."

그때 코다가 자리에서 일어섰다.

"여기서 기다리게."

시타케 마사모리가 보낸 밀사 요시다가 찾아온 것은 사시(오전 10시) 무렵이다.

요시다는 시타케의 중신(重臣)으로 코다와 안면이 있다.

내성의 밀실에는 이산과 코다, 요시다까지 셋이 둘러앉았다.

인사를 마친 요시다가 입을 열었다.

"저와 주군은 쾌속선으로 영지로 돌아왔고, 지금 오사카 저택에는 대역이 지키고 있습니다."

요시다가 이산을 보았다.

"관백 전하께서는 영주께서 대공을 세우셨다고 칭찬하셨습니다."

이산은 웃음만 지었고 요시다의 말이 이어졌다.

"지금 제 주군은 영지에서 은밀하게 군사를 모으고 있습니다. 공개적으로 동원할 수가 없습니다."

"당연한 일이지요."

코다가 말을 받아준다.

"하지만 우리 주군 단독으로 사이토군을 상대하기는 벅찹니다, 요시다 님."

"그래서 주군께서는 곧 정병 5천을 모아 이산 영주님 휘하로 보내신다고 했습니다."

요시다가 말을 이었다.

"대장은 타나베와 시카와, 각각 2천5백을 이끌고 이산 님께 소속될 것입니다."

그때 이산이 물었다.

"그것은 관백 전하의 지시인가?"

"예, 영주님. 관백님은 이번에 사이토 가문을 멸망시키기를 원하십니다."

옆에 앉은 코다가 숨을 들이켜더니 몸을 굳혔다. 요시다의 말이 이어졌다.

"그래서 사이토를 오사카항 군수품 검열역을 맡겨 잡아놓았습니다. 앞으로 한 달가량은 벗어나지 못할 것입니다."

"그동안에 사이토 영지를 석권하란 말인가?"

"사이토의 후계자인 야스노리를 제거하면 됩니다."

요시다가 번들거리는 눈으로 이산을 보았다.

"야스노리와 보좌역 아와노, 그리고 중신(重臣) 서너 명만 제거하면 사이토 영지는 무너질 것입니다."

이산이 고개를 들었다.

"관백 전하의 지시를 따르겠네."

"예, 영주님. 그럼 저는 분명히 전하의 지시를 전했습니다."

상체를 세운 요시다가 똑바로 이산을 보았다.

"관백 전하께서는 옛 산양도 서쪽을 시타케 마사모리와 하시바 이산 가문이 통치하기를 바라고 계십니다."

그때 코다가 먼저 커다랗게 고개를 끄덕였다.

조병기가 이산에게 불려 들어갔을 때는 오시(낮 12시) 무렵이다.

대기실에서 한 시진이나 기다리는 바람에 눈앞이 노래졌고 일어났을 때는 다리가 후들거리기까지 했다.

청으로 나왔더니 중신(重臣) 10여 명이 둘러앉아 있었기 때문에 조병기는 어금니를 물었다. 코다가 보였는데 외면한 채 이쪽을 쳐다보지 않는다.

조병기는 이산의 10보 앞에 무릎을 꿇었다.

"주군, 부르셨습니까?"

주위가 조용해졌고 이산의 목소리가 청을 울렸다.

"도미코의 딸이 몇 살이냐?"

"다섯 살입니다, 주군."

엉겁결에 대답은 했지만 조병기의 등에 식은땀이 배어 나왔다.

그때 이산이 다시 물었다.

"그 딸을 네가 양녀로 삼겠다고?"

"예? 예, 주군."

이번에도 조병기가 대답부터 했다.

코다한테 하루에를 양녀로 삼겠다는 말은 하지 않은 것이다. 이산이 고개를 끄덕이더니 코다에게 고개를 돌렸다.

"이번에 아이 딸린 부인을 데려간 자가 또 있느냐?"

"예, 2살짜리 아이가 있는 부인이 무라타한테 갔습니다."

코다가 바로 대답했을 때 이산이 가신들을 둘러보았다.

"무라타 있느냐?"

"예, 주군."

"넌 어떻게 되었느냐?"

"지금 조병기의 부인과 함께 떠나려고 준비하고 있습니다. 아이를 절에 맡기려

구요.”

“아이가 딸이냐?”

“예, 주군.”

“그럼 너도 네 양녀로 삼고 키워라.”

“예, 주군.”

“네 자식처럼 키울 수 있느냐?”

“예, 주군.”

고개를 돌린 이산이 조병기를 보았다.

“너는 어떠냐?”

“예, 저도 제 자식처럼 키우겠습니다.”

그때 코다가 입맛 다시는 소리를 내었는데 못마땅한 표정이다.

청 안 분위기가 밝아진 것이 마음에 들지 않는 기색이다.

시타케의 밀사 요시다가 말하고 간 내용은 중신 몇 사람만 안다.

이쿠노, 나카무라, 곤도 등인데 이번에 모두 장가를 간 것이다.

그러나 전시(戰時)나 마찬가지 상황이라 합동결혼식도 못 하고 그냥 데려다 사는 형편이다.

그날 저녁.

저녁을 마친 이산에게 코다가 말했다.

“타나베와 시카와가 오면 아군과 함께 합동작전을 개시해야 될 것입니다.”

이산이 고개만 끄덕였고 코다의 말이 이어졌다.

“야스노리는 이미 주요 섬에 병력을 파견한 데다 산가쿠성 주변에 2만 군사를 집결시켰습니다. 정공법으로는 승산이 없습니다.”

“그래서 야스노리만 제거하라는 것 아닌가?”

"그러려면 유인해 내야지요."

코다가 정색하고 이산을 보았다.

"타나베와 시카와가 이끄는 시타케군(軍)을 이용해야 됩니다."

이산군(李山軍)은 현재 2천 정도의 병력을 보유하고 있다. 다나카군(軍)을 편입시킨 것이다. 시타케군(軍)까지 포함하면 7천 병력이 된다. 사이토군의 3할 정도밖에 되지 않는다. 그러나 사이토군이 전력(全力)을 모으면 4만 가깝게 되는 것이다.

이산이 고개를 끄덕였다.

"기습전이야, 영감."

"유인해서 처리하는 것이지요."

코다가 흐려진 눈으로 이산을 보았다.

"이번 싸움에서도 앞장을 서십니까?"

"그래야지."

이산이 웃음 띤 얼굴로 코다를 보았다.

"나는 기습해서 암살하는 것에 익숙하다네."

"일본 영주 중에 주군 같은 영주가 없습니다. 영주는 앞장서서 칼을 휘두르는 사무라이가 아닙니다."

"나는 조선 무사야."

이산이 웃음 띤 얼굴로 코다를 보았다.

"더구나 배경도 없는 조선인이라네. 내가 앞장서서 이끌지 않으면 충심으로 따를 부하가 없을 거야."

"서둘지 마십시오, 주군."

"나는 진퇴를 구분할 줄 알아, 영감."

"주군은 자질이 충분하십니다."

"그리고 잃을 것도 없어. 관백께 조선인의 진면목을 보여드리고 싶네."

그 순간 코다가 숨을 들이켜더니 이산을 보았다. 그러더니 천천히 고개를 끄덕이고 나서 말했다.

"주군, 오늘 밤에 침소로 여자를 들이시지요. 가신들이 몸 둘 바를 모르고 있습니다."

"다음에 야스노리의 처첩을 데려오기로 하지."

바로 말을 자른 이산이 정색하고 코다를 보았다.

"준비한 여자는 영감이 데리고 가도록."

유에사키성(城)은 이산 영지의 최북단에 위치한 성(城)으로 규모는 작다.

소성(小城)이다.

그러나 바위산 중턱에 세워졌고 성벽 높이가 20자(6미터)여서 한 번도 외세에 함락된 적이 없다.

성주는 야쯔오. 41세.

다나카의 부하였지만 이산에게 바로 투항했다. 유에사키성은 위쪽 사이토 영지와 접경지에 세워져서 통로 역할이다. 이산 영지로 가려면 유에사키성을 통과해야 되는 것이다.

사시(오전 10시) 무렵.

청에 있던 야쯔오에게 성루의 초소장이 달려왔다.

"성주, 국경선으로 사이토군이 옵니다."

야쯔오가 묻지도 않고 몸을 일으켰다.

성루에 선 야쯔오는 숨을 들이켰다.

산 아래쪽이 사이토 영지와의 경계선이다. 그 앞쪽 황무지에 자욱하게 먼지가 일어나고 있다.

기마군이다.

예상하고는 있었지만 수백 기의 기마군을 보자 야쯔오는 머릿속이 텅 빈 느낌을 받는다.

황무지가 넓었기 때문에 기마군 뒤를 따르는 보군도 보였다.

그때 정신을 차린 야쯔오가 소리쳤다.

"전령! 전령을 불러라!"

아키츠성에 전령을 보내야 한다.

그 시간에 이산은 아키츠성 밀실에서 손님을 맞고 있다.

농민 차림의 사내 둘은 바로 시타케의 부하 장수 타나베와 시카와다. 둘 다 30대쯤으로 건장한 체격이다.

방 안에는 코다와 나카무라, 이쿠노까지 불러서 여섯이 둘러앉았다.

인사를 마쳤을 때 먼저 타나베가 입을 열었다.

"군사는 모두 사이토 영지 접경에 숨겨두었는데 기마군 5백에 보군이 4천, 5백은 치중대입니다."

그때 시카와가 방바닥에 지도를 펼쳐 놓더니 손으로 짚으면서 말을 잇는다.

"이것이 사이토군 전력입니다."

이산이 고개를 끄덕였다.

지도에는 사이토 고잔의 영지와 성 주둔군이 표시되어 있었는데 이산이 확보한 정보보다 더 자세했다. 야스노리가 배치한 병력까지 적혀 있는 것이다.

지도에서 시선을 뗀 이산이 입을 열었다.

"시간을 끌면 우리가 불리해. 속전속결로 끝내야겠어."

이산의 시선을 받은 타나베와 시카와가 서로의 얼굴을 보았다. 그러더니 타나베가 대답했다.

"주군께서 영주님의 지시를 받으라고 말씀하셨습니다. 따르지요."

회의를 마치고 청을 나온 타나베와 시카와는 숙소로 안내되었다.

숙소에서 둘이 남았을 때 시카와가 말했다.

"조선에서 세자의 측근이었다고 하지만 이곳 영주로 감당할 수 있을까?"

"글쎄, 관백 전하께서 신임하시는 모양이니까……."

주위를 둘러본 타나베가 말을 이었다.

"다나카는 기습전으로 정복했지만 사이토 가문과의 전쟁은 그보다 수십 배 어려운 일이니까."

"어차피 우리는 이산군(軍) 휘하야. 주군이 드러나지 않아야 돼."

"어쨌든 조선인 영주는 오늘 처음 보았지만 체구가 크고 위엄이 있군."

"이번 다나카를 기습할 때 선두에 서서 칼질을 했다니 다른 영주하고는 다른 것 같네."

그때 방문 밖에서 인기척이 났기 때문에 둘은 말을 그쳤다.

"나리, 손님이 오셨습니다."

방으로 들어선 사람은 코다다.

코다가 자리에 앉자마자 말했다.

"국경의 유에사키성에 사이토군이 결집해 왔소. 지금 성 앞에 몰려와 있는 상황이오."

급박한 상황인데도 코다의 얼굴에는 쓴웃음이 떠올라 있다.

"기마군 3백, 보군 2천 정도인데 그쯤은 유에사키성에서 감당할 수가 있소."

코다가 말을 이었다.

"야스노리가 시작하겠다는 증거요."

야스노리가 방으로 들어서는 신지를 보았다.

"오, 신지, 오느라 고생했어."

"오랜만에 뵙습니다."

고개를 숙여 보인 신지가 앞쪽에 앉았다. 신지는 사이토의 중신(重臣)으로 오사카 저택에서 밀행해온 것이다.

술시(오후 8시) 무렵.

산가쿠성의 내성 안이다. 방 안에는 야스노리와 아와노, 모토나가까지 셋이 기다리고 있다.

허리를 편 신지가 입을 열었다.

"야스노리 님, 주군께서는 오사카에서 움직일 수가 없는 입장이시오."

야스노리는 눈만 껌벅였고 신지의 말이 이어졌다.

"몇 번 시도를 해보았지만 실패했습니다. 그래서 마지막으로 저를 보내신 겁니다."

"말하게."

"히데요시는 사이토 가문을 없애려고 합니다. 조선인 하시바 이산을 시켜서 영지를 유린할 계획입니다."

신지가 번들거리는 눈으로 야스노리를 보았다.

"히데요시는 시타케를 시켜 하시바 이산을 지원하도록 했습니다. 이산의 배후에 시타케가 있습니다."

"결사항전인가?"

야스노리가 잇새로 말했을 때 신지가 고개를 끄덕였다.

"제가 주군의 명을 받고 왔습니다. 결사항전이 맞습니다."

"아버님이 안 계신 것이 유감이군."

"곧 탈출해 오시겠지요."

고개를 든 신지가 말을 이었다.

"우리가 하시바 이산을 먼저 격멸시키면 히데요시는 주춤할 것입니다. 히데요시는 공개적으로 사이토 가문을 멸족할 명분이 없습니다."

"그렇군."

"우리가 이산을 기습해야 됩니다. 전격전으로 이산의 영지를 휩쓸어 버려야 합니다."

방 안에 무거운 정적이 덮였다.

신지는 사이토 가문의 맹장이다. 그래서 위험을 무릅쓰고 사이토가 밀파시킨 것이다. 이제 사이토 가문이 전면전으로 대응하게 되었다.

오사카 동쪽의 이에야스 영지 안.

이에야스의 거성(居城)인 간토의 에도성에서 이에야스가 사카이의 보고를 받는다. 사카이는 상인(商人)으로 전국에 지점을 가진 부호였지만 이에야스의 정보역이다. 이에야스와 독대할 수 있는 유일한 상인이기도 하다.

사카이 옆에는 중신(重臣) 이이 나오마사가 앉아 있을 뿐 밀실 안에는 셋뿐이다. 이에야스가 둥근 얼굴을 들고 사카이를 보았다.

"사이토가 멸망하겠군."

"예, 영주님."

사카이가 정색하고 이에야스를 보았다.

"히데요시 님이 결심을 굳힌 것 같습니다."

"사이토가 오사카항 검열관으로 박혀 있지는 않을 텐데."

"예, 어떻게든 빠져나갈 것 같습니다. 생사가 걸린 일이니까요."

그때 이에야스가 고개를 들고 나오마사를 보았다.

"나오마사, 네가 말해라."

"예, 주군."

나오마사가 사카이를 향해 몸을 돌렸다.

"사카이 님, 사이토 님이 주군께 밀사를 보내셨소."

사카이는 시선만 주었고 나오마사가 말을 이었다.

"주군께 투항하겠다는 약정서를 써 보냈습니다. 조건은 영지를 모두 이에야스 님께 헌납할 것이니 가문을 존속시켜 달라는 것입니다."

그때 이에야스가 말했다.

"난 읽고 돌려보냈어. 급해서 보냈겠지만 얽힐 수는 없다."

"잘하셨습니다."

"시타케 마사모리의 동향은 어떤가?"

"오사카 숙소에 머물고 있습니다."

"히데요시 님을 자주 만나는가?"

"제가 오사카에 있는 동안 히데요시 님을 만났다는 말은 못 들었습니다."

"사이토 영지와 접경한 영주가 가만있을 리는 없지."

이에야스가 팔걸이에 몸을 기대었다.

이에야스는 스루가, 가이의 기존 영지에서 간토의 오다와라로 전봉이 되었다. 히데요시가 중앙에서 벽지인 동부로 몰아낸 것이다. 권력의 중심에서 소외시킨 셈이다.

그런데 이에야스는 이것을 기회로 삼았다.

호죠 씨의 영토였던 동부의 거대한 영토를 개간, 에도를 거성(居城)으로 삼고 군사력을 강화한 것이다. 벽지 개간을 이유로 조선 정벌군에도 참여하지 않아서 군사와 재력을 축내지도 않았다.

그때 이에야스가 말했다.

"역시 히데요시 님의 용병술이 눈부시구나."

이에야스가 혼잣소리처럼 말을 이었다.

"조선 무장을 시켜 해적을 소탕하더니, 이제는 해적과 연루되었다는 혐의로 사이토를 치는군."

"그래서 오사카 영주들의 기류가 나쁘지 않습니다."

사카이가 말을 받는다.

"사이토는 고립된 상황입니다."

"나는 그 조선 무장, 하시바 성을 받은 그자가 궁금하군."

이에야스가 사카이를 보았다.

"그자에 대해서 알아보았느냐?"

"예, 조선 세자의 목숨을 구해준 은인으로 정4품 선전관을 지낸 것은 맞습니다."

"그건 들었어."

"소실의 자식으로 소외당한 신분이었다가 발탁되었지요."

"조선은 양반의 왕국이다."

"뛰어난 무장이라고 합니다. 그자 옆에 가또에게 보내졌던 코다가 붙어 있습니다."

"코다?"

눈을 가늘게 뜬 이에야스가 입술 끝을 일그러뜨렸다.

"내가 코다를 알지. 코다 그놈은 가또를 조련시킨 놈이야."

이에야스가 흐린 눈으로 사카이를 보았다.

"더구나 히데요시 님이 자신의 성(姓)까지 하사했다니, 나도 그놈을 보고 싶구나."

타나베와 시카와가 이끄는 5천 군사가 유에사키성에 닿았을 때는 사이토군이 진을 친 지 사흘 후다.

바가지 깃발을 단 5천 군사가 유에사키성에 입성하자 성안 분위기는 충천했다.

'바가지' 깃발이 무엇인가?

바로 '하시바 이산'의 깃발이다. 유에사키성은 하시바 이산의 영토인 것이다.

성주 야쯔오가 타나베와 시카와를 맞아 소리쳐 말했다.

"잘 오셨습니다. 이제 우리가 이겼소."

가슴을 조이고 있던 야쯔오는 마음이 놓인 것이다. 이제 사이토군보다 더 우세한 병력이 성 아래쪽을 내려다보는 형국이다.

산가쿠성에 모인 사이토군 병력은 이제 2만 2천.

각 섬과 유에사키성 앞으로 보낸 병력 1만여 명까지 포함하면 3만여 명이 된다. 시타케 마사모리 영지와의 국경에 1만 명 정도만 제외하면 영지의 전(全) 병력이 투입된 셈이다.

야스노리는 24세. 지금까지 영내의 도적단, 중들의 소요를 진압하는 작전을 지휘한 경험밖에 없다.

야스노리가 내성으로 돌아왔을 때는 신시(오후 4시) 무렵이다. 성 밖에 주둔한 군사들을 둘러보고 온 것이다.

야스노리의 옆으로 아와노가 다가왔다.

"야스노리 님, 유에사키성에 들어간 군사는 이산의 깃발을 들고 있지만 이산의 군사는 아닙니다."

아와노가 말을 이었다.

"이산의 병력은 3천 남짓인데 유에사키성에는 7, 8천이 모여 있습니다."

걸음을 멈춘 야스노리가 아와노를 보았다.

"그건 무슨 말야?"

"지원군을 받은 것 같습니다."

아와노가 목소리를 낮췄다.

"야스노리 님, 서둘러야 할 것 같습니다."

"내일 밤이야."

다시 발을 뗀 야스노리가 말을 이었다.

"하룻밤 사이에 쓸어 버릴 테니까."

내일 밤에 사이토군은 일제히 국경선을 돌파, 이산의 영지로 진입할 예정인 것이다.

유에사키성 앞에 진출한 사이토군은 미끼다. 위장 공격군인 것이다.

내일 밤에는 산가쿠성에 모인 2만 2천 병력이 일제히 남하한다.

4개 지역으로 분산된 사이토군이 남하하면 이산군(軍)은 단숨에 무너진다.

주먹밥을 받은 이산이 곤도에게 물었다.

"모두 몇 덩이씩 주었느냐?"

"세 덩이씩입니다."

옆에 앉은 곤도가 대나무 통으로 만든 물병을 옆에 놓았다.

민가 안.

이곳은 산가쿠성 서북쪽의 주택가다.

유시(오후 6시) 무렵.

이미 주위는 어두워져서 이곳저곳 민가에서 불을 켜고 있다. 주먹밥을 한입 베어 먹은 이산이 곤도를 보았다.

"든든하게 먹고 기다리도록."

"예, 주군."

기운차게 대답한 곤도가 자리에서 일어섰다.

이곳에 모인 군사는 2백 명, 이산이 직접 이끄는 특공대다. 특공대 지휘관은 곤도와 하타. 변장한 부하들을 이끌고 주위에 흩어져 있다.

흐린 날씨다.

이곳에서 내성까지는 1리(400미터)밖에 되지 않는다.

그때 하타가 다가왔다. 하타는 다나카의 가신이었다가 투항한 무장이다.

"주군, 준비되었습니다."

농군 차림의 하타가 말을 이었다.

"야스노리는 지금 내성에 있는 것이 확인되었습니다."

이산이 고개를 끄덕였다.

이곳 산가쿠성에서 아키츠성까지는 2백여 리(80킬로) 거리다. 이산은 4개 대(隊) 8백여 명을 이끌고 밤에만 행군하며 이틀 만에 이곳에 잠입한 것이다.

산가쿠성은 성문이 4개 있었지만 수만 명이 들락거리는 바람에 제대로 검문도 하지 않았다. 그래서 농부나 잡역부로 위장한 4개 대(隊)는 무사히 성안에 잠입한 것이다.

내성 서쪽의 건초 야적장 주위는 조용하다.

산가쿠성은 외성이 넓어서 공터에 말 사료인 건초와 건축 자재를 쌓아 놓았다.

이쿠노는 부하 2백을 이끌고 이곳에 은신하고 있었는데 이산의 주력(主力)과는 3백 보 거리다.

"기다려라."

준비해 간 주먹밥을 게눈 감추듯이 먹고 난 이쿠노가 부하들에게 지시했다.

"곧 불화살이 오를 것이다."

그때는 소리 없이 내성 서쪽 담장을 넘어 진입하는 것이다.

내성 동서남북 4곳에 모두 1개 조씩 배당되었으니 진입하면 다 죽인다. 목표는 야스노리지만 얼굴을 알 수 없으니 비슷한 놈은 다 죽이는 수밖에 없다.

옆쪽에 앉은 다카베의 시선을 받자 이쿠노가 빙그레 웃었다.

"다카베, 넌 전쟁이 몇 번째냐?"

"전쟁이랄 것도 없지요. 해적선을 타고 수십 번 싸운 것은 그냥 칼싸움이었으니까요."

다카베는 20대 중반쯤으로 다나카 휘하의 해적선 조장을 지냈다고 했다. 조장은 선장 다음의 직책으로 전투원을 이끄는 대장이다.

이산에게 투항한 후에 이쿠노의 부하로 배속되었는데 듬직한 데다 눈치가 빨라 둘은 금세 손발이 맞았다.

이쿠노가 고개를 끄덕였다.

"나는 본래 가또 기요마사 님의 말단 부하였다가 하시바 이산 님의 가신(家臣)이 되었어. 조선에서 싸우다가 돌아온 거야."

"진짜 전쟁을 하다가 오셨소."

"큰 싸움은 해보지 못했어."

"지금 주군과는 같이 싸워보셨소?"

"했지."

고개를 든 이쿠노가 다카베를 보았다.

"우리 주군은 진짜 용장(勇將)이다. 직접 칼질을 하는 영주다."

"조선 무장이라 그렇습니까?"

"아니지, 우리 주군은 별종이다."

"별종이라."

"주군께 죄송하지만 그렇게밖에 설명 못 하겠다."

"그렇군요."

"관백 전하께서 당신의 성(姓)까지 하사하실 만한 인물이시다."

"과연 그렇습니다."

"너도 충성을 바치면 다나카 같은 놈과는 다른 세상을 만나게 될 것이다."

어깨를 부풀린 이쿠노가 밤하늘을 보았다.

불화살을 기다리는 것이다.

5장
대영주 이산

나카무라는 시라카와와 함께 남쪽 지역을 맡았는데 호소카와의 가신들만 모인 셈이 되었다.

주먹밥을 먹고 난 시라카와가 나카무라를 보았다.

"대장, 사이토 가문을 멸족시키면 우리가 이곳을 먹을까요?"

"이런!"

물통을 집던 나카무라가 쓴웃음을 지었다.

"이 큰 땅을 다 먹지는 못할 거다."

"사이토 영지가 얼마지요?"

"58만 석이야."

"어이쿠! 우리 옛 주군 영지와 비슷하구나."

호소카와 가문은 65만 석이었다.

한 모금 물을 삼킨 나카무라가 혼잣소리처럼 말했다.

"아마 다른 영주를 이곳으로 부르든가 하겠지. 우리 주군한테는 조금 떼어줄까?"

"한 10만 석은 줄까요?"

"우리가 지금 다나카 영지를 받은 것이 대강 8, 9만 석이 된다. 그것만으로도 첫 영주로서는 많은 셈이야."

"하지만 58만 석 영지를 가로챈 것 아닙니까? 만일 우리가 성공한다면 말이지요."

"너도 녹봉을 떼어 받고 싶으냐?"

"나도 1천 석은 받고 싶소."

나카무라가 다시 웃었다.

이번에 나카무라는 이산한테서 3천 석을 받은 것이다. 지난번 호소카와를 모셨을 때는 2천 석이었다. 비중으로 따지면 지금 나카무라는 이산 가문의 중신(重臣)이다. 8만 석 영주의 3천 석 가신이기 때문이다.

그때 나카무라가 고개를 끄덕였다.

"우리가 살아남는다면 네 녹봉은 내 몫에서 떼어서라도 1천 석을 만들어주지."

시라카와의 녹봉은 5백 석이다.

물통을 내려놓은 나카무라가 다시 하늘을 보았다. 하늘은 더 어두워져 있다.

"오늘 밤은 비가 올 것 같습니다."

시라카와가 같이 하늘을 보면서 말했다.

"피가 씻겨 가면 깨끗하지요."

"……."

"하지만 피비린내가 많이 납니다."

그때 밤하늘로 불화살이 솟아올랐다.

신호다.

내성의 수비장 구와나는 자리를 펴고 누웠다가 기척에 고개를 들었다.

내성 서문 근처의 숙소 안이다.

구와나는 48세. 3,500석 녹봉을 받는 구와나는 내성 수비대 1,200명을 지휘하고 있다.

"우르르."

기척은 그렇게 들렸는데 땅이 울린다. 내성 밖의 군사들이 이동하는 것 같았기 때문에 구와나는 다시 베개에 머리를 붙였다.

그때 베개가 또 흔들렸다.

기척이 가까워진 것 같다.

"우르르."

베개에 머리를 붙인 상태여서 진동이 그대로 전달되었다.

"이런!"

혀를 찬 구와나가 이번에는 상반신을 일으켰다. 숙소가 담장 근처였기 때문에 진동이 밖인지 안인지 구별이 안 된다.

깊은 밤이다.

진동만 울렸을 뿐 목소리는 들리지 않는다.

"밖에 누구 있느냐?"

숙소 앞쪽에 경비병이 있었기 때문에 구와나가 소리쳐 불렀다.

대답이 없다.

그 순간 서둘러 옷을 걸친 구와나가 허리에 칼을 찼을 때 진동은 그쳤다.

문을 연 구와나는 밖에서 부슬비가 내리고 있는 것을 보았다. 습기가 가득 찬 대기에서 문득 피비린내가 맡아졌다.

"누구 있느냐?"

마당으로 나온 구와나가 다시 소리쳐 불렀을 때다. 대문이 스르르 열리더니 어둠 속에서 문 앞에 웅크린 사내의 형체가 드러났다. 서둘러 다가간 구와나가 숨을 들이켰다.

경비원이다.

피비린내가 왈칵 풍겼기 때문에 구와나가 칼을 움켜쥐었다. 경비원은 시체가 되어 있다.

"기습이다!"

구와나의 목소리가 어둠 속을 울렸다.

이산의 1조는 이미 내성 깊숙이 진입한 상태다.

내성은 2개의 담장으로 둘러싸여 있었는데 첫 번째 담장은 넘었다.

깊은 밤.

드문드문 경비병이 서 있었지만 먼저 침투한 기습조가 경비병을 처리했기 때문이다.

이산의 뒤로 2백 명이 소리 없이 따르고 있다. 모두 칼을 쥐었고 앞을 가로막는 인간은 다 죽였다.

그러나 아직 소동은 일어나지 않았다. 순식간에 휩쓸고 지나가는 통에 눈치를 채지 못한 것이다.

이산의 앞쪽을 달리는 10여 명의 선봉대가 이제 두 번째 담장을 넘기 시작했다.

담장 안쪽이 야스노리의 거처인 내궁이다.

"으악!"

비명이 어둠 속에 울렸다.

내성의 안채는 내궁(內宮)이라고 부른다. 바로 사이토와 후계자 야스노리의 거처다.

내궁에서 터진 첫 비명이다.

"에익!"

이쿠노 조(組)의 선봉에 선 야마타는 검사(劍士)다. 호소카와 가문 출신으로 낭인이 되었다가 이번에 이쿠노 조 선봉이 되었다.

벌써 여섯 명을 베어 죽였다. 지금 일곱 번째를 쳤는데 칼날이 성대를 빗나갔기 때문에 비명이 터진 것이다.

그때 이곳저곳에서 외침이 일어났다. 안채의 경비병들이 뛰쳐나온 것이다.

"죽여라!"

뒤쪽에서 이쿠노가 소리쳤다.

이쿠노는 처음 소리쳤다.

이제는 되었다.

안채로 진입한 것이다.

나카무라는 앞으로 달려온 경비병을 단칼로 내려쳐 베었다.

피가 튀면서 얼굴에도 묻었다. 피비린내가 맡아졌다.

"나가라!"

나카무라가 칼끝으로 앞을 가리키며 소리쳤다.

부하들이 우르르 앞쪽으로 뛰어나갔다.

이제는 혼전이지만 경비병은 상대가 되지 않는다. 이곳저곳에서 튀어나오기는 하지만 분산되어 있기 때문이다.

"이쪽으로!"

내궁(內宮) 지리를 아는 사내를 앞세웠기 때문에 거침없다.

북쪽에서 진입해 온 후쿠다는 다나카의 가신이었다가 투항했다.

33세. 해적 선단의 대장(隊長).

후쿠다를 면접한 코다가 마음에 들어 하면서 이산에게 적극 추천했기 때문에 1개 조를 맡았다. 이산한테서 받은 녹봉은 1천 석.

감동한 후쿠다는 충성심을 입증하려고 앞장을 서고 있다.

내궁까지는 순조롭게 진입했지만 내궁 담장을 넘어 들어온 후에는 난전(亂戰)이다.

"안으로!"

후쿠다가 경비병 하나를 베면서 소리쳤다.

목표는 눈에 띈다.

이 층으로 가장 중심에 세워진 금박 기둥의 본채.

사방은 이제 외침과 비명, 칼날 부딪치는 소리로 가득 찼다.

인간의 입에서 터지는 소음은 모두 사이토군(軍) 병사들의 외침이다. 침입군은 비명도 지르지 않았다.

"이런, 빌어먹을!"

야스노리는 침입군이 내궁 담장을 넘어온 순간부터 깨어나 있었다.

지금은 갑옷을 입고 손에 장검을 쥔 상태.

주위에 20여 명의 근위병이 둘러서 있었는데 모두 무섭게 긴장하고 있다. 그때 복도에서 근위조장이 달려와 소리쳤다.

"구와나 님하고는 연락이 안 됩니다!"

수비대장 구와나를 찾으러 보낸 것이다. 그때 옆에 선 모토나가가 말했다.

"야스노리 님, 여기서 버티셔야 합니다. 나가다가 놈들에게 습격당할 수 있습니다."

그것 때문에 지금 방 안에서 기다리고 있는 것이다.

이미 2번이나 전령을 밖으로 내보낸 상태다. 구원병을 요청한 것이다.

그때 위사 하나가 달려왔다.

"서쪽 복도가 뚫렸습니다!"

외침과 비명이 가까워졌다.

서쪽 복도 끝은 이곳에서 100보 거리다.

"야스노리 님, 준비하시기를."

모토나가가 칼을 치켜들고 말했을 때다. 야스노리가 버럭 화를 냈다.

"뭘 준비하란 말이냐!"

"사이토 가문의 후계자이십니다. 당당하게 맞서시기를."

"너나 잘해!"

야스노리가 눈으로 모토나가의 칼 쥔 손을 가리켰다.

모토나가의 칼 쥔 손이 덜덜 떨리고 있다.

무안해진 모토나가의 얼굴이 붉어졌다.

"내가 수전증이 있소."

그때 복도를 달리는 발소리가 울렸다. 수십 개의 발이 마룻바닥을 울렸기 때문에 집이 울렸다. 침입군이 몰려오고 있다. 위사 하나가 다시 뛰어들어 왔다.

"적이 동쪽 복도로 진입했습니다!"

야스노리가 어금니를 물었다.

동쪽 복도로 뛰어든 조는 이산의 본대(本隊)다.

야스노리의 본채는 넓다.

사방 200보 넓이의 면적에 이 층 구조여서 야스노리는 이 층 중심부에 위치하고 있다.

이산이 마루를 뛰면서 숨을 골랐다.

이제는 되었다.

본채의 출입구는 넷. 사방을 막아 놓았기 때문에 탈출은 불가능하다.

그때 앞장선 곤도가 소리쳤다.

"이 층으로!"

계단이 눈앞에 보인 것이다.

본채의 기둥에 촛불이 걸려 있었기 때문에 밝다.

어디선가 타는 냄새가 났다. 내성 여러 곳에서 불길이 일어났기 때문이다.

문짝을 부수면서 일착으로 진입한 조는 후쿠다가 이끈 조다.

"이놈!"

진입한 기습조를 향해 위사들이 달려들었고 곧 격렬한 칼싸움이 일어났다.

이곳 방에 딸린 청은 사방이 50자(15미터) 규모로 꽤 넓다. 안쪽의 침소 넓이도 그쯤 되었기 때문에 문을 열어 놓아서 사방 100자(30미터) 규모다.

야스노리 주위의 위사는 모두 30여 명으로 늘어나 있다.

"와앗!"

침입군이 더 밀려왔기 때문에 청 안은 수라장이 되었다.

"불을!"

누군가가 소리쳤다.

침입군은 이제 몇 명이 횃불을 들고 있어서 사방을 비추고 있다.

"와앗!"

그때 다른 쪽 문으로 침입군이 밀려 들어왔다.

이산의 본대다.

야스노리의 위사대는 모두 정예다.

그래서 침입군과 2 대 1의 비율로 죽었지만 금세 소진되었다. 수전증으로 칼 쥔 손을 떨던 모토나가가 뛰어들었다가 빗발 같은 칼바람을 맞고 쓰러졌다.

이윽고 안쪽에 서 있던 야스노리와 세 명의 위사가 남았다.

그 넷을 향해 수십 개의 칼끝이 좁혀왔다.

"이놈들!"

야스노리의 외침이 청을 울렸다.

"내가 야스노리다! 네놈들은 누구냐!"

그때 조용해진 침입군 사이에서 사내 하나가 나왔다.

"난 하시바 이산."

이산의 목소리가 다시 울렸다.

"야스노리를 친다."

"이놈!"

장검을 두 손으로 움켜쥔 야스노리가 한 걸음 앞으로 나섰다.

"오너라!"

그때 침입군이 우르르 뒤로 물러섰고 이산이 한 손에 장검을 쥔 채 한 걸음 앞으로 나섰다.

이제 야스노리와 이산은 공간의 중심에서 마주 보고 섰다.

둘 사이의 간격은 세 발짝.

주위가 갑자기 조용해졌다.

그 순간이다.

야스노리가 펄쩍 뛰어오르면서 벽력같은 기합을 뱉었다.

"야앗!"

두 손으로 칼을 치켜올린 야스노리의 몸이 3자(90센티)나 솟아올랐다.

엄청난 기세다.

그러나 이산은 칼을 겨눈 채 움직이지 않는다.

그 순간 야스노리의 칼이 몸과 함께 아래로 떨어졌고 모두 숨을 죽였다.

"앗!"

다음 순간 누군가가 외침을 뱉었다.

어느새 이산의 몸이 조금 옆으로 비켜 서 있었고 겨눴던 칼도 옆쪽으로 비스듬히 비틀려 있는 것이다.

그때다.

야스노리가 청 바닥에 떨어졌다.

"쿵!"

두 발이 청 바닥에 닿는 소리다.

그러더니 야스노리의 몸이 반듯하게 앞으로 쓰러졌다. 두 손으로 칼을 쥔 채다.

"쿵!"

몸이 청 바닥에 부딪히는 소리다.

그 순간 두 손에 쥔 칼이 떨어졌고 머리가 옆으로 비틀렸다. 눈은 부릅뜨고 있었지만 생기가 없다.

곧 길게 엎어진 몸이 경련을 일으키다가 멈췄다.

그동안 둘러선 사내들은 모두 입을 열지 않았다.

그때다.

이산이 소리쳤다.

"회군이다!"

이산이 몸을 돌렸을 때 후쿠다가 야스노리에게 다가가 칼을 휘둘렀다. 머리를 가져가려는 것이다.

다시 내성을 나와 외성으로 빠져나오는 데는 한 식경밖에 걸리지 않았다.

미리 봐 놓은 북문 근처 담장을 넘어 빠져나온 것이다.

그때는 내성의 변란을 듣고 군사들이 쏟아져 들어오는 상황이었다.

기습군 4개 조 8백여 명이 외성의 북문을 빠져나왔을 때는 5백여 명이 남아 있었다.

3백 명을 잃었지만 대승이다.

사이토 고잔의 영지를 무너뜨린 것이나 같다.

후계자 야스노리의 머리를 베어온 것이다.

유에사키성 앞에 모여 있던 사이토군이 물러가기 시작했다.

사시(오전 10시) 무렵이다.

먼저 기마군이 무리를 지어 돌아가기 시작했고 그 뒤를 보군이 따른다.

맑은 날씨여서 군사들이 들고 있는 '사이토' 깃발이 선명하게 드러났다.

"아니, 저놈들이 무슨 일인가?"

성루에 서 있던 성주 야쯔오가 소리쳤다.

야쯔오는 보고를 받고 달려온 참이다. 분명히 성 아래쪽 사이토군이 뒤로 물러가는 것이다.

그때 옆에 선 수문장이 말했다.

"서둘고 있습니다. 갑자기 철수하는 것 같은데요."

"함정일지도 모른다."

그때 성루로 타나베와 시카와가 함께 올라왔다.

아래쪽 사이토군(軍)을 내려다보던 둘이 서로를 돌아보더니 야쯔오에게 말했다.

"변고가 생긴 것 같소."

둘의 눈이 생기를 띠고 반짝였기 때문에 야쯔오도 숨을 골랐다.

야쯔오도 타나베와 시카와가 군사를 이끌고 이곳에 온 이유를 알고 있다.

사이토군의 주의를 끌기 위해서다.

같은 시간.

산가쿠성의 외성 중심부의 저택 안.

내성은 어젯밤 화재가 난 데다 머리 없는 야스노리의 시선을 모셔두었기 때문에 중신(重臣) 회의가 이곳에서 열렸다.

좌장은 야스노리의 보좌역 아와노.

아와노는 어젯밤 외성에서 머물렀기 때문에 야스노리가 참변을 당할 때 함께 있지 못했다.

아와노가 핏발이 선 눈으로 중신들을 보았다.

"함께 죽자는 의견이 대세로군. 그렇다면 전군(全軍)을 몰아서 하시바 이산을 치자는 말인가?"

"그렇소."

소리쳐 대답한 중신은 도지다. 도지가 말을 이었다.

"그놈들을 몰사시키고 나서 결전 준비를 하는 겁니다."

"히데요시 님하고의 결전인가?"

"그렇소."

"그사이에 오사카의 주군은 잡혀서 인질 노릇을 하겠군."

"주군은 알아서 도피하거나 영지로 돌아오실 것입니다."

그때 헛기침을 한 신지가 나섰다. 신지는 사이토가 야스노리에게 파견한 무장이다.

"시타케 님과의 접경지대를 조심해야 됩니다."

주위가 갑자기 조용해졌고 신지의 말이 이어졌다.

"하시바 이산의 배후에 시타케군(軍)이 있다는 것을 명심해야 할 것이오."

"시타케군이 공개적으로 우리 앞을 가로막을 수는 없소."

도지가 말했지만 뒤끝이 흐리다.

사이토군이 시타케군을 맞으면 승부를 예측할 수가 없는 것이다. 아니, 전력(戰力)은 비슷하지만 이쪽은 주군이 피살된 상황이다.

그때 아와노가 말했다.

"내가 야스노리 님 보좌역으로 함께 죽어야겠지만 죽기를 각오하고 여러분께 드릴 말씀이 있소."

아와노가 번들거리는 눈으로 좌중을 둘러보았다.

"이것이 주군은 물론이고 억울하게 저승에 가신 야스노리 님의 혼을 위로하는 길인 것 같소."

청 안이 조용해졌다.

모두 비장한 표정이다. 그때 아와노가 입을 열었다.

"우리가 살길은 전쟁이 아니오. 전군(全軍)을 동원해서 하시바 이산을 치게 되면 결국 전몰하게 될 것이오."

아와노의 말이 이어졌다.

"야스노리 님의 피살은 원통하지만 이것은 이미 지난 일. 야스노리 님의 원수 갚음이 중요하지가 않소."

"그럼 무엇이 중요한 거요!"

버럭 소리쳐 물은 사내는 도지다. 도지의 얼굴은 붉게 상기되었고 물기가 밴 눈이 번들거렸다.

"주군은 오사카에 인질로 잡혀있는 데다, 후계자인 야스노리 님은 머리를 잃고 내궁에 누워 있소! 이제 사이토 가문은 끝났소! 결사항전이 남았을 뿐이오!"

도지의 목소리가 청을 울린 것은 모두 숨을 죽이고 있었기 때문이다.

그때 아와노가 소리 내어 웃었다.

"앗하하! 여기 히데요시의 첩자가 마침내 마각을 드러냈구나!"

"무엇이!"

놀란 도지가 버럭 소리쳤을 때다. 사이토가 파견한 장수 신지가 벌떡 일어섰다.

"도지, 닥쳐라!"

신지는 사이토의 중신으로 8,500석을 받는 원로다. 경륜도 짧은 2천 석짜리 도지가 맞설 상대가 아니다.

신지가 어깨를 부풀리면서 도지를 꾸짖었다.

"너 따위가 대국을 논하느냐! 아와노 님 말씀을 듣도록!"

신지의 시선을 받은 도지가 고개를 떨구었다.

그때 신지가 몸을 돌려 아와노를 보았다.

"아와노 님, 말씀하시오."

그때 다시 모두의 시선이 아와노에게로 옮겨졌다.

"내가 목숨을 내놓고 말씀드리리다."

아와노가 말을 이었다.

"이미 우리 사이토 가문은 야스노리 님의 피살로 명이 끝났소."

주위가 웅성거렸지만 목소리는 크지 않다. 그것을 아랑곳하지 않고 아와노가 말을 이었다.

"그렇다면 사이토 가문의 혼(魂)이라도 살아남아야겠다는 것이 내 생각이오."

모두 침묵했고 아와노가 눈을 부릅뜨고 가신들을 둘러보았다.

"그 혼이 무엇이겠소?"

"……."

"바로 여러분이오."

이제는 아와노가 자리에서 일어섰다.

"여러분이 살아야 그 혼이 이어지게 됩니다. 만일의 경우 오사카의 주군이 도피하여 목숨을 부지하신다면 돌아오실 곳도 생기게 되는 것이오."

아와노의 눈에서 눈물이 흘러내렸다.

이제는 청 안에서 숨소리도 들리지 않는다.

그때 아와노가 말했다.

"내가 이 일을 성사시키고 나서 배를 갈라 작은 주군을 따라갈 것이오."

"그것은 무슨 일이오?"

중신 하나가 물었을 때 신지가 손을 들어서 막는 시늉을 했다.

"그것은 청에서 말할 사항이 아니니까 말을 삼가도록."

눈을 부릅뜬 신지가 말을 이었다.

"나는 아와노 님과 동감이오. 모두 한몸이 되어서 따릅시다."

야스노리가 피살된 지금, 이제 사이토 가문은 아와노와 신지에 의해서 통제되고 있다.

아키츠성으로 돌아오는 데 사흘이 걸렸다.

낮에도 사이토 영지를 횡단했지만 사이토군(軍)과 접전하지 않았다. 사이토 영지가 혼란에 덮여 있었기 때문이다.

성(城)의 주둔군은 성문을 굳게 닫고 있을 뿐이었고, 검문소도 적극적으로 검문하지 않았다. 도성(都城)의 변고가 전해졌기 때문이다.

"주군, 주군은 영웅이시오."

성문 밖까지 마중 나온 코다가 무릎을 꿇고 치하했다. 코다는 성에 남아 있던 가신을 모두 인솔하고 나왔기 때문에 길이 꽉 찼다.

"영감, 길을 막지 말고 일어나라."

이맛살을 찌푸린 이산이 멈추지 않으면서 말했다. 그러자 코다가 서둘러 일어나 옆을 따른다. 가신들도 떼를 지어 따랐기 때문에 모두 한 덩이가 되어서 성으로 진입했다.

대승이다.

적장 야스노리의 수급까지 가져왔지만 이쪽도 3백여 명의 기습대가 전사했다.

4개 대(隊) 간부 중에서 검사 야마타 등 가신 넷이 진입하다가 죽었고, 가쓰라는 퇴각 중에 칼을 맞았다. 12명 중 5명을 잃은 것이다.

성안에서 기다리던 시타케의 무장 타나베가 허리를 굽혀 절을 했다. 밝은 표정이다.

"영주께선 대공을 세우셨습니다."

타나베가 커다랗게 말했다. 대승은 커다란 목소리로 축하해야 정상이다.

"제가 함께 있었다는 것이 영광입니다."

"고맙군."

이산도 마침내 쓴웃음을 지었다. 이제는 인사치레에 익숙해지고 있다.

청에 앉은 이산이 코다에게 말했다.

"죽은 가신, 군사들에게 포상을 하도록."

"예, 주군. 어떻게 합니까?"

코다가 뻔히 알면서도 묻는 것은 둘러앉은 가신들에게 이산의 면목을 세워주려는 의도다. 그때 이산이 코다를 노려보았다.

"죽은 가신의 녹봉은 그대로 처자식에게 상속시킨다."

"예, 주군. 처자식이 없는 가신은 어떻게 합니까?"

"전례에 따르도록."

"이번에 공을 세운 장졸을 말씀해 주십시오."

"각 대장의 녹봉을 올리고 대장 휘하의 장졸은 대장이 기록해 올려라."

"예, 주군."

"그리고 참전한 모든 장졸들에게 창고의 금화 3냥씩을 준다."

"너무 많습니다."

당황한 코다가 말했을 때 이산이 말을 이었다.

"대장과 조장급은 10냥씩 지급해라."

"주군!"

"전사자 몫도 마찬가지다. 처자식에게 줘라."

"창고의 금화 3할이 나가겠습니다."

"금화는 채우면 된다."

"예, 주군."

코다가 더 이상 말을 걸지 않고 입을 다물었다.

청 안 분위기가 술렁거리고 있다. 파격적인 포상이기 때문이다.

쾌속선이 닷새를 달려 오사카성에 도착했다.

이산의 전령이 탄 쾌속선이다.

관백 전하를 뵙는 전령이기 때문에 코다는 스즈키를 파견했다. 스즈키는 호소카와의 가신으로 문관이다. 이산의 가신이 된 후에 코다의 보좌역을 맡고 있다.

'하시바 이산'의 가신이었기 때문에 오사카항에서부터 스즈키는 특별 대우를 받았다.

스즈키는 즉시 오사카성으로 안내되어 히데요시 앞에 대령했다.

미시(오후 2시) 무렵.

청 안에는 히데요시와 중신 미요시만 있다. 히데요시의 10보 앞까지 끌려온 스즈키가 명(命)에 의해 직접 보고를 했다.

"말해라."

노중(老中) 미요시가 스즈키에게 직접 아뢰라는 지시를 했다.

스즈키가 고개를 들었다.

"전하, 엿새 전에 제 주군 하시바 이산은 사이토 영지에 잠입, 야스노리를 손수 베어 죽였습니다."

그 순간 히데요시가 헛기침을 했다. 헛기침 소리가 청을 울렸다. 스즈키가 말을 이었다.

"제 주군 하시바 이산은 야스노리의 머리를 싸 들고 귀성(歸城)했습니다."

"오!"

마침내 히데요시가 손바닥으로 팔걸이를 내려쳤다.

"장하다. 몇 명으로 기습했느냐?"

"예, 4개 조 8백 명이었고 제 주군도 1개 조를 이끌었습니다."

"산가쿠성을 기습했단 말이지?"

"예. 농민 복색으로 성에 숨어들어 간 후에 밤을 기다렸다가 내성에 잠입했습니다."

"오! 나도 25년 전에 그 수법을 썼지. 오다 님 대신으로 시나노를 정벌할 때였다."

히데요시가 눈을 가늘게 뜨고 앞쪽을 노려보았다.

"그때 기노 요시마사 놈은 5만 대군으로 나카하마 성안에 웅거하고 있었지. 대단한 전력이었다. 천하무적이었지."

스즈키는 물론 미요시도 숨을 죽였다. 끼어들면 죽는다. 히데요시의 말이 이어졌다.

"자시(밤 12시)가 좀 넘었을 때다. 나는 기노우치가 만들어 낸 명검(名劍) 하카리를 쥐고 있었다. 내 뒤에 요시나오가 있었다. 아니, 우마키였던가?"

"우마키였을 것입니다, 전하."

"맞아. 우마키가 그때 죽었어. 불쌍한 놈."

"자식이 없어서 녹봉지가 넘어갔지요."

"그랬나?"

고개를 들었던 히데요시의 시선이 스즈키에게 머물더니 눈에 초점이 잡혔다.

"장하다."

정신을 차린 히데요시의 얼굴이 다시 환해졌다.

"넌 쾌속선을 타고 왔지?"

"예, 전하."

"다시 바로 그 배로 돌아가서 네 주군한테 보름만 기다리라고 해라. 그때는 사이토 영지의 정리가 끝날 테니까."

"예, 전하."

"이산에게 내 기대를 저버리지 않아서 내가 만족했다고 전해라."

그러더니 허리에 끼고 있던 소도(小刀)를 빼내 스즈키에게 던졌다.

"네 주군에게 주는 내 선물이다. 갖다 줘라."

"예, 전하."

스즈키가 무릎으로 기어서 소도를 두 손으로 받들었을 때 히데요시가 말을 이었다.

"요시스케가 만든 명검(名劍)이야. 검 이름은 미야케다. 잊지 말고 전해라."

그러고는 히데요시가 자리에서 일어섰다.

청에 둘이 남았을 때 미요시가 스즈키에게 물었다.

"넌 낯이 익다. 전에는 누구 가신이었느냐?"

"예, 호소카와의 가신이었습니다. 노중(老中) 아오야마의 보좌역이었지요."

"오, 아오야마."

눈을 가늘게 뜬 미요시가 스즈키를 보았다. 아오야마는 호소카와와 함께 죽었다. 충절을 지킨 것이다.

"내가 아오야마를 살리려고 했는데 그놈은 고집을 부려 배를 갈랐어."

"예, 압니다."

"너는 10년 동안 뭘 하고 지냈느냐?"

"오하리 산에서 중 생활을 했습니다."

"그러다가 이번에 속세로 나왔군."

"예, 미요시 님."

"네 주군은 어떠냐?"

"가신들의 신임을 받습니다."

"나도 들었다. 다나카의 첩들을 모두 나눠주었다면서? 너도 받았느냐?"

"저는 차례가 돌아오지 않았습니다."

"네 녹봉이 얼마냐?"

"1천 석을 받습니다."

"네 주군의 통이 크다."

"예, 욕심이 없으십니다."

"그런 분이 더 큰 욕심을 부리지."

미요시가 얼굴을 펴고 웃었다.

"코다가 너를 보낸 이유를 안다."

스즈키의 시선을 받은 미요시가 말을 이었다.

"코다에게 전해라. 이제 너희들 주군에게 큰일이 맡겨질 것이라고."

"아직 안 나왔어?"

모리타가 묻자 한도는 힐끗 대문 쪽을 보았다.

"조금 전에 호리베를 보냈습니다. 장부에 인을 찍어야 하니 모습을 드러내겠지요."

신시(오후 4시) 무렵.

검열관 관사 대문 앞에 둘이 서 있다. 한도는 오사카항 하역관이고 모리타는 항구 수비대장이다. 히데요시 관백의 직속 무장으로 50세. 1만 석을 받는 영주급 장수다. 입맛을 다신 모리타가 투덜거렸다.

"어젯밤에는 의원이 들어갔지?"

"예, 감기 기운이 있다고 성안의 의원 도모나가를 불렀습니다."

"그렇다고 이 시간이 되도록 나오지 않다니."

지금 둘은 집 안에 있는 사이토 고잔에 대해서 말하고 있다.

모리타는 사이토의 감시역이다. 항구 수비보다도 사이토 감시가 임무다. 그때 대문으로 호리베가 나왔다. 손에 장부를 들고 있다.

"인을 받았느냐?"

다가선 호리베에게 한도가 물었다.

"예, 받았소."

"검열관님한테서 직접 받았어?"

이번에는 모리타가 묻자 한도가 고개를 들었다.

"열이 있다고 방에 누워 계시면서 위사를 시켜 인을 찍으셨소."

"글쎄, 네가 사이토 님 얼굴을 보았어?"

"직접 뵙지는 못했소. 저는 마당에 서 있었기 때문에……."

"목소리는 들었어?"

"위사가 방에 대고 묻는 소리는 분명히 들었소."

"대답은 하시더냐?"

"그런 것 같소."

"에이!"

짜증이 난 모리타가 대문 쪽을 흘겨보았다.

그러나 발을 떼지는 못했다.

상대는 58만 석의 대영주다. 확인한답시고 문을 열거나 소리쳐 얼굴을 보자고 할 수는 없는 노릇이다. 그랬다가 시종 무사가 칼을 들고 덤비면 당한다.

모리타가 고개를 돌려 뒤에 선 부장에게 말했다.

"네가 부하들하고 이곳에 지켜 서서 확인해라."

어떻게 확인하라고는 말하지 않았다.

그 시간, 오사카에서 3백여 리 떨어진 옛 오와리 땅을 5필의 기마인이 달려가고 있다.

모두 상인 행색이었지만 허리에는 칼을 찼고 짐은 간단하게 안장에 매어져 있다.

그 중심에서 두건을 쓰고 먼지막이 천으로 코와 입을 가린 사내가 달리고 있었는데 바로 사이토 고잔이다.

어젯밤 오사카를 탈출해서 동쪽으로 향하는 중이다. 옆에는 집사 진타로가 따르고 있다.

"주군, 저녁 무렵이면 미노 땅에 들어갈 수 있을 것 같습니다."

진타로가 소리쳐 말했지만 사이토는 대답하지 않았다.

야스노리가 기습을 받아 살해되었다는 전갈은 이틀 전에 받았다. 스즈키보다만 이틀이 빨랐다.

그동안 탈출 준비를 해놓았던 사이토는 어젯밤에 오사카를 빠져나왔다.

지금 에도의 이에야스에게 달려가는 중이다.

자시(밤 12시) 무렵.

밖에서 기침 소리가 먼저 들리더니 목소리가 울렸다.

코다다.

"주군, 저올시다."

"무슨 일이냐?"

자리에서 일어난 이산이 묻자 코다가 대답했다.

"만나실 사람이 있습니다."

이산이 침실에서 나왔을 때 코다가 목소리를 낮췄다.

"야스노리의 보좌역 아와노가 왔습니다."

"아와노?"

이산이 눈썹을 모았다.

그때 코다가 말을 이었다.

"예, 지금 대기실에서 기다리고 있습니다."

다시 발을 뗀 이산의 옆으로 코다가 바짝 붙었다.

"무사 둘만 데리고 이곳에 잠입해 왔다고 합니다."

코다가 번들거리는 눈으로 이산을 보았다.

"저도 예측할 수가 없습니다. 주군께 드릴 말씀이 있다는데요."

그러고는 덧붙였다.

"아와노는 사이토 가문의 충신입니다. 대국을 바라보는 자이지요. 주군께 드릴 말씀이 있다니 만나보시지요."

대기실에 혼자 앉아 있던 사내가 이산을 보더니 자리에서 일어섰다.

이산이 다가가자 사내가 무릎을 꿇고 절을 했다. 50대쯤으로 상민 복색을 했다.

"사이토 가문의 가신 아와노입니다."

이산이 고개를 끄덕이며 자리에 앉았다.

"자리에 앉으라."

아와노가 무릎을 꿇고 앉았고 옆쪽에 코다가 앉았다.

벽에 붙여 놓은 촛불이 조금 흔들리다가 멈췄다.

그때 아와노가 다시 입을 열었다.

"제가 야스노리 님의 보좌역이었습니다."

"그런가?"

이산이 고개를 끄덕였다.

"야스노리 님의 머리를 돌려받으러 왔는가?"

"아니올시다."

"머리는 소금 단지에 잘 담가 두었어. 생전과 같은 모습이야."

"다른 일입니다."

고개를 든 아와노가 이산을 보았다.

"나리, 사이토 영지를 접수해 주시지요."

이산과 코다가 숨을 죽였고 아와노가 말을 이었다.

"제가 사이토 영지의 가신들을 대리해서 이곳에 왔습니다."

"……."

"가신들은 모두 나리께 복종할 것입니다. 그들을 하시바 이산의 가신으로 받아들여 주시지요."

"……."

"사이토 고잔의 영지를 하시바 이산이 가신들과 함께 접수하는 것입니다."

"잠깐."

코다가 아와노의 말을 막았다.

어깨를 편 코다가 아와노를 보았다.

"아와노 님, 그것이 오사카에 계신 사이토 님의 뜻이오?"

"주군께선 지금쯤 피신하셨을 겁니다."

아와노가 흐려진 눈으로 코다를 보았다.

"그러나 우리들의 결정을 반대하지 않으실 것이오."

"당신들의 속셈을 관백께서 모르실 것 같소?"

"아시겠지요."

아와노의 얼굴에 일그러진 웃음이 떠올랐다.

"사이토 가문의 가신 놈들이 재빠르게 하시바 이산 님의 품 안에 들어서 가문을 존속시키려는 얕은 꾀를 부린다고 하시겠지요."

"옳지. 바로 그거요."

코다가 상체를 세우더니 이산을 보았다.

"주군, 제가 이자하고 계속 이야기해도 되겠습니까?"

"말해라."

"감사합니다."

고개를 숙여 보인 코다가 다시 아와노를 보았다.

"관백께서 그 짓을 하도록 그냥 놔두실 것 같냐고 물었소."

"관백께선 처음에 잘도 머리를 썼구나, 하고 웃으시겠지요."

"당연히."

"그리고 계획하셨던 대로 사이토 영지를 시타케 마사모리와 하시바 이산 님, 그리고 다른 영주 서너 명에게 분할시키는 작업을 시작하실 것입니다."

"그렇지."

"그때 사이토 가문의 가신들은 항전할 것입니다. 지금 사이토 영지에는 6만 가까운 병력이 있습니다."

"4만이 조금 넘지."

"그 4만을 상대하려면 10만 이상이 필요할 것이오. 지금 조선 전쟁으로 관백께선 1만 명을 동원하기도 벅찹니다."

아와노의 목소리가 열기를 띠었다.

"하시바 이산 님에게 호소카와 잔당들을 붙여 이곳에 보내신 것도 다 그것 때문이 아닙니까?"

"……."

"사이토 영지의 분위기를 살핀 관백께선 마침내 하시바 이산 님의 사이토 영지 접수에 승낙하게 되실 것이오."

"시타케 마사모리 님은?"

"그들은 우리가 막습니다."

눈을 치켜뜬 아와노가 코다를 보았다.

"시타케 님이 대역을 오사카에 두고 영지에 내려온 것도 알고 있습니다."

"그런가?"

"유에사키성에 들어간 병력도 시타케군(軍)이었다는 것도 압니다."

"그런가?"

"나리."

몸을 돌린 아와노가 이산을 보았다.

어느새 눈이 번들거리고 있다.

"사이토 가문의 영주가 되어 주시지요."

"난 자격도, 능력도 없다."

외면한 이산이 말했을 때 아와노가 잇새로 말했다.

"사이토 영지는 58만 석으로 1천 석 이상의 녹봉을 받는 가신은 138명입니다. 나리께서 이용당하신다는 염려를 하실 수도 있지만, 이것도 운(運)이 아니겠습니까? 사이토의 가신들은 영주만 바뀌어서 그대로 존속될 것이며, 또한 새 영주께 충성을 바칠 것입니다."

고개를 든 이산이 아와노의 눈에서 눈물이 흘러내리는 것을 보았다.

그때 아와노가 말을 이었다.

"저는 이번에 이곳에 오면서 가신들을 설득했습니다. 사이토 가문은 멸망했을지라도 그 혼은 하시바 이산의 이름으로 남도록 하자. 그랬더니 모두 인정을 하는 것 같았습니다."

아와노가 두 손을 방바닥에 짚고 엎드렸다.

"나리께서 받아들여 주신다면 모두 살아남습니다."

그때 이산이 고개를 들었다.

"야스노리 님의 머리를 갖고 돌아가라."

숨을 멈춘 아와노에게 이산이 말을 이었다.

"사이토의 가신들이 모두 살아남도록 내가 손을 써보겠다."

"나리!"

아와노가 입을 열었을 때, 이산이 손을 들어서 막았다.

"너는 나를 잘못 보았다."

아와노의 시선을 받은 이산이 빙그레 웃었다.

"하지만 나는 네 충심에 감동했다."

에도성은 갯벌을 메우고 세웠지만 거대한 규모다.

오사카성의 화려하고 웅장함과는 비교가 안 되었으나 견고하고 실용적이다.

내성(內城)의 4층 청으로 이에야스가 들어서자 자리에 앉아 있던 사내들이 일어났다.

"오, 사이토, 먼 길을 오느라 고생했어."

이에야스가 웃음 띤 얼굴로 말했다.

"부담을 끼쳐드립니다."

허리를 꺾어 절을 한 사이토가 무릎을 꿇고 앉았다. 뒤쪽의 진타로도 납작 엎드려 있다.

청 안에는 이에야스를 따라 들어온 노중(老中) 마에다와 중신 이이 나오마사까지 다섯뿐이다.

자리에 앉은 이에야스가 지그시 5보 앞에 앉은 사이토를 보았다.

"사이토, 영지에서 야스노리가 변을 당했다는 소식은 듣고 온 건가?"

"예, 좌장군님."

사이토가 고개를 숙인 채로 대답했다.

이에야스의 조정 직위는 좌장군(左將軍)이다.

사이토가 말을 이었다.

"진타로와 위사 셋만 데리고 오사카를 빠져나왔습니다."

"관백께서 그대를 해적단 다나카와 같은 무리로 보신 것이지."

"이미 저는 미쓰히데 일당으로 낙인찍힌 상태였습니다. 10여 년을 버틴 것만 해도 다행이지요."

"관백께서 하시바 이산을 시켜 다나카를 토벌하기 전에 그대가 손을 써야 했어."

"죽은 자식 나이 세는 것이나 같습니다."

그랬다가 고개를 든 사이토가 눈물을 쏟았다. 볼을 타고 눈물이 흘러내렸다.

비유했던 말과 야스노리의 죽음이 겹쳐졌기 때문이다.

외면한 이에야스가 말을 이었다.

"사이토, 무작정 나한테 달려올 그대가 아니지. 복안을 말하게."

"예, 좌장군."

고개를 든 사이토가 이에야스를 보았다.

"관백께 좌장군께서 중재해 주시면 혼이 되더라도 은혜를 잊지 않겠습니다."

"어떤 중재인가?"

"제가 오사카항 검열관으로 묶여 있을 때 이 상황을 예측하고 영지에 밀사를 보냈습니다."

"말하게."

"야스노리의 보좌역인 아와노에게 보냈습니다."

"말하라."

"만일의 경우, 기습을 당하거나 변고가 일어나 위기에 몰렸을 때 하시바 이산의 휘하에 들어가 뭉치라고 했습니다."

그때 이에야스의 눈이 가늘어졌고, 뒤쪽에 앉은 마에다와 이이가 긴장했다.

사이토가 말을 이었다.

"하시바 이산이 사이토 영지를 접수하고 사이토의 가신이 이산의 가신으로 복속하는 것입니다."

"……."

"그렇게 이산의 영지가 되면 사이토 가문의 가신과 혼은 존속됩니다."

고개를 든 사이토가 이에야스를 보았다.

"지금 관백께서는 사이토 영지 분할 작업을 하고 계실 것입니다."

"……."

"만일 그렇게 되면 영지는 전쟁터가 될 것입니다. 옆쪽 시타케 마사모리의 영지가 점령당할 수도 있습니다."

"……."

"제가 보낸 신지가 전군(全軍)을 지휘하게 될 테니까요."

"지금 관백께서는 본국에서 전쟁을 치를 여유가 없어."

"하시바 이산을 사이토 영지의 통치자로 만들어 주십시오."

"관백께서는 그대가 에도 성에 와 있는 것도 알게 되실 것이네."

"제 머리를 드리지요."

"무슨 말인가?"

"제 머리를 잘라 오사카성에 보내시고 그렇게 중재안을 내놓으시면 관백은 이해하실 것입니다."

"이곳에는 죽으려고 왔군."

"제 머리를 사주실 분은 좌장군 한 분뿐이십니다."

"아아!"

마침내 이에야스가 탄식했다.

"기구한 부자(父子)의 운명이다."

"주군, 드릴 말씀이 있소."

코다가 다가와 말했기 때문에 이산이 고개를 들었다.

이산은 마루에 앉아서 활을 손질하는 중이었다.

아키츠성 창고에는 해적질로 쌓아 놓은 재화가 많다.

조선에서 강탈해 온 재물이 대부분이었는데 이산은 창고를 둘러보다가 '조선 활'을 발견한 것이다.

황소 뿔로 만든 각궁(角弓)이다. 상품(上品)이어서 가져와 손질하는 중이다. 화살도 3통이나 있었기 때문에 이산은 한 시진이 넘게 닦고 조이고 있다.

코다가 목소리를 낮췄다.

"아와노가 주군의 확답을 받지 못하고 돌아갔지만, 주군께 제의한 대로 시행할 것 같습니다."

"……."

"더구나 야스노리의 머리까지 들고 가지 않았습니까? 그것은 주군께서 받아들이셨다는 증물이라고 할 것입니다."

"그건 예상하고 있다."

"그럼 주인께선 아와노의 제의대로 하실 작정이십니까?"

이산이 활을 내려놓고 코다를 보았다.

"코다, 지금 바깥세상이 어떻게 움직이고 있는지를 설명해 보아라."

"그 말씀을 드리려고 왔습니다."

허리를 편 코다가 이산을 보았다.

"관백께선 사이토 영지 분할을 시타케 님께 맡기실 것 같습니다."

이산이 고개만 끄덕였고 코다의 말이 이어졌다.

"그러나 시타케 마사모리는 이미 64만 석짜리 대영주입니다. 큰 공(功)도 없는데다 첫째로 관백의 신임을 받는 위인이 아닙니다. 필요할 때 잠깐 이용하는 측근일 뿐이지요."

"……."

"그래서 사이토의 58만 석은 관백의 측근인 이시다 미쓰나리와 그 주변 인물들에게 여러 개로 쪼개 줄 가능성이 많습니다."

"이시다 미쓰나리."

"예, 관백의 최측근입니다. 관백이 키운 영재로 조선 원정군을 관리하고 있어서 오사카를 떠나 있습니다."

"그렇군."

"영지가 쪼개지면 사이토 가문은 흔까지 사라지게 되겠지요. 아마 마지막 하나까지 싸우다 죽을 겁니다."

"……."

"곧 시타케군(軍)이 사이토 영지 서쪽으로 진입할 것이고, 우리 군(軍)도 북상하라는 관백의 지시가 올 것 같습니다."

고개를 든 코다가 이산을 보았다.

"주군, 하시바 이산 가문에 대한 처리는 어떻게 될 것 같습니까?"

"그대가 말해보라."

"이번 논공행상으로 영지가 5만 석쯤 늘어난 15만 석쯤의 영주로 내해(內海) 해적선을 진압하는 역할을 맡게 되실 겁니다."

"……."

"영지 위쪽은 10만 석 규모의 새 영주 5, 6명이 나타나겠지요."

그때 이산이 고개를 들었다.

"알았다, 코다. 다른 방법을 찾도록 하자."

시타케 마사모리의 병력이 사이토 영지의 변경에 포진한 것은 아와노가 다녀간 지 사흘째가 되는 날이다.

이산이 코다의 보고를 받는다.

"타나베와 시카와가 서북쪽 변경에 진을 쳤고, 북쪽 변경에는 5천여 명이 집결해 있습니다."

타나베와 시카와는 이산과 함께 있다가 돌아간 후에 바로 침투군이 된 것이다.

정색한 이산이 코다를 보았다.

"시타케가 전쟁을 시작할 것인가?"

"예, 본격적으로 침투할 것 같습니다. 전군(全軍)에 동원령을 내렸습니다."

코다가 말을 이었다.

"사이토 가문의 군사들도 적극적으로 대항하겠지요."

이산이 고개를 끄덕였다.

아와노가 말한 대로 진행되고 있는 것이다.

오사카로 보냈던 스즈키가 돌아온 것이 그날 저녁이다.

스즈키는 바로 이산에게 보고했다.

"관백께서 차고 계시던 요시스케가 만든 소도(小刀) 미야케를 주셨습니다."

스즈키가 이산에게 비단 보자기에 싼 소도를 내밀었다.

"오오!"

감동한 코다가 소도를 받더니 비단 보자기를 풀고 미야케를 집어 이산에게 두 손으로 바쳤다.

"주군, 받으십시오."

"네가 갖고 있어."

이산이 뱉듯이 말하고는 스즈키를 보았다.

"관백께서 뭐라고 하시더냐?"

순간 스즈키의 얼굴이 굳어졌다. 이산의 분위기가 차가웠기 때문이다.

"예, 대공을 세웠다고 하셨습니다."

"그것뿐이냐?"

"즉시 돌아가서 보름만 기다리면 사이토 영지의 정리가 끝난다고 하셨습니다."

이산은 시선만 주었고 스즈키가 말을 이었다.

"주군이 기대를 저버리지 않아서 관백께서 만족했다고 전하라고 하셨습니다."

"……."

"그러고 나서 저 명검 미야케를 주셨습니다."

스즈키가 방바닥에 두 손을 짚고 엎드리더니 다시 고개를 들었다.

"그리고 관백께선 안으로 들어가셨는데 노중(老中) 미요시 님이 남아 있다가 저한테 말씀하셨습니다."

스즈키가 고개를 돌려 코다를 보았다.

"그리고 미요시 님이 코다 님께 전하라고 하더군요. 우리 주군께 큰일이 맡겨질 것이라고 했습니다."

이산은 입을 다물고 있었지만 코다가 물었다.

"그것뿐이냐?"

"예, 코다 님."

그때 고개를 든 코다가 이산을 보았다.

"주군, 이미 관백께서는 행동을 시작하신 것 같습니다."

"우리는 군사를 동원하지 않아도 될 것 같군."

"시타케군(軍) 4만이면 사이토 영지를 충분히 찢어발길 수 있다고 생각하시겠지요."

"영감, 찢어발긴다고 했나?"

"관백 전하의 특기이십니다. 철저하게 유린하는 것이지요."

"시타케군(軍) 4만으로?"

"이제 사이토군(軍)은 머리 잃은 뱀이나 같습니다. 아와노와 신지가 기를 써도 가신들은 분열될 것이고 관백 전하께선 그런 작전에 이골이 나신 분이지요."

"……."

"거기에다 이시다 미쓰나리 일당의 교활한 작전이 시작되면 사이토 영지는 피바다가 될 것입니다."

"……."

"가신과 무사들은 도륙을 당하고, 농부와 땅만 남겠지요."

"코다, 아와노한테 연락해, 내가 가겠다고."

"예, 주군."

허리를 편 코다가 스즈키를 보았다.

"스즈키, 네가 가야겠다."

"가지요."

몸을 세운 스즈키의 눈에 생기가 일어났다.

스즈키가 코다에게 물었다.

"가서 뭐라고 전할까요?"

"주군께서 사이토 영지를 접수하겠다고만 말하면 된다."

시타케 마사모리가 아카마스 성에서 둘러앉은 가신들에게 말했다.

"하시바 이산은 다나카 부하들을 흡수했지만 총 병력이 5천 남짓이야. 사이토 영지 서쪽을 맡도록 하고 우리가 주도해서 평정해야 한다."

시타케는 옆에 앉은 이시다 미쓰나리를 보았다.

이시다 미쓰나리는 이때 34세.

관백 히데요시의 총애를 받는 중신(重臣)이다. 머리가 명석하고 충직해서 히데요시는 미쓰나리를 항상 행정 책임자를 시켰다.

"미쓰나리 님, 하실 말씀은?"

"머리 잃은 뱀입니다. 시간이 지나면 몸뚱이는 늘어질 겁니다."

미쓰나리가 명쾌하게 결론을 냈다.

"위쪽에서 야마나군(軍)이 응원해 줄 테니까 시타케군(軍)은 각개격파로 사이토의 잔당을 깨뜨리시면 됩니다."

"좋습니다."

고개를 끄덕인 시타케가 어깨를 폈다.

"열흘이면 평정될 겁니다."

청에서 나온 미쓰나리에게 시마 사콘이 말했다.

"시타케군(軍)이 8개 부대로 쪼개졌습니다. 오야마 등 18명을 각 부대에 2명에서 3명까지 배속시켰습니다."

"7개가 아니라 8개인가?"

미쓰나리가 발을 떼면서 물었다.

"예, 1개가 늘어났습니다."

미쓰나리가 고개를 끄덕였다.

시마 사콘은 미쓰나리의 오른팔이다. 미쓰나리는 히데요시의 행정관으로 발탁되어 4만 석 녹봉을 받았다. 그때 미쓰나리는 자신의 녹봉의 절반인 2만 석을 주고 그때까지 낭인으로 떠돌던 시마 사콘을 중신(重臣)으로 고용한 것이다.

시마 사콘은 학식과 경륜, 병법까지 통달한 무사로 소문이 났다. 대영주들이 중신(重臣)으로 데려가려고 애썼지만 미쓰나리의 과감한 제의에 감동한 시마 사콘은 4만 석 영주의 2만 석짜리 중신(重臣)이 된 것이다. 그것을 들은 히데요시가 둘을 칭찬했다.

그때 사콘이 말을 이었다.

"주군, 시타케군(軍)을 여러 개로 쪼갠 것은 병법에 맞지 않습니다."

둘은 청에서 가까운 대기실로 들어가 앉았다.

유시(오후 6시) 무렵.

주위는 어두워지고 있다.

미쓰나리가 고개만 끄덕였고 사콘이 목소리를 낮췄다.

"사이토군(軍)은 결사항쟁을 할 것입니다. 신지는 지장(智將)이고 용장(勇將)입니다. 오히려 시타케군이 여러 개로 나뉜 것에 좋아하고 있을 것입니다."

"대국(大局)을 봐야 돼, 사콘."

미쓰나리가 쓴웃음을 짓고 말했다.

"그건 내가 일부러 쪼개도록 시타케에게 권한 거야."

"그렇군요."

따라 웃은 사콘이 목소리를 낮췄다.

"시타케군(軍)도 소진시키실 계획이시군요."

"그렇다. 그래야 내가 주도권을 쥐게 되지 않겠나?"

"관백 저하의 뜻이십니까?"

"이심전심이야."

"그렇다면 다카하시, 오타니 등을 준비시켜야겠습니다."

"아직 이곳에 올 필요는 없고, 영지에서 대기하도록."

"예, 주군."

미쓰나리가 흰 얼굴을 펴고 소리 없이 웃었다.

"산양도는 하시바 이산이 불을 일으켜서 사이토를 초토화시킨 후에 시타케를 끌어들여서 함께 정비하는 거다."

"정비 작업은 주군이 하시는 것입니까?"

"관백 전하시지."

어깨를 편 미쓰나리가 흐려진 눈으로 사콘을 보았다.

"항상 그래 왔던 것처럼."

스즈키가 고개를 들고 신지와 아와노를 보았다.

산가쿠성의 내성 청 안이다.

"주군께서 제의를 받아들인다고 하셨습니다."

"오!"

신지가 탄성을 뱉었지만 아와노는 눈을 가늘게 떴다.

"계속하게."

"곧 시타케군이 영지로 진입해 오지 않겠습니까?"

"시타케군이 7, 8개 부대로 나누어졌어. 우리 영지를 각개격파하려는 것이지."

아와노가 말을 이었다.

"우리는 이곳 산가쿠성에 2만여 명이 모여 있고 각 지역에 3, 4천 명씩 흩어져 있어. 그래서 시타케군을 각개격파할 작정이야. 가신들이 모두 봉지로 흩어져 갔거든."

그때 스즈키가 말했다.

"전군(全軍)을 산가쿠성으로 모으라고 하셨습니다."

"당연히."

바로 신지가 말을 받았다.

"이제 주장(主將)이 오셨으니 전군(全軍)을 모아 주군을 모시는 의식도 치러야지."

그때 신지가 벌떡 일어섰다.

"바로 사방에 전령을 보내겠소."

흩어져 있는 군사들을 모으려는 것이다.

신지가 서둘러 청을 나갔을 때 아와노가 지그시 스즈키를 보았다.

"스즈키, 그대는 관백을 만나고 오지 않았는가?"

"그렇습니다. 관백 저하를 뵙고 돌아와서 바로 이곳으로 왔습니다.

"이산 님, 아니 주군의 신임이 각별하구나."

"과분한 신임을 받고 있습니다."

"그대가 호소카와 님의 문사(文士)로 이름이 알려진 것을 알고 있네."

"저는 미천한 놈입니다."

"앞으로 잘 부탁하네."

아와노가 깊어진 눈으로 스즈키를 보았다.

스즈키는 36세. 아와노는 52세이니 자식 같은 나이다.

"스즈키, 주군께 감사하다는 말씀을 드려주게. 우리는 절대로 심복하겠네."

"예, 아와노 님."

스즈키가 고개를 끄덕였다.

사이토 가문은 이제 한 줄기 희망을 갖게 된 것이다.

"무엇이?"

다음 날 오후.

아카마스성에서 외침이 울렸다. 영주 시타케 마사모리의 목소리다. 청 안이 조용해졌고 시타케의 목소리가 이어졌다.

"이산군(軍)이 북상했어?"

"예, 아키츠성을 떠난 이산군(軍)이 사이토 영지로 진입했습니다."

전령이 고개를 들고 시타케를 보았다.

"전력(戰力)은 기마군 5백, 보군 2,500 정도입니다."

이 정도면 이산군(軍)의 전력(全力)이다.

전령이 말을 이었다.

"현재 사이토 영지에서 북상하고 있습니다."

"전투는 없었느냐?"

시타케가 직접 물었다.

"예, 영주님."

고개를 든 시타케의 눈이 흐려졌다.

전령이 이곳까지 달려올 때까지 이틀이 걸렸다. 그렇다면 이산(軍)은 지금쯤 사이토 영지 깊숙이 진입했을 것이다.

"서둘러야겠군."

혼잣소리로 말한 시타케가 고개를 돌려 옆쪽에 앉은 미쓰나리를 보았다. 이맛살이 찌푸려져 있다.

"미쓰나리 님, 그렇지 않소?"

"그렇습니다."

미쓰나리가 시인했지만 당혹한 표정이다. 청 안이 술렁거렸고 미쓰나리의 말이 이어졌다.

"군(軍)을 진입시켜야 되겠습니다."

야스노리가 피습된 지 오늘로 열흘째가 되는 날이다.

그동안 시타케와 미쓰나리는 침공군을 정비하고 있었다. 이미 머리 잃은 사이토라는 '고기'를 요리하려고 느긋하게 준비했다는 말이 맞다.

시타케가 손바닥으로 팔걸이를 내려쳤다.

"당장 출동해라! 정비가 덜 되었어도 출발해!"

시타케는 격앙된 표정이다. 먹이를 빼앗기지 않으려는 것이다.

"주군, 수상합니다."

숙소로 돌아온 미쓰나리에게 사콘이 말했다.

"이산이 통보도 하지 않고 사이토 영지로 진입하다니요? 우리는 지금 그것을 간과하고 있습니다."

미쓰나리가 고개를 끄덕였다.

"이산 옆에 코다라는 교활한 여우가 있어. 수상하긴 하다."

"더구나 스즈키라는 젊은 여우가 붙었습니다. 그놈들이 무슨 수작을 꾸미는 것 같습니다."

"시타케 말대로 사이토 영지를 서둘러 접수하는 수밖에."

"주군, 만일에 말입니다."

사콘이 정색하고 미쓰나리를 보았다.

"이산군(軍)이 산가쿠성을 접수하게 된다면 어떻게 될 것 같습니까?"

"어떻게 되다니?"

이맛살을 찌푸린 미쓰나리가 사콘을 보았다.

"이산군(軍) 3천여 명이 어떻게 사이토의 거성(居城)을 접수한단 말인가? 산가쿠성에는 사이토군이 2만여 명 남아 있다고 하지 않는가?"

"산가쿠성에는 아와노라는 능구렁이가 있습니다. 코다와 쌍벽을 이루는 늙은이죠."

"그렇지. 아와노가 있지."

"그 아와노가 가만있을 리가 없다는 생각이 드는데요."

"아와노가 야스노리의 보좌역이었어. 야스노리의 목을 벤 이산에 대한 증오심이 가장 클 거야."

"아와노가 영지를 살리려면 무슨 수단이든 가리지 않을 것입니다."

"그런 수단이 있나?"

"이산이 3천 군사를 이끌고 사이토 영지로 진입한 것이 그 수단인 것 같습니다."

그때 미쓰나리의 눈동자에 초점이 잡혔다.

"아와노와 이산이 연합했다는 말인가?"

"하시바 이산이 사이토 영지를 장악하면 시타케군(軍)이나 주군께서도 나설 명분이 없습니다."

"……."

"이산은 하시바 이산입니다. 관백님의 옛 성까지 받은 영주인 데다 야스노리를 죽인 주인공입니다. 누가 시비를 걸겠습니까?"

"아뿔싸!"

미쓰나리가 저도 모르게 신음했다.

이산이 산가쿠성에 입성한 것은 아키츠성을 출발한 지 나흘 후다. 3천 군사와 함께 이동했으니 빠른 속도다.

미리 전령을 보낸 터라 성 앞에는 사이토 가문의 중신 대부분이 마중 나와 있었다.

"어서 오십시오, 영주님."

아와노가 이산을 정중하게 맞는다.

"모두 기다리고 있습니다."

이산이 고개만 끄덕였다.

산가쿠성은 이산에게 처음이 아닌 것이다. 반달 전에 이곳에 침투해서 야스노리의 머리를 떼어가지 않았던가?

산가쿠성의 청에 이산이 상석으로 모셔졌다.

얼마 전에 야스노리가, 그전에는 사이토가 앉던 곳이다.

단 아래에는 가신이 서열별로 벌려 앉아 있었는데, 이산이 데려온 가신은 옆쪽에 따로 앉았다.

이산의 노중(老中) 격인 코다도 수행하고 왔기 때문에 양가(兩家)의 가신들이 모두 모인 셈이다.

그때 아와노가 말했다.

"영주께 말씀드립니다. 지금은 상황이 급박합니다. 영주께서 산가쿠성에 오신 것도 세상에 다 알려졌을 것이고, 시타케군(軍)도 이미 국경선을 넘어 진입해 온 실정입니다. 이제 영주께서 결단하실 때가 되었습니다."

그때 이산이 고개를 들었다.

"내가 사이토 가문의 가신들에게 먼저 할 말이 있다."

이산의 목소리가 청을 울린 것은 주위가 조용해졌기 때문이다. 이산이 주위를 둘러보았다.

"내 손에 죽은 야스노리 님의 명복을 빈다. 이것은 사자(死者)에 대한 예의다. 그렇게 알고 있도록."

이산의 목소리가 이어졌다.

"중신 아와노의 제의는 그대들도 다 이해했을 것이다. 나를 내세워서 사이토 가문의 가신과 영지를 보전한다는 계획인데."

"……."

"내 욕심과 영토 보전의 상호 이해관계가 맞는다는 계산이겠으나……."

잠깐 말을 그친 이산의 얼굴에 쓴웃음이 번졌다.

"그대들은 시간이 지나면 알게 될 것이다. 난 욕심 따위는 개한테 던져줄 수 있는 사람이야."

"……."

"내가 그대들의 꼭두각시 노릇만 하는 사람이 아니라는 말이다. 나는 이 영지를 그대들과 함께 명실상부한 주인으로 다스릴 작정으로 받아들일 거다."

그러고는 이산이 얼굴을 펴고 웃었다.

"처음에는 그럭저럭 알면서도 모른 척하는 주군으로 군림하고, 차츰 흡수해 가는 것이 정상적인 방법이겠지만, 나는 아니야."

이산이 고개를 저었다.

"먼저 말해주고 시작할 거다."

이산이 입을 다물었을 때 코다가 헛기침을 했다.

"아와노 님, 말씀하시오."

그러자 아와노가 허리를 폈다.

"가신들의 충성 서약서 제출이 있겠습니다."

아와노가 가신들에게 모두 서약서를 준비시킨 것이다.

"먼저 제가 제출합니다."

품에서 서약서를 꺼낸 아와노가 앞에 내려놓고는 이마를 청 바닥에 붙이고 절을 했다.

그러자 가신들이 일제히 일어섰다. 제각기 손에 서약서를 들고 있다.

"산가쿠성에 입성했어?"

미쓰나리가 되물었는데 마치 비명 같다.

신시(오후 4시) 무렵.

시타케 영지의 아카마스성 안.

숙소에서 미쓰나리와 시마 사콘이 머리를 맞대고 있다.

"예, 예상했던 대로입니다. 이산군(軍)이 사이토 가신들의 영접을 받고 성에 입성했습니다."

사콘이 말을 이었다.

"그리고 산가쿠성에 사이토군이 집결하는 중입니다. 그래서 영지로 진입한 시타케군(軍)은 당황하고 있습니다."

"그렇다면……."

"이산이 사이토 영지를 접수한 것이지요. 사이토 가신들이 원한을 버리고 대국(大局)을 보는 것입니다."

"가소롭다."

"시타케 님도 지금쯤 보고를 받았을 것입니다."

사콘이 고개를 들고 미쓰나리를 보았다.

"주군, 결정하시지요."

"하시바 이산 그놈이 빨랐어."

"어떻게 하시겠습니까?"

"지금 나를 시험하는 거냐?"

"저는 주군 생각과 같습니다."

"내가 무슨 생각을 한다는 거냐?"

"먼저 시타케에게 전군(全軍)의 진군을 중지시키시겠지요. 사이토군이 모두 산가쿠성으로 집결하고 있으니까요."

"……."

"시타케도 당황해서 제의를 받아들일 것입니다."

"그다음은?"

"제가 주군의 밀사로 산가쿠성에 가서 하시바 이산을 만나겠습니다."

"그사이에 관백께도 밀사를 보내 처분을 기다려야겠군."

"그것은 주군께서 직접 가셔야 되지 않겠습니까?"

미쓰나리의 시선을 받은 사콘이 말을 이었다.

"이제 사이토 영지는 당분간 용호 대결이 됩니다. 하시바 이산이 사이토군의 주장(主將)이 된 이상, 시타케군(軍)이 전력을 다 쏟아도 어렵습니다. 그러니 대치 상태가 되겠지요."

그때 미쓰나리가 고개를 끄덕였다.

"사콘, 그대가 이산을 만나라."

미쓰나리가 말을 이었다.

"난 오늘 밤 당장 오사카로 가겠다."

"말씀을 잘하셨습니다."

셋이 둘러앉았을 때 아와노가 말했다. 정색한 아와노가 이산을 보았다.

"솔직한 표현이 가신들의 가슴에 닿았을 것입니다."

그때 코다가 쓴웃음을 지었다.

"그건 우리 주군의 진심이었기 때문이오. 이상한 일도 아니오."

이산은 보료에 상반신을 기댄 채 듣기만 했다.

사이토가(家)의 가신 대부분은 이산에게 제각기 가신이 되겠다는 서약서를 냈고 충성을 맹세한 것이다. 서약서는 코다가 보관했는데 모두 184장이다. 1백 석에서 8천5백 석을 받는 중신 신지까지 포함되었다.

유시(오후 6시) 무렵.

셋은 내성의 청에 둘러앉아 있다.

그때 이산이 입을 열었다.

"군사는 언제까지 모일 수 있나?"

"예, 사흘 후면 전군(全軍)이 성 밖에 다 집결합니다. 가족과 함께 오는 가신도 있어서 집결이 늦어졌습니다."

아와노가 말을 이었다.

"영지에서 양곡까지 가져오고 있어서 계속해서 병참대가 이곳으로 이동해 올 것입니다."

영지로 진입했던 시타케군은 제각기 전진을 멈추고 대기 상태다. 그렇다고 이동해 가는 사이토군 뒤를 쫓거나 병참대를 공격하지도 않는다.

당황하고 있는 것이 드러난 것이다. 이산의 산가쿠성 진입을 전혀 예상하지 못한 것이다.

이산이 고개를 끄덕였다.

"내가 이곳에 와 있다는 것을 관백께 보고해야겠지."

그때 코다가 말했다.

"시타케 쪽에서 관백께 전령을 보냈을 것입니다."

"우리도 보내야 되지 않을까?"

이산이 묻자 코다가 쓴웃음을 지었다.

"당연히 가야지요. 제가 가겠습니다."

코다가 말을 이었다.

"관백 앞에서 시타케 측 밀사와 만날지도 모르겠습니다."

자시(밤 12시)가 조금 넘었다.

침상에 누워 있던 이산이 인기척에 눈을 떴다.

"주군, 조병기올시다."

밖에서 조병기의 목소리가 들렸다.

"웬일이냐?"

상반신을 일으킨 이산이 물었다.

"잠깐 여쭐 말씀이 있습니다."

"들어오너라."

지금도 조병기는 내궁을 관리하고 있다.

방 안으로 들어선 조병기가 두 손을 모으고 섰다. 불을 켜지 않았지만 얼굴 윤곽이 다 드러났다.

"주군, 침실 시중을 들 여자를 준비시켰습니다만."

"지금 그럴 상황이냐?"

바로 이산이 꾸짖었다.

"내가 시도 때도 없이 여색(女色)을 밝히는 인간이냐?"

"아닙니다, 주군."

당황한 조병기의 눈동자가 흔들렸다.

"이것은 아와노 님이 준비해 놓으신 것입니다."

"아와노가?"

"예, 중신들과 상의했다고 합니다."

"영지가 넘어가는 마당에 모두 딴생각이나 하고 있었구나."

"그게 아니올시다, 주군."

"물러가라."

이산이 다시 몸을 눕혔을 때 조병기가 말했다.

"사이토의 공주올시다."

이산이 눈만 치켜떴고 조병기가 말을 이었다.

"사이토의 측실 하쓰 님의 소생인 마사 님입니다. 올해 20세로 절색입니다."

그때 이산이 다시 몸을 일으켰다.

"이쪽 중신들은 철저하군. 옛 주군의 처자식도 거침없이 정략에 이용한단 말인가?"

"코다 님은 잘된 일이라고 하셨습니다."

"코다가?"

"예, 아와노 님이 코다 님과 상의를 하신 것입니다."

"이 영감들이!"

"주군."

조병기가 한 걸음 다가섰다.

"당사자인 마사 님도 승낙하시고 지금 기다리고 계십니다."

"난 싫다. 나가라."

이산이 손을 저었다.

"나가서 전해라. 호의는 고맙지만 배다른 오빠를 죽인 사람이니 당분간 근신하겠다고 해라. 그것이 조선인의 문화라고 해도 좋다."

다음 날 아침.

청에서 코다와 아와노, 신지, 스즈키까지 모인 자리에서 이산이 말했다.

코다는 여행자 차림이었는데 지금 오사카로 출발하려는 것이다.

"주군, 떠나겠습니다."

코다가 두 손을 청 바닥에 짚고 이산을 보았다.

"대사(大事)는 아와노, 신지, 스즈키와 상의하시고 부디 건녕하시기를."

"내가 소도(小刀) 미야케는 항상 허리에 차고 있다고 말씀드리도록."

이산이 허리에 찬 소도(小刀)를 손으로 두드렸다.

"그리고 필요하다면 내가 어젯밤 하쓰 님의 딸 마사와 동침했다고 말해도 된다."

"주군."

고개를 든 코다가 이산을 보았다.

"어젯밤 주군의 말씀을 듣고 가신들이 감동하고 있습니다."

그때 아와노가 입을 열었다.

"예, 그렇습니다. 주군께서 말씀하신 조선인의 문화가 가슴에 닿았습니다."

"하쓰 님 모녀가 마음에 상처를 받지 않도록 배려해라."

이산이 말하자 신지까지 고개를 숙였다.

"주군, 이제 떠나겠소."

코다가 다시 절을 했다.

히데요시는 시타케의 밀사가 오기도 전에 밀정으로부터 사이토 영지의 상황을 보고받았다. 히데요시의 밀정은 전국에 퍼져 있는 것이다.

이곳은 오사카 내성의 밀실 안.

히데요시가 앞에 앉은 사내를 보았다.

"이산이 사이토 가신들과 연합한 것이군. 그렇지 않으냐?"

"예, 전하."

고개를 든 사내는 사이토의 가신 요시다카. 쾌속선으로 오사카로 달려온 것이다. 요시다카가 말을 이었다.

"사이토 가신들이 이산의 가신이 된 것입니다. 이것은 모두 아와노와 신지, 그리고……."

"이산 측의 코다가 만든 계략이지."

말을 받은 히데요시가 앞에 앉은 미요시를 보았다.

"미요시, 내가 이산 옆에 여우를 붙여 놓았어."

히데요시가 손을 젓자 요시다카는 소리 없이 물러갔다. 그때 미요시가 입을 열었다.

"코다는 전하를 배신하지 않습니다. 대국(大局)을 보는 자입니다."

"사이토 가신 놈들과 연합한 것은 코다의 간계다."

"피를 흘리지 않고 사이토 영지를 흡수한 것입니다."

"지금 이에야스한테 도망가 있는 사이토가 웃고 있을 거야."

"주군, 미쓰나리 님이 곧 이곳으로 오실 것 같습니다."

"그러겠지, 그놈도 뒤통수를 갑자기 두들겨 맞은 셈이니까."

히데요시가 팔걸이에 몸을 기대면서 쓴웃음을 지었다.

"시타케는 한 일도 없이 떡을 먹으려다가 떡 그릇이 엎어진 꼴을 당했겠군."

"주군, 미리 방법을 만들어 놓으시지요."

"어떻게 말이냐?"

"이산은 이미 사이토 영지를 장악한 상태입니다. 미쓰나리 님도 방법이 없습니다."

"이산에게 58만 석짜리 사이토 영지를 맡긴단 말이냐?"

"다시 이산을 끌어낸다면 사이토 영지에서 본격적인 반란이 일어날 것입니다."

"그래서 시타케군(軍)을 대기시켜 놓은 것 아니냐? 미쓰나리도 보냈고."

"전하."

고개를 든 미요시가 히데요시를 보았다.

"이산이 사이토 가문과 연합하면 오히려 시타케가 위험합니다."

"그럴 리가?"

"미쓰나리 님 이야기를 들어보시지요."

"흠, 코다 이놈이."

입맛을 다신 히데요시가 흐린 눈으로 미요시를 보았다.

"이산을 너무 일찍 키웠어. 그렇지 않으냐?"

"이산의 자질이 뛰어나기 때문인 것 같습니다."

정색한 미요시가 말을 이었다.

"그 이산을 전하의 심복으로 만든다면 다른 우려는 싹 없어지지 않겠습니까?"

히데요시는 입을 다물었다.

생각이 많은 히데요시다.

산가쿠성에 시마 사콘이 도착했다.

이시다 미쓰나리의 중신, 시마 사콘은 유명한 인물이다. 미쓰나리는 관백의 행정관이었기 때문에 정부의 고관(高官)이다.

시마 사콘은 당시 53세.

주군인 미쓰나리보다 20세나 연상이다. 중후한 모습에 전혀 위축되지 않은 모습이었고 오히려 청 안에 모인 사이토의 가신들이 긴장으로 굳어 있다. 사콘은 관백의 행정관 미쓰나리의 중신인 것이다. 곧 관백의 신하나 같다.

사콘이 이산의 10보 앞까지 다가가 가볍게 목례를 하고 책상다리를 하고 앉았다. 청의 좌우에는 아와노, 신지 등 1백여 명의 가신들이 벌려 앉아 있다.

그때 사콘이 고개를 들고 이산을 보았다.

"영주님을 처음 뵙습니다."

그때 이산이 지그시 사콘을 보았다.

"그런가? 나는 그대 명성을 많이 들어서 처음 같지가 않다."

"그렇습니까? 조선에서 오신 지 얼마 되지 않으셨는데도 저에 대해 들으셨군요."

"그대도 조선에서 온 지 얼마 되지 않았지?"

"그렇습니다."

"미쓰나리 공(公)을 따라 전장에 있었다고 들었다."

사콘이 입을 다물었고 이산의 말이 이어졌다.

"그대는 미쓰나리 공과 함께 행주성 싸움의 주장(主將)이었지?"

"그렇습니까?"

"나한테 묻는 건가?"

이산이 눈을 가늘게 떴다.

"내가 조선에 있을 때 미쓰나리 공과 그대가 행주성 공격을 맡았다고 들었는데, 아니란 말인가?"

"맡았지요."

어깨를 편 사콘이 이산을 보았다.

"격렬한 싸움이었습니다."

"일본군의 대패였지. 조선 원정에서 가장 큰 패배였다. 내가 그 근처에 있었기 때문에 잘 알지."

"그때 영주께선 조선군을 도우셨습니까?"

"네가 일본에서 유명 인사가 된 이유를 이제 알았다."

"그렇습니까?"

"네가 4만 석 영주의 2만 석 중신이 되었다고 목에 철판을 두른 것이 아니다."

이산이 허리에 찬 소도(小刀)를 손으로 가볍게 쳤다.

"가소롭게 두 치 혀를 놀리지 마라. 이 소도는 관백께서 하사하신 미야케다. 내 비위를 거스르지 말란 말이다."

사콘이 시선만 주었고 이산의 말이 이어졌다.

"난 사이토 가문의 가신들의 서약을 받고 이 영지를 접수했다. 그래서 사신을 관백께 보냈으니 곧 지시가 내려올 것이야. 네가 이곳에 와서 할 일이 없어."

고개를 든 이산이 아와노를 보았다.

"데려가라. 할 이야기가 있다고 하면 그대가 들어라."

이산이 자리에서 일어섰다.

스즈키의 조언을 받아들여 아예 사콘의 말을 듣지 않으려는 것이다. 철저하게 미쓰나리를 무시하는 작전이다.

6장
대망(大望)

배로 떠난 미쓰나리의 오사카 도착은 쾌속선이 순풍을 받아서 나흘 만에 도착한 것이다.

히데요시가 청에서 미쓰나리를 맞는다.

오사카성의 3층 밀실 안.

배석자는 미요시와 우에하라.

우에하라는 시나노의 영주.

85만 석 영지에 조정의 3등 장군 관작을 받아서 히데요시의 최측근이 되어 있다. 48세.

이번 조선 침략 전쟁 때 군사를 보내지 않아서 휘하에 정병 6만을 보유한 상태.

히데요시 직속 영지의 12만 군사를 제외하면 이에야스 다음으로 군사를 많이 거느리고 있다.

미쓰나리가 고개를 들고 히데요시를 보았다.

"전하, 사이토 영지가 이산의 전광석화 같은 작전으로 이산에게 장악되었습니다."

"호오! 전광석화라고 했나?"

눈을 가늘게 뜨고 웃은 히데요시가 미쓰나리를 보았다.

"배 타고 오는 동안 궁리를 많이 한 것 같구나. 전광석화라……."

"예, 전하."

"그래서 헐레벌떡 이곳으로 도망 왔느냐?"

"도망 온 것은 아닙니다, 전하."

"그럼 승전 보고차 온 것이냐?"

"아닙니다, 전하."

"네가 업고 다니는 참모, 너보다 몸무게가 많이 나가는 참모는 어디 갔느냐?"

"지금 이산과 만나고 있을 것입니다."

"이산에게 보냈다는 말이지?"

"예, 전하."

"사콘의 목적은 뭐냐?"

"이산에게 영토와 함께 귀순하라고 설득할 것입니다."

"그자가 할 수 있을 것 같으냐?"

"전하를 배신할 것이냐고 추궁한다고 했습니다."

"사콘이면 가능할까?"

고개를 돌린 히데요시가 묻자 미요시가 쓴웃음을 지었다.

"글쎄요, 시마 사콘은 자신감이 너무 강해서 탈입니다."

"사콘의 예측이 틀린 적이 없습니다."

미쓰나리가 반발하듯 말했을 때 히데요시가 물었다.

"사콘이 뭐라고 예측하더냐?"

"사이토 영지를 가로채려고 사이토 가문의 가신들과 야합했다고 했습니다."

"그래서?"

"설득하면 조건을 내밀 것이라고 예측했습니다."

"말해라."

"아마 영지를 많이 떼어 달라고 할 터인즉, 일단 귀순하면 선처하겠다고 설득하는 것입니다."

"옳지."

히데요시가 고개를 끄덕이더니 생각났다는 표정이 되어 물었다.

"네가 지난번 조선 행주성 싸움에서 사콘의 전략대로 움직였지?"

"예? 예, 전하."

"사콘이 행주성 왼쪽에서 여자들이 오락가락하는 곳을 집중적으로 공격하자고 했지?"

그 순간 미쓰나리의 얼굴이 굳어졌다. 히데요시가 그날의 작전까지 알고 있는 것에 놀란 표정이다. 그러나 히데요시의 물음에는 대답을 해야 한다.

"예, 전하."

"그래서 어떻게 되었는지 말해봐라."

"예, 전하."

"미쓰나리, 사실대로 말하라."

히데요시가 부드러운 표정으로 말했지만 우에하라는 물론이고 미요시도 몸을 굳혔다.

히데요시는 거짓말을 싫어한다.

작년에 미노세의 영주는 곡물 생산량을 속여서 말했다가 영지를 박탈당하고 거지가 되어서 쫓겨났다. 15만 석 영주가 순식간에 집 없는 떠돌이가 된 것이다.

그때 미쓰나리가 말했다.

"예, 여자들 쪽으로 보냈던 군사들이 전멸했습니다."

"왜?"

"그쪽에 비격진천뢰가 설치되어 있었기 때문입니다."

"그래서?"

"예?"

“그래서 어떻게 했느냐?”

“예, 저는…….”

“너는 사콘이 시킨 대로 명령했어. 그때, 사콘이 어떤 지시를 내렸더냐?”

“계속 그쪽으로 공격시켰습니다.”

“몇 번?”

“기억이 나지 않습니다.”

“여섯 번이야.”

히데요시가 쓴웃음을 짓고 말을 잇는다.

“사콘이 그랬지? 비격진천뢰 포탄이 떨어질 때가 되었다고.”

“…….”

“그런데 포탄은 떨어지지 않았고 다 소진된 줄 알았던 화살까지 쏟아졌지.”

“…….”

“여자들을 내세운 그곳은 은폐물도 없어서 돌을 굴리기만 해도 맞는 곳이었다.”

“…….”

“너는 그곳에서 6천여 명을 죽이고 결국 행주성에서 패퇴하고 한양성으로 돌아왔지.”

“…….”

“이봐, 미쓰나리.”

“예, 전하.”

시선을 내린 채 미쓰나리가 대답했을 때 히데요시의 목소리가 부드러워졌다.

“너는 앞으로 군(軍)을 이끌더라도 사콘한테는 맡기지 마라. 그놈은 과대포장되었다.”

“예, 전하.”

“그놈은 우세한 입장이었을 때의 외교 교섭, 세금 관리, 가문(家門) 내의 소송,

인사 문제에 뛰어난 놈이다. 절대로 전쟁에는 참모로 쓰지 마라."

"예, 전하."

"이번에도 이산한테 그놈을 보내다니. 조금 걱정이 된다."

그때 청 안으로 시종 무사가 조심스럽게 다가오더니 무릎을 꿇고 말했다.

"전하, 이산 영지에서 코다가 도착했습니다."

"흥! 코다가?"

쓴웃음을 지은 히데요시가 고개를 들고 미쓰나리를 보았다.

"마침 잘되었다. 미쓰나리, 너도 같이 이야기를 하자."

잠시 후에 코다가 들어서더니 10보 앞에서 납작 엎드렸다.

"전하, 신(臣) 코다가 왔습니다."

"네가 내 신하냐? 이산 신하지."

"전하, 저는 죽을 때까지 전하의 신하이옵니다."

"가까이 오라."

히데요시가 손을 까닥이며 불렀다.

"네가 좋아하는 미쓰나리도 와 있다."

자리에서 일어난 코다가 다가와 끝 쪽에 앉았다. 미요시 옆이다. 코다, 미요시, 우에하라, 미쓰나리의 순서로 둘러앉은 것이다.

그때 히데요시가 코다에게 물었다.

"코다, 이산의 전갈을 가져왔느냐?"

"예, 전하."

고개를 든 코다가 히데요시를 보았다.

"전하께서 주신 미야케를 항상 소지하고 계십니다. 미야케를 만지면서 전하께 보답할 기회만 기다리고 계십니다."

"그 말 중 절반은 네가 지어낸 말이겠지만 다 접수했다."

"하시바 성을 주셨으니 이산은 전하의 자식이나 같습니다."

"그렇지. 이산의 부모가 다 죽었지. 내가 양부라고 해도 되지."

고개를 끄덕인 히데요시가 코다를 보았다.

"문장이 바가지 아니냐?"

"예, 전하."

"그것 봐."

히데요시의 시선이 미요시부터 미쓰나리까지 훑고 지나갔다.

"문장도 내 호리병 문장과 비슷해. 너희들도 본 적이 있느냐?"

"저는 보았습니다."

미요시가 마지못한 듯이 대답했지만 우에하라는 고개를 저었다.

"저는 못 봤습니다."

미쓰나리는 시선을 피한 채 대답하지 않았다. 그때 히데요시가 말했다.

"자, 전갈을 듣자. 이산이 사이토 영지를 접수하고 나서 뭐라고 하더냐?"

"전하, 사이토의 가신들이 모두 연판장을 돌려 우리 주군께 영지를 헌납한 것입니다. 접수가 아닙니다."

히데요시는 눈만 가늘게 떴고 코다가 말을 이었다.

"사이토 영지를 그대로 존속시키기 위한 방편이었습니다. 하시바 이산이 관백 전하의 신임을 받고 있다는 것을 의식했기 때문이지요."

"……."

"하시바 이산이 사이토 영지의 영주가 되면 가신들이 그대로 존속될 것 같다고 믿는 것입니다."

"……."

"가신 모두가 서약서를 썼고 충성 맹세를 했습니다. 후계자인 야스노리를 죽인

원수인데도 새 주군으로 받아들인 것입니다."

"그래서 덥석 받아먹었구나."

히데요시가 불쑥 말했을 때 코다가 고개를 들었다.

"예, 전하. 덥석 먹었습니다."

"네가 받아먹으라고 했어?"

"예, 전하."

그때 히데요시가 지그시 시선을 주었다. 그 시선을 받은 코다가 말을 잇는다.

"전하, 우리 주군은 목숨을 걸고 있습니다. 언제 칼바람을 맞을지 모릅니다."

코다가 얼굴을 일그러뜨리며 웃었다.

"주군은 함정인 줄 알면서 들어가신 것입니다. 사이토 가신들은 이해가 틀어지면 당장 칼 비를 쏟아낼 것입니다."

"그렇다면……."

히데요시가 허리를 펴면서 물었다.

"네 주군의 목표는 무엇이냐?"

"예, 전하."

코다도 허리를 펴고 히데요시를 보았다. 그리고 시선을 떼지 않은 채로 말했다.

"영지를 안정시킨 후에 전하께 모두 바친다고 했습니다. 다나카 영지까지 말씀입니다."

순간 미요시, 우에하라가 동시에 숨을 들이켜는 소리를 냈다. 미쓰나리는 오히려 숨을 삼켰다. 히데요시는 빙그레 웃었다. 그때 코다가 말을 이었다.

"그리고 전하가 계신 오사카로 돌아오겠다고 했습니다."

"내 옆으로?"

물은 히데요시가 손을 홰홰 저었다.

"아서라, 무섭다. 그놈이 오사카성을 빼앗고 또 딴 데로 갈 것 같다."

"예, 그런다고 했습니다."

"무슨 말이냐?"

"전하께 부탁해서 군사를 떼어 받겠다고 했습니다."

"옳지. 저것 봐. 진짜 오사카성을 먹을 생각인가 보네, 그놈이."

"아닙니다. 군사를 이끌고 명(明)으로 들어가겠다는 것입니다."

"어? 명(明)으로?"

"예, 전하."

"지금 조선에서는 고니시가 한양성에서도 나와 부산 쪽으로 내려가는 중이란 말이다. 그걸 모르고 있구나."

"아닙니다."

"뭐가 아니야?"

"배를 타고 곧장 명(明)으로 간다는 것입니다."

"배로? 이순신이 그때는 장님이 되어 있다더냐?"

"이순신이 뱃길을 열어줄 것이라고 했습니다."

그때 히데요시는 숨을 들이켰고 미요시와 우에하라는 입까지 딱 벌렸으며 미쓰나리는 고개를 숙였다.

"주군, 가신들이 단결하고 있습니다."

아와노가 말했을 때는 신시(오후 4시) 무렵.

이산이 성 밖 순시를 마치고 돌아왔을 때다. 성 밖에 주둔한 군사들을 둘러보고 온 것이다. 청에 앉은 이산이 아와노를 보았다.

"당연한 일이지. 그러지 않는다면 가신도 아니다."

"주군께 충심을 바치고 있다는 말씀입니다."

"이봐, 아와노."

혀를 찬 이산이 정색했다.

“나는 가신들의 충심에 연연하지 않는다. 앞으로 그런 아부는 안 해도 된다.”

“아부가 아닙니다.”

쓴웃음을 지은 아와노가 허리를 폈다. 옆에 앉은 신지, 도지 등은 정색하고 있다.

아와노가 말을 이었다.

“영지가 급박한 상황인데도 주군을 중심으로 단결하고 있습니다.”

“살려면 그럴 수밖에.”

“주군, 어제 내궁의 부인들께 말씀을 내리신 것도 모두 감복하고 있습니다.”

이산이 입을 다물었다.

어제 조병기를 시켜 내궁의 부인들에게 지시한 것이다. 떠나고 싶은 사람은 어디든 보내주겠으며 여생을 살 재물을 나눠주겠다고 했다.

내궁의 부인들이란 사이토, 야스노리의 처첩들이다. 모두 16명의 처첩과 10여 명의 자식이다.

아와노가 말을 이었다.

“이제는 주군께서도 안정이 되셔야 할 것 같습니다.”

“때가 오겠지.”

“마사 공주를 택하시지요.”

“그 사람은 인질이 아니다. 감히 이름을 부르지 말라.”

“주군, 그런 의미가 아닙니다.”

당황한 아와노의 눈동자가 흔들렸다.

“저는 오직 양가(兩家)를 위해서…….”

“걱정할 것 없다.”

“주군, 코다도 저한테 부탁하고 갔습니다.”

그때 이산이 고개를 들고 도지를 보았다.

"도지, 네가 내성 수비대장을 맡아라."

"넷?"

놀란 도지가 고개를 들었다.

도지가 누구인가?

죽은 야스노리의 심복으로 이산과의 결전을 주장했던 인물이다.

이산이 말을 이었다.

"지난번은 내궁과 내성 수비대 간 연락이 잘 안 되었다. 네가 맡아서 지휘하도록."

"옛."

대답은 했지만 도지의 얼굴이 굳어졌다.

이산이 직접 겪은 일이다. 그래서 야스노리가 피살된 것이다.

아와노와 신지 등 중신들이 허리를 폈다. 이건 야스노리가 기습당한 것이나 비슷하다.

이산이 갑자기 도지를 내성 수비대장으로 임명하다니. 정신이 번쩍 드는 말이다.

마사를 침실로 들이라는 제의가 허튼소리가 되어 버렸다.

이에야스가 빙그레 웃었다.

에도성의 청 안.

바다 쪽으로 탁 트인 청에서 이에야스가 사카이와 마에다한테서 보고를 받는 중이다.

유시(오후 6시) 무렵.

청의 사방에는 흰 등을 매달아 놓았다.

"이제 사이토 영지가 하시바 이산 영지가 되었군."

"예, 대감."

사카이가 대답했다.

"시타케군(軍)도 영지에 진입한 채 멈춰 서 있는 상황입니다."

"그럴 수밖에."

이에야스가 둥근 얼굴을 펴고 웃었다.

"이산의 다음 행보가 궁금하군."

"옆에 코다가 있습니다. 그리고 아와노가 있지요."

미요시가 말을 받는다.

"서로에게 득이 되는 방법을 택한 것이지요. 그러니까 꽉 쥐고 있을 겁니다."

"사이토한테도 연락이 되었겠지?"

"당연하지요."

지금 사이토는 이에야스가 내준 안가(安家)에서 머물고 있다. 비밀 안가여서 철저하게 경비되었고 사이토의 존재는 감춰져 있다.

그때 사카이가 목소리를 낮추고 말했다.

"대감, 사이토 님을 안고 계실 필요가 없습니다. 내보내시지요."

"그래?"

쓴웃음을 지은 이에야스가 사카이에게 물었다.

"짐승도 품 안에 들어오면 보호해 준다고 했다. 사이토를 사지(死地)로 내몰란 말이냐?"

"사이토는 약한 짐승이 아닙니다. 철저하게 계산하고 온 내해(內海) 해적단의 배후이며 산양도의 음모가지요."

"음모가라고 했느냐?"

"예, 이번에는 이산을 이용한 음모를 꾸몄다고 할 수 있습니다."

"그 짓이 성공했다고 보느냐?"

“사이토 님은 자신의 머리를 바친다고 했습니다. 그렇게 되면 사이토는 사라지지만 가신들과 영지는 남게 되지 않겠습니까?”

사카이가 되묻자 이에야스는 고개를 끄덕이며 마에다를 보았다.

“마에다, 가서 사이토에게 머리를 내놓을 때가 되었다고 전해라.”

“예, 머리를 내놓을 때가 되었다고 말씀입니까?”

복창한 마에다가 몸을 일으켰다가 다시 앉으면서 물었다.

“대감, 할복한다면 날짜까지 받아올까요?”

“날 받고 자시고 할 것이 있느냐, 도망자 주제에.”

“예, 과연 그렇지요.”

“네가 데려간 시종이 뒤에서 목을 쳐주면 되지.”

“그렇게 하겠습니다.”

마에다가 다시 일어섰을 때 이에야스가 물었다.

“네가 사이토를 언제 만났지?”

“사흘 전에 한 번 들렀습니다. 불편한 것 있느냐고 물었지요.”

“사흘이라…….”

고개를 끄덕인 이에야스가 흐려진 눈으로 마에다를 보았다.

“안가(安家)에서 사이토가 사라졌다고 해도 수선 떨지 말고 모른 척 돌아오도록, 사이토는 본래 없었던 놈이니까.”

“옛.”

숨을 들이켠 마에다가 서둘러 청을 나갔을 때 사카이가 정색하고 이에야스를 보았다.

“대감께서는 사이토가 도망쳤을 것이라고 보십니까?”

“너 같으면 어떻게 하겠느냐?”

이에야스가 되묻자 사카이가 조금 생각하다가 대답했다.

"갈 곳이 마땅치 않습니다, 대감."

"그자는 나한테 머리를 맡긴다고 했지만, 이산이 순조롭게 영지를 접수하자 생각이 바뀌었어."

"그것도 예상하고 온 것이겠지요."

"내가 죽도록 내버려 두지 않을 것이라고 믿기도 했겠지."

"그러실 작정이셨습니까?"

"생각도 안 했다."

쓴웃음을 지은 이에야스가 팔걸이에 몸을 기대고 앉았다.

"사카이, 아느냐?"

"예, 대감. 말씀하십시오."

"머리 쓰는 인간들에게 대응하는 가장 좋은 방법 말이다."

"가르쳐 주십시오."

"히데요시 같은 인물에게도 딱 맞는 방법이지."

사카이는 두 손을 모은 채 시선만 주었고 이에야스의 말이 이어졌다.

"그건 가장 단순하게 대응하면 된다."

"단순하게."

"대답은 그렇다, 아니다로."

"예. 대답은 그렇다, 아니다로."

"그자가 내놓는 말이 길수록 거짓과 공작, 음모, 변명이 늘어날 뿐이다. 그러면 그때는 더 열심히 들어주면 된다."

"더 열심히. 예, 대감."

"다 거짓말이니까."

"예, 대감."

"네가 하시바 이산을 한번 만나고 오너라."

"이산을 말씀입니까?"

놀란 사카이가 몸을 세웠다가 곧 고개를 끄덕였다.

잠시 후에 마에다가 서둘러 들어섰는데 얼굴이 상기되었고 침착하려고 애쓰는 모습이 역력했다.

이에야스의 시선을 받은 마에다가 어깨를 늘어뜨리면서 앞에 앉았다.

"예, 도망쳤습니다."

이에야스는 쳐다만 보았고 마에다가 말을 이었다.

"밖의 경비병들은 모르고 있었습니다. 시종 무사 둘이 남아 있었는데 우리가 안방 문을 열었을 때 갑자기 마당에서……."

"배를 갈랐단 말이냐?"

"예, 주군."

"아까운 목숨을 버렸군. 그러지 않아도 우리가 추궁하지 않았을 텐데."

"잘 묻어주라고 했습니다."

그때 사카이가 고개를 기울이며 혼잣소리를 했다.

"어디로 갔을까요?"

이에야스는 앞쪽만 보았고 마에다도 대답하지 않았다.

그때 사카이가 자리에서 일어섰다.

"대감, 내일 출발하겠습니다."

그러자 이에야스가 눈의 초점을 잡았다.

"오, 그래. 내가 전할 말을 준비해 주마."

"주군, 사콘이 보내달라고 합니다."

아와노가 말하자 이산이 고개를 들었다.

사콘을 연금시켜 놓고 만나지 않은 것이다. 아와노를 통해 사콘의 말을 전해 들었을 뿐이다. 내용은 영지를 관백에게 반납하고 처분을 기다리라는 것이었다.

"보내야지."

이산이 말을 이었다.

"내가 오늘도 성 밖 진지에 간다. 그곳으로 사콘을 데려오도록."

"그러지요. 진(陣)을 보여주실 겁니까?"

이산이 고개만 끄덕였다.

미시(오후 2시) 무렵.

말을 탄 사콘이 아와노와 함께 이산에게 다가왔다.

이곳은 성 밖의 황무지다. 서쪽 영지에서 온 5천여 명의 사이토군이 집결해 있는 지역이다.

기마군 7백, 보군이 4천여 명.

각 가신들이 3백에서 2천까지 데려온 것이다. 그것을 묶어 대부대로 만들고 지휘관을 선정, 훈련시키는 중이다.

이산도 말을 타고 있었는데 옆에 신지와 부대 지휘관 10여 명이 말을 타고 서 있다.

다가온 사콘이 마상에서 목례를 했다. 나흘 동안 연금되어 있었지만 담담한 표정이다.

그때 이산이 말고삐를 채면서 사콘에게 말했다.

"내 옆으로 오게."

사콘이 박차를 넣어 이산의 옆에 섰고 둘은 부대를 향해 다가갔다.

주위를 가신과 지휘관들이 둘러싸고 따른다.

그때 이산이 말했다.

"이제는 하시바 이산군(軍)을 둘러보고 가게."

"예, 영주님."

사콘이 이산을 보았다.

"보고 미쓰나리 님께 보고하겠습니다."

"관백 전하께 보고드리라는 말이야."

"알고 있습니다."

"이쪽에 5천2백, 기마군 7백에 보군 4천5백이 있어."

이산이 손으로 진영을 가리켰다.

기마군 3백여 명이 반대쪽으로 달려가고 있다. 4백여 명은 뒤쪽에서 대기 중이다. 다 눈으로 파악이 된다.

이산의 일행이 말 머리를 돌려 보군 진지를 지나갔다.

좌우에 막사가 설치되었고 일행은 그 중심을 지나가는 것이다. 다 보인다.

그때 이산이 말을 이었다.

"동쪽에 1만 4천이 주둔하고 있어. 그 옆쪽의 벌판에 2만 2천이 있지. 차례로 보여주지."

"예, 영주님."

"그대는 조선에서도 군사를 지휘해 봤을 테니 보면 알 것이다."

"정예군입니다."

"사기는 억지로 꾸밀 수가 없지 않은가?"

"그렇습니다."

"이제 4만여 명이 영지를 지킨다는 결의로 뭉쳐 있네. 도망친 가신은 세 명뿐이야."

일행은 보군 진지를 지나 동쪽으로 말 머리를 틀었다.

그때 이산이 말했다.

"지금 코다가 관백 전하를 만나고 있어. 아마 미쓰나리 님도 오사카로 가셨겠군. 그러니 관백 전하의 말씀을 들어보라구."

"알겠습니다."

사콘이 고개를 들고 이산을 보았다.

"영주께선 이곳에 머무실 건가요?"

"그건 왜 묻나?"

"꼭 지키겠다는 생각이 아니신 것 같아서 그럽니다."

"역시 시마 사콘이군."

"영주께서 이렇게 군(軍)을 보여주시는 것도 그런 맥락 아닙니까?"

"난 관백께서 부르시면 언제라도 떠날 거네. 이러면 대답이 되었나?"

"예, 영주님."

고개를 든 사콘이 이산을 보았다.

"그 말씀으로 다 해결됩니다."

"아마 코다가 전하의 말씀을 갖고 내려올 것이네."

"제가 이곳에 온 보람이 있습니다."

사콘이 정색하고 말을 잇는다.

"바로 영주님을 뵈온 것이 그렇습니다. 사이토 가신들이 영주님을 심복하는 이유도 알게 되었습니다."

"그런가?"

이산이 쓴웃음을 지었고 한동안 말굽 소리만 이어졌다.

가깝게 걷던 중신들은 다 들었을 것이다.

오사카성 안.

오늘은 히데요시가 미요시만 배석시키고 코다를 만나고 있다. 히데요시가 팔걸

이에 몸을 붙인 채 코다를 보았다.

"코다, 가서 이산에게 전해라."

"예, 전하."

긴장한 코다에게 히데요시가 말을 이었다.

"하시바 이산을 사이토 영지의 영주로 임명한다. 그것을 이산과 가신들에게 전해라."

"예, 전하. 지극히 훌륭하신 결정입니다. 이것은……."

"닥치고 들어."

"예, 전하."

"반년 후부터 이산은 오사카에서 근무한다. 그것도 내 측근으로."

"주군, 다나카 해적단의 선장이라는 자가 찾아왔습니다."

내성 수비대장 도지가 다가와 보고했기 때문에 이산이 고개를 들었다.

"누구라고 하느냐?"

"예, 모토야라는 자인데 조선 수군에 잡혔다가 풀려 나왔다고 합니다."

도지가 말을 잇는다.

"주군께 드릴 전갈이 있다고 합니다."

"전갈?"

"예, 주군."

그때 아래쪽에 앉아 있던 스즈키가 말했다.

"주군, 만나 보시지요."

이산이 고개를 끄덕이자 도지가 몸을 돌리더니 곧 건장한 30대쯤의 사내를 데리고 마당으로 들어섰다.

상민 복색이나 허리 갑옷을 입었고 다리에는 각반을 찼다. 가죽신을 신었기 때문에 부유한 상인처럼 보였다.

사내가 청에 앉은 이산을 보더니 마당에 무릎을 꿇었다.

"영주님을 뵙습니다."

"영주께 드릴 말씀이 있는가?"

스즈키가 대신 묻자 사내가 어깨를 폈다.

"예, 제가 조선 수군에 나포되었다가 통제사를 만났습니다. 제가 다나카 영지에서 왔다고 했더니 통제사한테 끌려간 것이지요."

"그런데 전갈이 있다고?"

스즈키가 묻자 사내의 시선이 이산에게 옮겨졌다.

"예, 이순신 통제사가 영주께 전갈을 보냈습니다."

그때 이산이 말했다.

"청으로 오르도록."

청에 오른 사내가 이산의 다섯 발짝 앞에 무릎을 꿇고 앉았다. 숨소리도 들을 정도다.

청에는 아와노와 스즈키 등 중신 대여섯 명이 둘러앉아 있다.

그때 이산이 직접 묻는다.

"넌 어떻게 잡혔느냐?"

"예, 웅포에서 조선인 포로 20여 명을 싣고 나오다가 갑자기 조선 수군 쾌선을 만나 나포되었습니다."

사내가 거침없이 말을 잇는다.

"순식간에 일어난 일이라 다섯이 죽고 통영으로 끌려갔는데 그곳에서 이순신을 만나게 되었지요."

"말해라."

"이순신이 저한테 영주께 말씀을 전하라고 했습니다."

주위가 조용해졌고 사내의 말소리가 청을 울렸다.

“영주가 되신 것을 축하드리고 조선을 도와주시기 바란다고 하셨습니다.”

“조선을 도와달라고?”

“예, 그리고 또 있습니다.”

“말해라.”

“이순신도 영주님을 도와주겠다고 했습니다.”

“나를 도와주겠다고 말이냐?”

“예, 영주님.”

“어떻게 말이냐?”

“그렇게만 말했습니다.”

“네 배에 조선 포로들을 실었다고 했느냐?”

“예, 28명이었습니다. 남자 7명, 여자 14명, 아이 7명이었습니다.”

“포로를 네가 잡았느냐?”

“아닙니다. 수군 대장 구키 요시다카 님 부대에서 샀습니다.”

“구키 요시다카 부대에서 샀어?”

“예, 이제는 해적질을 직접 못 하고 수군 부대나 해안가 일본군 부대에서 포로나 귀중품을 사 옵니다.”

“무역선이 되었군.”

“예, 영주님.”

“네 이름이 뭐라고?”

“모토야입니다.”

“알았다. 수고했다.”

“예, 영주님. 제가 소임을 다해서 기쁩니다.”

이산이 스즈키에게 말했다.

"모토야에게 금화 1백 냥을 주도록."

"예, 주군."

대답한 스즈키가 자리에서 일어섰다.

"주군, 어떤 인연이십니까?"

모토야가 물러갔을 때 아와노가 이산에게 물었다.

"이순신 말이냐?"

"예, 적군의 수뇌와 도움을 주느니 받느니 하는 내용이 오갔다면 중상모략을 받을 수가 있습니다."

이순신은 일본 열도의 산중 나무꾼도 아는 조선 장군이다. 이순신 때문에 일본군이 조선에서 고전하고 있다는 것을 아이도 안다.

그때 이산의 얼굴에 쓴웃음이 번졌다.

"그건 관백 전하도 아시는 일이야."

아와노의 시선을 받은 이산이 말을 이었다.

"내가 말씀드렸어."

"아, 그렇습니까?"

"앞으로 이순신의 도움을 받을 기회가 있을지도 모른다."

"주군께서 이순신을 알고 계신 줄은 몰랐습니다."

청 안의 분위기가 부드러워졌다.

히데요시도 알고 있다는 말에 모두 마음을 놓은 것이다.

그날 밤.

객사에 머물고 있던 모토야가 안으로 들어서는 이산과 스즈키를 보았다. 방바닥에 엎드린 모토야의 앞에 앉은 이산이 말했다.

"앉아라. 너한테 할 이야기가 있다."

긴장한 모토야가 숨을 죽였고 이산이 말을 이었다.

"네 배는 빼앗기지 않았구나. 그렇지 않으냐?"

"예, 영주님. 배를 돌려받아서 이곳까지 왔습지요."

"아다케(安宅船)냐?"

"예, 영주님. 노를 좌우에 3개씩 늘려서 수부(水夫)가 1백 명 정도이고 병사도 1백 명을 태웁니다. 수부(水夫)도 병사로 대체할 수 있습니다."

"너 같은 해적선은 이제 몇 척이나 되나?"

"지난번 다나카가 멸망할 때 해적 선단도 해체되었지만, 수십 년간 해적질로 살아온 지역입니다. 아직도 30여 척이 남아 있습니다."

"그 30여 척이 이제는 너처럼 무역선이 되어서 먹고사느냐?"

"이순신을 피해서 멀리 돌아 명으로 간 배도 있지만 너무 힘이 들었습니다. 돌아오다가 조선 수군을 만나 격침되거나 나포되는 경우가 많았습니다."

모토야가 말을 이었다.

"그래서 대부분은 조선의 일본군과 연결되어서 조선인 포로나 약탈한 재물을 사서 일본에 가져와 장사를 합니다."

이산이 고개를 끄덕였다.

"네가 영지로 돌아가서 무역 선단을 조직해라. 너는 지금부터 선단장이다."

숨을 들이켠 모토야는 시선만 주었다.

"네 선단에 소속되지 않는 배는 즉시 나포되고 선장 이하 병사, 수부는 현장에서 참살될 것이니 그렇게 전해라."

"예, 영주님."

"여기 있는 중신(重臣) 스즈키가 너와 함께 영지로 내려가 총지휘를 할 것이다. 앞으로 스즈키의 명을 받도록."

"예, 영주님."

숨 돌릴 새 없이 지시를 받은 모토야의 이마에 진땀이 배어 나왔다.

다음 날 오전.

산가쿠성 청에서 이산이 말했다.

"스즈키를 아키츠성 성주로 임명한다. 스즈키는 즉시 아키츠성으로 내려가 맡은 바 임무를 수행하도록."

아와노에게는 알렸지만 다른 중신들이 놀라 술렁거렸다.

파격적인 인사다.

스즈키는 멸망한 호소카와의 가신 출신으로 책사로 고용되었다가 중신이 된 것이다.

아키츠 성주는 구(旧) 다나카 영지의 거성(居城)이다. 8만 석 가까운 영지를 관리하게 된 것이다.

스즈키가 이마를 청 바닥에 붙였다가 들면서 명(命)을 받겠다는 표시를 했다.

그날 유시(오후 6시) 무렵.

이산에게 아와노가 찾아와 둘은 청에서 독대하고 있다. 뒤쪽의 벽에 위사 둘이 붙어 앉아 있을 뿐이다.

"주군, 스즈키에게 수군을 맡기시는 것입니까?"

"그렇다."

고개를 끄덕인 이산의 눈빛이 강해졌다.

"이 통제사의 전갈이 온 김에 수군을 만들어 놓겠다."

"주군, 괜찮겠습니까?"

"나는 이순신 통제사하고의 관계를 관백 전하께 이미 말씀드렸어."

정색한 이산이 아와노를 보았다.

"내가 만든 선단은 조선 침략용이 아니야. 그렇다고 조선에서 싣고 올 약탈품 수송선도 아니다."

"그럼 무엇입니까?"

"명(明)으로 직진할 선단이다."

"오, 명(明)으로."

"조선을 거치지 않고 곧장 명으로 가는 거다."

"조선을 거치지 않고 말씀이오?"

"그렇다."

"그것은 관백 저하께 말씀드렸습니까?"

"아직 아니다. 하지만 코다가 말했을 수도 있지."

"코다 님이……."

"코다가 나를 잘 아니까."

"……."

"그리고 관백께서도 내 주변을 잘 아시니까."

그때 아와노가 천천히 고개를 끄덕였다. 이산을 응시하는 눈이 번들거리고 있다.

"관백께서 주군을 신임하시는 이유를 이제 알겠습니다."

"그래서 사이토의 구(舊) 가신들이 안심할 수가 있다는 말이냐?"

"아니올시다."

서둘러 고개를 젓는 아와노에게 이산이 물었다.

"오사카에서 탈출한 사이토 님한테서 연락이 온 적 있느냐?"

"있을 리가 있습니까?"

"지금 어느 곳에 있는 것 같으냐?"

그때 고개를 든 아와노가 이산을 보았다.

"제 생각입니다만……."

"어디냐?"

"에도성의 이에야스 님께 가신 것 같습니다."

"그것을 관백께서 모르실까?"

"아시겠지요."

아와노가 말을 이었다.

"그러나 이곳으로 돌아오실 수는 없을 것 같습니다."

이산이 입을 다물었다.

사이토의 시대는 끝났다. 이곳이 혼란 상태였다면 가능성이 보였을 것이다.

코다가 돌아온 것은 이틀 후다.

배에서 내리자마자 옷도 갈아입지 않고 성으로 달려온 코다가 이산 앞에 엎드렸다.

"주군, 다녀왔습니다."

술시(오후 8시) 무렵.

코다의 요청으로 이산은 둘이 마주 앉아 있다. 코다가 고개를 들고 이산을 보았다.

"주군, 관백께서 앞으로 반년 동안 이곳을 주군께 맡기신다고 하셨습니다."

"……."

"그러고 나서 주군을 오사카로 부르신다는 것입니다."

"……."

"주군은 사이토, 다나카 영지의 영주가 되신 것입니다. 67만 석이 넘는 대영주가 되셨습니다."

"……."

"제가 관백께 말씀드렸지요. 주군의 소원은 군사를 이끌고 명(明)으로 들어가는 것이라고."

숨을 고른 코다가 말을 이었다.

"이순신이 뱃길을 열어줄 것이라고 했더니 관백께서 더 이상 아무 말씀도 하지 않으셨습니다. 그것이 관백께서 결심을 하신 동기가 되었을 것입니다."

코다의 얼굴에 쓴웃음이 떠올랐다.

"옆에 미요시 등 중신(重臣)과 미쓰나리까지 와 있었습니다. 모두 놀랐을 것입니다."

"내가 스즈키를 아키츠 성주로 보냈어."

"잘하셨습니다."

코다가 떠나기 전에 상의한 인사다. 이산이 말을 이었다.

"이 통제사를 만나고 온 해적선 선장이 왔어."

이산이 이순신의 전언을 말해주었을 때 코다가 커다랗게 고개를 끄덕였다.

"주군과 일의 아귀가 맞습니다. 이제 반년의 시간까지 얻었으니 준비를 하셔야겠습니다."

"사이토는 지금 어디에 있나?"

불쑥 이산이 묻자 코다는 쓴웃음을 지었다.

"관백께선 내색하지 않으셨습니다. 하지만 이에야스 님 품에 들어가 있는 것으로 짐작하고 계시겠지요."

코다가 정색하고 이산을 보았다.

"사이토는 이곳에 올 수가 없습니다. 온다면 관백께 영지를 찢어발길 명분을 주는 셈이니까요. 가신을 위해서 사라져야 정상입니다."

이산이 고개를 끄덕였다.

공감했기 때문이다.

그날 밤.

늦은 시간이었지만 청에서 주연이 벌어졌다.

오사카에 다녀온 코다가 관백의 명(命)을 알려주려는 의도다.

1백여 명의 중신급 가신들이 정연하게 둘러앉았고 제각기 앞에는 술상이 놓여 있다. 이산에게 목례를 한 코다가 가신들을 둘러보았다.

"관백 전하의 말씀을 전하겠소."

코다의 목소리가 청을 울렸다. 기둥마다 등을 밝힌 청 안은 대낮처럼 밝다. 그때 코다가 말을 이었다.

"관백 전하께서 하시바 이산 님을 사이토 영지의 영주로 임명하셨소."

"와앗!"

예상하고 있었지만 모두의 입에서 환성이 터졌다.

코다의 목소리가 더 커졌다.

"하시바 이산 님은 구(旧) 사이토 영지와 다나카 영지까지 포함한 지역을 통치하는 영주가 되신 것이오!"

"와앗!"

"그리고 우리 영지에 진입해 온 시타케군은 곧 철군할 것입니다."

말을 마친 코다가 이산에게 다시 목례를 했다.

청 안은 금세 환성과 웃음소리로 덮였다. 오랜만에 듣는 밝은 소음이다.

이산은 술잔을 들고 시녀가 따라주는 술을 받았다.

수십 명의 시녀들이 가신들 사이를 돌아다니면서 술을 따라주는 것이다. 시녀들의 옷자락이 펄럭이면서 향내가 맡아졌다.

잔에 술이 채워졌을 때 이산이 시선을 들어 시녀를 보았다. 허리를 숙이고 서 있는 시녀와 시선이 마주쳤다.

검은 눈동자, 갸름한 얼굴의 미인이다. 그때 시녀가 시선을 내렸다.

"고맙다."

이산이 시녀의 콧등에 대고 말했다. 시녀는 대답도 하지 않고 몸을 돌렸다.

청 안은 활기에 찼고 소란스러워서 옆쪽에 앉은 코다, 아와노도 눈치챈 것 같지가 않다.

시녀가 시야에서 사라졌을 때 아와노가 고개를 돌려 이산을 보았다.

"주군, 방금 다녀간 분이 마사 공주십니다."

이산은 시선만 주었고 아와노가 말을 이었다.

"공주께서 직접 주군을 보시겠다면서 시녀 역할을 자청하셨습니다."

"이런!"

놀란 이산이 한 모금의 술을 삼키고는 아와노를 보았다.

"대담한 공주로군."

"성품이 그러십니다."

"나를 보고 나서 어쩌겠단 말인가?"

"그것이……."

아와노의 얼굴에 웃음이 번졌다.

"공주께서도 궁금하셨겠지요. 아직 주군의 모습을 뵌 적이 없으니까요."

"그렇군."

이산이 고개를 끄덕였다.

"이제는 내가 선택당할 순서인가?"

"그건 아닙니다, 주군."

"미인이었다."

"예, 주군."

다시 술잔을 든 이산에게 지나던 시녀 하나가 술을 따라주고 물러갔다. 한 모금 술을 삼킨 이산이 아와노를 보았다.

"나는 내실을 만들 생각이 없다."

"주군."

아와노가 몸을 붙이고 낮게 말했다.

"그것이 주군을 불안정하게 만듭니다. 차라리 내실을 여럿 두시고 여색에 파묻히시는 것이 낫습니다."

"해괴한 말을 듣는군."

"약점을 조금 보이시는 것이 가신들을 편하게 하지요. 빈틈없는 주군은 가신들을 끊임없이 긴장시키고 마음에 드는 행동을 하느라 말과 행동을 꾸미게 됩니다."

"여자를 만드는 것은 일을 어지럽게 벌이는 것이나 같다."

"책임지는 것이 귀찮기 때문이시지요."

"말이 길구나."

정색한 이산이 다시 술잔을 들고 아와노를 쏘아보았다.

"때가 되면 자연스럽게 될 테니 서둘 것 없다."

이에야스가 보낸 상인 사카이가 이산을 찾아왔을 때는 유시(오후 6시) 무렵이다.

사카이는 코다와 친교가 있었기 때문에 코다를 통해 만남이 이루어졌다.

비밀 접견이다.

장소는 내성의 밀실 안.

코다는 같은 집정 노릇을 하는 아와노한테도 알리지 않았다.

방 안에는 이산과 코다, 사카이까지 셋이 둘러앉아 있다. 유시(오후 6시)였지만 방 안은 등을 밝혀서 환하다.

이산에게 절을 한 사카이가 고개를 들었다.

50세인 사카이는 중후한 체격이다. 둥근 얼굴에 웃음기가 떠올라 있다.

"사카이가 영주께 인사 올립니다."

"잘 왔어. 그대의 명성은 코다한테서 들었다."

"영광입니다."

고개를 숙여 보인 사카이가 지그시 이산을 보았다.

"이에야스 님의 심부름을 왔습니다."

"그런가? 나도 뵙고 싶었던 분이시네."

"영주님께서는 이제 67만 석 대영주가 되셨습니다."

사카이가 말을 이었다.

"내해의 요지를 차지하셨으니 앞으로 더 큰일을 하게 되실 것입니다."

이산이 입을 다물었고 사카이의 말이 계속되었다.

"이에야스 님께서는 영주님의 후원자가 되겠다고 하셨습니다."

"고맙군."

"어려운 일이 있으면 언제든지 도와드리겠다고 하셨습니다."

"그러겠네."

사카이가 옆에 놓인 붉은색 보자기를 이산의 앞에 놓았다.

"이에야스 님의 선물입니다."

"뭔가?"

"가슴 갑옷입니다."

그때 옆에 앉은 코다가 보자기를 풀었다. 그 순간 은으로 만든 가슴 갑옷이 드러났다. 아이 손바닥만 한 얇은 은판이 사슬로 연결되어 있었는데 불빛을 받아 반짝였다.

"오, 이것은 귀물(貴物)입니다, 주군."

이산의 앞으로 보자기를 밀어 놓으면서 코다가 탄성을 뱉었다. 과장된 탄성이다.

그때 사카이가 말했다.

“미노의 장인 데루모토가 만든 가슴 갑옷입니다. 데루모토가 지금까지 가슴 갑옷 2개를 만들었는데 1개는 우에스기 겐신에게 주었고 나머지 1개가 바로 이것입니다.”

사카이가 갑옷을 눈으로 가리켰다.

“종이처럼 가볍지만 10보 앞에서 발사한 조총탄도 뚫지 못합니다. 이에야스 님이 아끼고 계신 것을 드리는 것입니다.”

“고맙게 받겠소, 사카이 님.”

코다가 대신 인사를 하더니 갑옷을 다시 끌어당겨 보자기에 쌌다.

“우리 주군께서 요긴하게 쓰실 거요. 이에야스 님께 고맙다는 말씀을 꼭 전해주시기 바랍니다.”

그때 사카이가 고개를 들고 이산을 보았다.

“영주께 여쭐 말씀이 있습니다.”

“뭔가?”

“영주께서 조선인이신데 이번 전쟁은 어떻게 보십니까?”

“나는 조선에서 가또 님의 가신이 되었었네.”

“알고 있습니다.”

“지금은 가또 님보다 영지가 3배나 많은 영주야. 전쟁 덕에 입신했지.”

“관백 전하께서는 10년 전에 180만 석 영주셨지요. 그 10년 전에는 오다 님의 마구간을 지키셨습니다.”

“그래서 내가 일본으로 온 것이지.”

“조선에 계셨다면 이런 영달은 이룰 수가 없으셨겠지요.”

“이순신이 왕 이하 간신들로부터 모함을 받고 있다는 것을 알고 있겠지?”

“예, 이순신이 공을 세울 때마다 조선 왕의 심기가 불편해진다는 것도 압니다.”

"내가 일본에 오기 전에 이순신을 만나고 왔어."

"이순신을 만나셨습니까?"

사카이의 웃음 띤 얼굴이 금세 굳어졌다. 이산이 고개를 끄덕였다.

"통제사는 왕조에 대한 애착이 없으시네."

"무슨 말씀입니까?"

"오직 조선 백성뿐이야."

"그러시다면……."

"조선 백성을 위해서만 싸우는 것이네."

이산이 말을 이었다.

"통제사는 마지막 전투에서 목숨을 내놓을 작정이야."

사카이의 시선을 받은 이산이 쓴웃음을 지었다.

"나한테 그 말씀을 했어."

"아아!"

"그 이야기를 관백께도 말씀드렸어."

"그러셨군요."

"이에야스 님께도 말씀드리는 셈이지."

"감사드립니다."

그때 코다가 헛기침을 했다.

"그만큼 우리 주군께서 이에야스 님을 존경하고 계시는 거요."

이산이 힐끗 코다에게 시선을 주고 나서 말을 이었다.

"그대가 이번 조선 전쟁에 대해서 물었는데, 그 답을 주겠네."

"아아!"

탄성을 뱉은 사카이가 몸을 반듯이 세우고 앉았다. 옷매무새도 가다듬었다. 이산이 말을 이었다.

"관백께서는 일본군의 조선 진입이 명을 정벌하기 위한 교두보 역할이라고 하셨네. 그렇지 않은가?"

"그렇습니다."

그때 이산이 허리를 폈다.

"내가 그 목적을 이룰 생각이야."

"무슨 말씀이신지……."

"일본군을 이끌고 직접 명으로 갈 거네."

"그러시다면……."

"대군(大軍)을 배에 싣고 명(明)으로 직접 가는 것이지."

"……."

"이순신은 우리 수송 선단을 가로막지 않을 거네."

"……."

"아니, 길 안내를 해줄 수도 있어."

그때 사카이가 길게 숨을 뱉었다. 생각에 잠긴 듯 두 눈이 흐려져 있다.

"아아!"

사카이의 입에서 탄성이 먼저 뱉어졌다.

"과연 하시바 이산이십니다."

박차를 받은 '얼룩이'가 속력을 내었다.

머리를 들고 힘차게 네 굽으로 땅을 박차면서 질주한다. 머리와 목에 흰 반점이 박힌 흙색 바탕의 몽골마다.

고려시대에 제주도에서 훔쳐 와 퍼뜨렸다는 설도 있고 몽골군이 침략했을 때 배에 싣고 왔던 몽골마가 수백 필 일본 땅에 남겨지면서 씨를 뿌렸다는 설도 있다.

얼룩이가 그 몽골마 순종이다.

지구력이 강하고 거친 조건에도 생존력이 뛰어나서 전마(戰馬)로는 몽골마가 최상품이다.

"주군, 위사대와 너무 떨어졌소."

위사장 곤도가 기를 쓰고 뒤를 따르면서 소리쳤다.

미시(오후 2시) 무렵.

산가쿠성에서 3백여 리(120킬로) 동북쪽 황무지를 달리는 중이다.

이산이 말고삐를 당겨 속력을 늦추자 곧 곤도가 따라붙었다. 그러나 뒤쪽에서는 희미하게 말굽 소리가 울릴 뿐 위사대의 자취는 보이지 않는다.

이산은 위사대 100기 정도만 이끌고 영지를 순시하는 중이다.

이제 영지로 진입했던 시타케군(軍)도 모두 철수했고 가신들도 병사를 이끌고 봉지로 돌아간 상태다.

"시다노성은 1백여 리(40킬로) 북쪽입니다."

곤도가 숨을 고르면서 말했다.

"전령을 보냈으니 성주가 마중을 나오겠지요."

시다노 성주는 중신(重臣) 타오카.

4,500석 녹봉을 받는다. 사이토와는 먼 친척으로 이산의 치하에서도 그대로 봉지와 성주의 직책을 유지하고 있다.

그때 이산이 눈을 가늘게 뜨고 앞을 보았다.

일단의 행렬을 본 것이다. 마차 3대에 기마인이 대여섯 명, 짐말이 10여 필, 말을 끄는 마부가 서너 명이다.

"귀족 가문이 옮겨가는 것 같습니다."

그곳을 본 곤도가 어설프게 말했기 때문에 이산이 지시했다.

"가보고 오너라."

그때 뒤쪽에서 말굽 소리가 울리더니 위사대가 이산 주위로 몰려왔다.

곤도가 서너 기의 위사를 이끌고 앞쪽 대열로 달려갔다.

멈춰 서 기다리던 이산이 이윽고 이쪽으로 돌아오는 곤도를 보았다.

아직 한낮이다.

곤도의 갑옷에 붙은 쇠장식이 햇볕을 받아 반짝이고 있다. 이산의 앞으로 달려온 곤도가 말고삐를 채고 멈춰 섰다. 얼굴이 상기되어 있다.

"주군, 산가쿠성에서 나온 내궁의 일행입니다."

"무슨 말이냐?"

"예, 그것이……."

곤도가 바짝 다가섰다. 뒤쪽의 위사대는 정연하게 늘어섰지만 10여 보쯤 거리가 있다.

곤도가 목소리를 낮췄다.

"시다노성으로 간다고 합니다. 오늘은 그곳에서 쉬고 북쪽의 오다와라 지방으로 이주한다는데요."

"누구 말이냐?"

"예, 사이토의 측실 하쓰 님과 두 딸 마사와 요시코 님입니다."

이산이 숨을 들이켰다.

마사와 이곳에서 마주칠 줄은 예상 밖이다.

나흘 전 내궁 감독관 조병기를 통해 하쓰가 가족과 함께 고향으로 이주하고 싶다고 했기 때문에 허락했던 이산이다.

코다가 오사카에서 돌아온 날 밤에 청에서 마사를 만났을 때는 엿새 전이었다.

이산이 머리를 끄덕였다.

그날 저녁.

시다노성의 객사에 머물고 있던 하쓰에게 집사가 말했다.

"마님, 손님이 오셨습니다."

"누구냐?"

"영주님이십니다."

"영주라니?"

놀란 하쓰가 되묻자 집사가 청 안으로 몇 걸음 다가섰다.

"예, 산가쿠성의 영주님이십니다."

놀란 하쓰가 숨을 들이켰다. 옆에 앉아 있던 마사와 요시코도 몸을 굳혔다.

청 안에는 하쓰의 세 모녀와 집사까지 넷뿐이다. 하쓰가 떨리는 목소리로 물었다.

"영주님이 오셨단 말이냐?"

"예."

그때 밖에서 사내의 목소리가 울렸다.

"영주께서 들어가시오!"

영주가 하쓰의 허락을 받고 들어올 필요는 없는 것이다.

청으로 들어선 이산이 자리에서 일어서는 세 모녀를 보았다.

모두 당황하고 겁에 질린 표정이었지만 하쓰는 사이토의 측실이다. 굳은 얼굴로 인사했다.

"영주님을 뵙습니다."

고개를 끄덕인 이산이 앞쪽 의자에 앉았다.

"모두 앉으라."

하쓰와 두 딸이 나란히 앉았을 때 이산이 말을 이었다.

"내가 영지 순시를 하다가 우연히 만난 셈이네."

"저희들은 고향인 오다와라로 가는 중입니다."

하쓰가 흐려진 눈으로 이산을 보았다. 고개를 끄덕인 이산의 시선이 마사에게로 옮겨졌다.

"이것도 인연이야."

이산이 혼잣말로 말했지만 셋은 분명히 들었다.

긴장한 셋을 향해 이산이 말을 이었다.

"우연히 그대를 만난 것 같지가 않아."

다시 이산의 시선을 받은 마사의 볼이 붉어졌다. 시선을 내린 마사를 향해 이산이 물었다.

"마사."

고개를 든 마사를 이산이 똑바로 보았다.

"내 내실이 되어 주겠는가?"

순간 방 안에는 숨소리도 들리지 않았다.

그때 마사가 대답했다.

"내실이 되겠습니다."

마사의 눈 밑이 붉어졌지만 시선은 내리지 않았다.

옆에 앉아 있던 하쓰가 어깨를 내려뜨렸다.

고개를 끄덕인 이산이 하쓰를 보았다.

"그럼 산가쿠성으로 돌아가는 것이 낫겠소."

"알겠습니다. 내일 돌아가지요."

하쓰가 바로 대답했다.

"감사합니다, 영주님."

"내가 고맙소."

이산이 쓴웃음을 지은 얼굴로 하쓰를 보았다.

"곱고 명석한 딸을 낳으셨소."

"감사합니다."

하쓰가 얼굴을 펴고 웃었다. 30대 후반의 하쓰도 고운 얼굴이다.

"이렇게 인연이 되는군요."

"산가쿠성의 내궁을 맡아 주셔야겠소."

"영주님을 보좌하겠습니다."

고개를 숙여 보인 하쓰가 옆에 앉은 요시코의 팔을 끌고 방을 나갔다.

방 안에 둘이 남았을 때 이산이 마사를 보았다.

"너, 내가 야스노리를 직접 베어 죽였다는 것을 알고 있느냐?"

"압니다."

마사가 시선을 받은 채로 대답했다. 정색한 표정이다.

"야스노리를 잘 알고 있었느냐?"

"배다른 오라버니여서 잘 모릅니다."

"네 부친의 영지를 빼앗은 원수이기도 하지."

"아버지도 1년에 서너 번 만난 사이였을 뿐입니다."

"너는 이 영지를 안정시키기 위해서 필요한 도구다."

"압니다."

다시 바로 대답한 마사가 이산을 보았다.

"저도 사이토 가문의 혈족들을 안정시키기 위한 도구라고 생각했으니까요."

"너하고 나는 목적이 비슷하구나."

"예, 영주님."

"네 어머니하고 상의한 것이냐?"

"아닙니다."

마사가 고개를 저었다. 머리칼 한 줌이 흩어져 이마와 한쪽 볼에 내려졌다.

"아와노 님이 제 의사를 묻긴 했지만 아무도 그런 이야기는 하지 않았습니다."

"나하고 어떻게 살 것이냐?"

"제가 자청해서 시녀 행색을 하고 몰래 영주님을 보았습니다."

"들었다."

"어떤 분인지 궁금했습니다."

"소문은 들었겠지."

"예, 영주님."

"어떻더냐?"

"명석하고 빈틈없으며 무술이 뛰어나고 히데요시의 신임을 받는 조선인이라고 들었습니다."

"들은 대로 말해라."

"내궁을 비워둔 이유는 남자 구실을 못 하기 때문이라는 소문이 났습니다. 조선에서 부상을 당하셨다고 했습니다."

"허, 그런가?"

이산이 쓴웃음을 지었다. 다나카 처첩을 모두 가신들에게 보내준 것도 그 소문에 일조했을 것이다.

"또 있느냐?"

"영지 주민들은 명군(名君)이 오셨다고 좋아한다는군요. 가신 대부분도 좋아하는 것 같습니다."

이산이 고개를 끄덕였다.

"내가 너한테 바라는 일이 있다."

마사의 시선을 받은 이산이 말을 이었다.

"지금처럼 열심히 민심을 듣고 나한테 사실 그대로를 전해주는 것이다. 알았느냐?"

"예, 영주님."

마사의 두 눈이 반짝였다. 어느덧 얼굴에 생기가 돌았다.

이산이 산가쿠성으로 돌아왔을 때는 다음 날 깊은 밤이었다.

아침 일찍 시다노성을 출발해서 4백여 리(160킬로) 길을 달려온 것이다. 강행군이었지만 모두 기마군인 데다 날랜 위사대다. 한 명도 낙오하지 않았다.

해시(오후 10시) 무렵이어서 내궁으로 들어간 이산이 늦은 저녁을 마쳤을 때다.

코다와 아와노가 함께 내전으로 들어와 뵙기를 청했다. 늦은 시간이어서 이산이 서둘러 청으로 나갔다.

텅 빈 청에는 코다와 아와노 둘뿐이었다.

이산이 들어서자 둘은 자리에서 일어섰다.

"내실 문제인가?"

자리에 앉은 이산이 물었다.

산가쿠성에 도착하자마자 이산이 조병기를 불러 마사 가족을 내실로 받아들인다는 말을 전했기 때문이다.

그때 코다가 헛기침을 했다.

"그것은 아닙니다만, 마사 님이 내궁에 오신다니 잘된 일입니다."

"주군, 축하드립니다."

아와노도 허리를 굽히면서 말했다. 그러나 굳은 얼굴이다.

그때 고개를 든 코다가 이산을 보았다.

"주군, 사이토가 나타났습니다."

이산이 눈만 치켜떴고 코다가 말을 이었다.

"고다이성 성주 하다치에게 사이토가 연락을 해왔습니다. 그것이 나흘 전입니다."

이제는 아와노가 말을 잇는다.

"사이토의 연락을 받은 하다치가 급사를 보낸 것입니다. 급해서 구두로 전해 왔는데, 사이토는 지금 고다이성 근처에 은신하고 있습니다."

"……."

"하다치한테 근처의 가신들을 모으라는 지시를 내렸다고 합니다."

"……."

"당장 영지를 되찾으려는 의도는 아니고, 옛 가신들한테서 충성 맹세를 받겠다고 합니다."

"……."

"하다치는 시다노성 성주 타오카와 사촌 간으로 사이토에게는 8촌 친척이 되지요."

"……."

"사이토는 친척부터 모아 결속하려는 것 같습니다."

그때 이산이 고개를 들고 코다를, 이어서 아와노를 번갈아 보았다.

"영지를 되찾으려는 것일까?"

"그런 의도인 것 같습니다."

바로 코다가 대답했다. 정색한 코다가 이산을 보았다.

"하다치는 주군의 지시를 받겠다고 했습니다. 그래서……."

어깨를 편 코다가 말을 이었다.

"제가 아와노하고 상의를 했습니다만, 주군, 저희들의 의견을 말씀드려도 되겠습니까?"

"말하라."

"이 기회에 사이토를 말살시키는 것이 낫다고 아와노하고 합의를 했습니다."

이산의 시선이 아와노에게 옮겨졌다. 눈썹을 모으고 있다.

"말살시키겠다고?"

"예, 주군."

대답은 했지만 아와노가 외면했다.

"그런 표현이 부끄럽습니다. 그래서 제가 직접 처리하겠습니다."

"어떻게 하겠는가?"

"제가 고다이성에 가서 사이토를 죽이고 할복하겠습니다."

그때 이산이 팔걸이에서 몸을 떼고는 상반신을 바로 세웠다.

"사이토가 아직도 욕심을 버리지 못한다고 생각하는가?"

"오사카에서도 도망쳐서 종적을 감췄다가 이제 영지가 안정되자 슬그머니 숨어든 것 아닙니까? 그 이유밖에 없습니다."

아와노가 말을 이었다.

"영지의 모든 가신들이 그대로 남아 있는 것을 보니까 착각했을 수도 있습니다. 그래서 돌아오면 가신들이 모두 반기리라고 생각했을지도 모릅니다."

"나하고 같이 고다이성에 가자."

이산이 말하자 아와노와 코다가 서로의 얼굴을 보았다. 놀랐기 때문에 눈만 껌벅이고 있다. 이산이 말을 이었다.

"사이토를 만나서 결정하겠다."

"주군, 안 됩니다."

정색한 코다가 말렸지만 이산은 고개를 저었다.

"내가 직접 처리하는 것이 낫다."

이곳은 에도성.

이에야스가 사카이의 보고를 받고 있다.

청 안에는 노중(老中) 마에다와 중신 이이 나오마사까지 넷이 둘러앉아 있다. 이에야스 앞에 셋이 나란히 앉아 있는 것이다.

유시(오후 6시) 무렵.

청의 안에는 등을 환하게 밝혀 놓았다.

그때 이에야스가 입을 열었다.

"오사카를 거쳐 왔나?"

"예, 대감."

사카이가 웃음 띤 얼굴로 이에야스를 보았다.

"사이토가 도망친 후로 소문이 많이 났습니다."

"말해봐."

"에도로 도망쳤다는 소문이 많습니다."

"당연하지."

이에야스가 눈을 가늘게 떴다.

"관백 전하도 알고 있을 것이다."

"사이토가 대감과 관백 사이에 싸움을 붙이려고 에도에 갔다는 것입니다."

"그건 맞는 말이지."

"그리고 또 있습니다."

사카이가 정색하고 이에야스를 보았다.

"사이토가 하시바 이산을 뒤에서 조종하고 있다는 것입니다."

"오오!"

이에야스가 탄성을 뱉었다.

"그럴 가능성도 있지."

고개를 끄덕인 이에야스가 말을 잇는다.

"백성들의 눈은 무섭다. 민심이 천심이야. 속일 수가 없어."

"대감."

상반신을 세운 사카이가 말을 이었다.

"하시바 이산의 이야기를 들으시지요."

"듣자."

"이산은 괴물입니다."

"괴물이라."

"난세의 괴물인 것 같습니다."

"사카이, 네가 이산에게 반한 것 같구나."

"예, 대감."

"말해라."

"이산은 사이토 영지에 머물 생각이 없다고 했습니다."

"관백께로 돌아간다고 하더냐?"

"아닙니다."

"그러면?"

"명(明)으로 간다고 했습니다."

그때 이에야스의 눈빛이 강해졌다. 대신 입이 딱 다물어졌고 어깨가 펴졌다. 이에야스의 시선을 받은 사카이가 말을 이었다.

"관백 전하께도 말씀을 드렸다고 합니다."

"명(明)으로 왜 간다는 건가?"

"군사를 이끌고 간다는 것입니다."

이에야스가 다시 입을 다물었고 사카이가 말을 이었다.

"조선을 거치지 않고 곧장 명(明)으로 간다는 것입니다."

"……."

"이산은 이순신이 군사를 실은 함대를 보호해 준다고 했습니다."

"응? 지금 뭐라고 했나?"

"이산은 이순신을 만나고 왔다고 했습니다."

"이순신을?"

"예, 이순신과 친교가 있다는 것입니다."

사카이가 다시 이산한테서 들은 이야기를 하는 동안 이에야스는 석상처럼 앉아서 듣는다.

이윽고 이야기가 끝났을 때 이에야스가 고개를 들었다.

"과연 괴물이군."

"예, 대감."

사카이가 번들거리는 눈으로 이에야스를 보았다.

"더구나 영지의 구(旧) 사이토 가신들이 모두 심복하고 있습니다."

"만나고 싶군."

이에야스가 혼잣말처럼 말했다.

눈이 흐려져 있다.

황무지를 기마군이 달리고 있다.

땅이 울리는 것은 기마군 3백 기가 예비 마 2필씩을 끌고 달리기 때문이다. 병참을 실은 말까지 1천 필이 넘는 말이 달리는 것이다.

술시(오후 8시) 무렵.

유시(오후 6시)에 저녁을 먹고 다시 달리고 있다.

별빛이 밝은 밤이어서 주변 산천은 선명하게 드러났다. 그때 이산의 옆으로 코다가 말 배를 붙여왔다.

"주군, 사이토는 만나실 필요가 없습니다. 아와노도 같은 생각입니다."

코다가 말을 이었다.

"가신들도 나중에 알게 되겠지만, 주군께서 끼어드실 이유가 없습니다."

코다는 나이가 들었지만 기마술에 능숙했다. 말 배를 더 붙인 코다가 이산을 보았다.

"아와노는 사이토를 유인해서 바로 참살한다는 것입니다. 그러고 나서 사이토 옆에서 할복한다는데요."

"……."

"아와노는 처음부터 죽으려고 했습니다. 그러니 마침 기회를 잡은 것이지요. 죽게 놔두시지요."

"……."

"욕심을 버리지 못하는 못난 주군과 함께 분사(憤死)한다는 것입니다. 마침 절호의 기회가 왔다면서 춤을 추고 싶다고까지 말하고 있습니다."

"……."

"소원을 들어주시오, 주군."

"미친놈들."

짧게 말한 이산이 말에 박차를 넣었기 때문에 주인의 기분을 알아챈 얼룩이가 왈칵 앞으로 내달렸다.

이산의 뒷모습을 본 코다가 어깨를 늘어뜨렸다.

"앗, 아와노 님."

다음 날 저녁 무렵.

놀란 고다이 성주 하다치가 놀라 소리쳤다.

성의 청 안.

하다치는 마구간을 둘러보고 막 청으로 올라온 참이다. 그런데 청 안에 노중(老中) 아와노가 기다리고 있던 것이다.

노중(老中)이란 중신(重臣) 우두머리다. 관백 히데요시는 노중(老中) 5명을 두었고 이에야스도, 미쓰나리도 그중 하나다.

하시바 이산은 노중(老中)이 2명인데 아와노와 코다다.

그때 시선을 돌린 하다치가 아와노 뒤쪽에 선 사내를 보았다.

그 순간 하다치가 숨을 들이켰다. 또 한 명의 노중(老中) 코다가 서 있다. 코다는 지난번 산가쿠성에서 만났다.

"앗, 코다 님."

다음 순간 하다치는 코다 옆에 선 사내를 보고는 몸이 굳어졌다.

주군이다. 주군이 와 있다.

"주군을 뵙습니다."

털썩 무릎을 꿇은 하다치가 이산을 올려다보았다. 눈동자가 흔들리고 있다. 이산이 고개를 끄덕였다.

"내가 사이토를 만나려고 왔다."

"예, 주군."

하다치가 두 손으로 청 바닥을 짚었다. 사태를 금세 짐작한 것이다.

"소신이 앞장을 서겠습니다."

그때 아와노가 말했다.

"이봐, 하다치. 주군께선 밀행해 오셨어. 비밀로 하게."

사이토 고잔은 고다이성에서 60리(24킬로) 떨어진 산골짜기의 석운사(石雲寺)에 머물고 있었는데, 이번에는 1백여 명의 무사가 호위했다. 영지에 들어와 무사를 모은 것이다.

객방에 앉은 사이토에게 우다이가 말했다.

"주군, 하다치를 믿으시면 안 됩니다. 일단 섬으로 가셨다가 상황을 보고 나서 다시 오시지요."

"아니."

사이토가 고개를 저었다.

"하다치는 내가 진심으로 대해 준 놈이다. 친척이기도 하지. 더구나 내가 그놈 가문을 존속시켜 준 은인이기도 하고. 하다치가 목숨을 걸고 날 도울 거다."

우다이가 숨을 들이켰다.

하다치에 대한 사이토의 믿음은 흔들리지 않았다. 옆에서 반대하면 할수록 더 굳어지고 있다.

다시 사이토가 말을 이었다.

"하다치와 타오카가 은밀하게 연합해서 내 근거지를 확보해 주면 돼. 나는 그 약속을 받겠다는 것이다."

사이토가 방 안을 둘러보았다.

이곳 석운사는 사이토가 근거지로 정한 곳이다. 바다에서 가깝고 삼면이 험산으로 둘러싸인 곳이다. 사이토의 얼굴에 쓴웃음이 번졌다.

"이곳에서 3년만 지나면 내 영지는 자연스럽게 회복하게 될 것이다. 그리고 그때는 조선에서 패퇴한 군사들이 귀환하면서 전국이 혼란에 휩싸이겠지."

우다이가 숨을 들이켰다.

우다이는 오사카 저택에서 내부 관리를 맡던 가로(家老)다. 진타로처럼 외부에 드러나지 않았지만 사이토의 머리 역할을 해온 전략가다. 47세인 사이토보다 2살 연하다.

우다이가 입을 열었다.

"주군, 3년 후에 일본군이 조선에서 패퇴한다고 보십니까?"

"그렇다."

"왜 3년으로 보십니까?"

"이제는 기력이 다 떨어졌다. 기선을 빼앗겼다는 말이야."

"육전에서는 승리해 오지 않았습니까?"

"지휘자가 없어. 고니시를 선봉으로 세운 것이 패착이었다."

사이토가 말을 이었다.

"고니시 그놈은 처음부터 전의(戰意)가 없었던 놈이야."

"그럼 무엇입니까?"

"조선과 명의 사정을 가장 잘 아는 장수가 고니시였거든. 그놈은 이 전쟁에서 이길 것이라고 생각하지 않았어."

"관백께서도 알고 계셨을까요?"

"관백이 고니시 따위의 요설에 넘어갈 위인이 아니지."

"그렇다면……."

"너희들이 알고 있는 것처럼 관백은 과대망상가가 아냐. 허풍쟁이는 더욱 아니다."

사이토의 얼굴에 쓴웃음이 떠올랐다.

"허장성세 안에 철저한 계산이 숨겨져 있어. 그 허세에 넘어갔다가 처참하게 당한 영주, 장수가 수두룩하다."

"주군, 그렇다면 3년 후도 관백이 예상하고 있지 않을까요?"

"하겠지."

"그때는 관백의 주군에 대한 태도도 달라진다는 말씀입니까?"

"당연히."

사이토가 정색했다.

"귀국한 영주들은 논공행상으로 내분이 일어날 것이다. 패퇴한 전쟁이니 상벌이 불확실하고 불공정해질 테니까. 반란이 일어날 가능성도 있다."

"……."

"관백의 정권이 넘어갈 가능성이 절반은 된다."

"누구한테 말씀입니까?"
"네 머리에 떠오르는 인물이 있을 게다."
"이에야스 님이군요."
"이에야스 님이 가만있겠느냐? 이미 조선에 가 있는 영주들을 포섭하고 있다."
"누구 말입니까?"
"가또 기요마사, 구로다 나가마사, 후쿠시마 마사노리."
"가또 님까지……."
"고니시가 관백에게 딱 붙어 있으니 가또는 이에야스 님께 갈 수밖에."
벽에 등을 붙이고 앉은 사이토가 길게 숨을 뱉었다.
"3년이다, 우다이. 격변하는 세상에 3년은 잠깐이야."

해시(오후 10시) 무렵이 되었을 때 석운사 앞쪽 바위틈에 앉아 있던 초소장 오무라가 앞쪽에서 어른거리는 물체를 먼저 보았다.
"누구냐?"
낮게 묻자 앞에서 사내들의 윤곽이 드러났다.
"고다이 성주 하다치다!"
오무라가 몸을 일으켰다. 기다리고 있었던 것이다.
그때 앞으로 네 사내가 다가왔다. 앞장선 사내는 하다치. 뒤로 세 사내가 따른다.
"가시지요."
오무라가 초소를 부하들에게 맡기고 앞장을 섰다.
하다치가 수행원 셋을 데리고 온 것이다.

석운사의 청은 불을 켜놓아서 밝다.
"어서 오게."

자리에서 일어선 사이토가 하다치를 맞는다. 초병 하나가 달려가 보고를 한 것이다.

그때 청으로 들어선 사내들을 보던 사이토가 숨을 들이켰다. 하다치의 뒤를 따르는 아와노를 본 것이다.

"앗, 아와노."

사이토의 입에서 놀란 외침이 터졌다.

아와노가 누구인가?

죽은 야스노리의 보좌역을 맡겼던 중신(重臣) 아닌가?

그때 아와노가 말했다.

"제가 주군을 모시고 왔습니다."

"오, 그런가?"

그렇게 대답했던 사이토가 불쑥 고개를 들었다. 말을 잘못 들었던 것이다.

'주군을 모시러 왔습니다'로 들었다가 정신이 난 것이다.

사이토의 시선이 문득 아와노 옆에 선 장신의 사내로 옮겨졌다.

젊다.

사내와 시선이 마주쳤을 때 사이토가 숨을 들이켰다.

사내가 입술을 비틀고 웃음을 띠었기 때문이다. 그때 아와노가 말했다.

"내 주군이신 하시바 이산 님이시오."

아와노가 제 주군이라고 했다.

그때 이산이 한 걸음 다가섰다.

"내가 이산이오."

그 순간 사이토가 어금니를 물었다. 그러나 천하의 사이토 고잔이다. 금세 평정을 찾고는 이산을 향해 고개를 끄덕였다.

"사이토 고잔이오. 여기서 뵙게 됩니다."

그때 아와노가 사이토 뒤에 선 우다이에게 말했다.

"우다이, 자리를 만들게."

우다이가 잠자코 비켜서서 자리를 만들었다.

잠시 후에 일행은 이산과 사이토를 중심으로 둘러앉았다. 이산이 잠자코 시선을 주었기 때문에 사이토가 헛기침을 했다.

"먼저 축하드리오."

사이토가 시선을 준 채로 떼지 않는다.

"다나카 영지까지 포함해서 67만 석 영주가 되셨소."

이산의 좌우에 앉은 사내는 코다와 아와노다. 하다치는 왼쪽 끝에 앉아 있다. 어깨를 편 사이토가 말을 잇는다.

"갑자기 내가 이곳에 와서 놀라셨겠소."

"……."

"잘 아시다시피 이곳은 내 조상의 뼈가 묻힌 고향이오."

"……."

"나도 뼈를 묻을 생각을 하고 돌아온 것이오."

여전히 이산은 듣기만 했는데 지금은 이쪽저쪽에 시선을 준다. 옆쪽 벽을 보았다가 우다이를 쳐다보기도 했다. 사이토가 이산을 노려보았다.

"내 처자식을 보호해 준 것에 대해서 감사드리오."

그때 아와노가 헛기침을 했다.

"옛 주군께 말씀드립니다."

그 순간 사이토의 시선이 아와노에게 옮겨졌다.

"옛 주군이라고 했나?"

"예, 사이토 님."

"이놈이!"

사이토가 입을 다물더니 입술 끝이 경련을 일으켰다. 눈빛이 강해졌다가 곧 흐려졌다. 참으려고 애를 쓰는 것이 드러났다.

그때 아와노가 말을 이었다.

"지금 석운사 주변에 있던 용병들은 모두 우리가 장악했습니다. 10여 명은 참살했고 나머지는 투항했지요."

사이토가 숨을 들이켰고 아와노의 목소리가 굵어졌다.

"이제 사이토 님 측근은 옆에 앉은 우다이뿐입니다."

"네 이놈! 무엄하다!"

사이토가 잇새로 말했을 때 이번에는 코다가 입을 열었다.

"여기서 죽으시겠소?"

"죽여라."

"그럼 죽기 전에 우리 주군께 한 말씀 하시오. 우리 주군께서 들어주실 것이오."

어깨를 부풀린 사이토가 이산을 보았다. 사이토의 시선을 받은 이산이 다시 외면했다. 표정 없는 얼굴이다.

그때 아와노가 말했다.

"뼈를 묻으러 오신 분이 왜 하다치에게 타오카와 연락해서 무리를 모으라고 하셨습니까?"

"닥쳐라! 이 반역자 놈!"

사이토가 꾸짖었지만 목소리에 힘이 떨어져 있다. 청 밖이 텅 비어 있다는 것을 알았기 때문이다.

아와노가 외면했을 때 코다가 고개를 돌려 이산을 보았다.

"주군, 이제 사이토를 보셨으니까 돌아가시지요."

그때 이산이 쓴웃음을 지으면서 사이토에게 물었다.

"나한테 마지막으로 할 말이 있소?"

사이토가 번들거리는 눈으로 이산을 보았다.

"살려주시오."

사이토가 두 손으로 청 바닥을 짚었다. 비대한 몸이 둥글게 굽혀졌고 고개를 든 사이토가 이산을 올려다보았다.

"목숨만 붙여주시오."

사이토의 목소리가 떨렸다.

"산속 절도 좋습니다. 그곳에서 한 발짝도 나가지 않겠습니다."

"……."

"내 딸을 봐서라도 살려주시오."

이산과 코다의 시선이 마주쳤다.

마사를 내궁으로 들게 한 것을 말하는 것이다. 그러나 마사가 아직 산가쿠성에 도착하기도 전에 이곳으로 달려온 것이다. 시다노 성주 타오카한테서 말이 새나간 것이다.

그때 이산의 얼굴에 웃음이 떠올랐다.

청을 나온 이산이 밖에서 지켜 서 있는 곤도에게 말했다.

청 안에는 사이토와 우다이 둘이 남아 있다.

"베어라."

이산이 말하자 곤도가 둘러선 위사들에게 눈짓을 하고 청 안으로 뛰어들었다.

법당 밖의 마당에 나왔을 때 위사들이 모여들었다.

바람결에 피 냄새가 맡아졌다.

사이토를 만나기 전에 소리 없이 소탕한 것이다. 대부분이 투항했지만 10여 명은 베어 죽였다.

"주군, 시다노 성주 타오카는 어떻게 하시렵니까?"

코다가 묻자 이산이 하다치를 보았다.

"재빠르게 사이토에게 정보를 준 타오카를 어떻게 생각하느냐?"

"무슨 말씀이신지요?"

하다치가 주저하며 묻자 아와노가 대신 대답했다.

"시다노성에서 주군께서 마사 공주를 만나 내궁으로 보내셨네."

"아아!"

"그것이 바로 어제였어. 마사 공주께선 아마 지금쯤에야 산가쿠성에 닿으셨을 것이네."

"……."

"시다노성에서는 이곳까지 기마로 한나절 거리지. 재빠르게 그 소식을 사이토 님한테 알린 것이야."

그때 하다치가 고개를 들었다.

"타오카를 베어야 합니다."

그날 밤.

고다이성의 청에서 늦은 주연이 열렸다.

성주 하다치가 이산을 모신 간소한 주연이다. 이산이 사양하지 않았기 때문에 청에는 7, 8명의 중신들만 둘러앉았다.

이산과 코다, 아와노, 그리고 하다치가(家) 중신들까지 모인 것이다.

각자의 앞에는 작은 술상이 놓였고 술병과 잔, 안주로는 말린 생선과 매실 두 접시뿐이다. 그때 술잔을 든 이산이 말했다.

"사이토 님을 만나고 싶었는데 내가 오지 않았던 것이 나을 뻔했다."

이산이 말을 이었다.

"그분한테서 배우고 싶었다."

"주군."

코다가 정색하고 이산을 보았다.

"인간의 본색은 마지막 순간에 드러나는 법입니다. 오늘 잘 오신 것입니다."

"그런가?"

그때 아와노가 말을 잇는다.

"욕심이 화를 부른 것입니다. 가신들과 주민의 안위를 조금이라도 생각했다면 이곳에 오지 말았어야 했습니다."

"다행이야."

한 모금의 술을 삼킨 이산이 아와노를 보았다.

"아와노, 이제 옛 주군 옆에서 배를 가를 결심은 버렸느냐?"

숨을 들이켠 아와노를 향해 이산이 쓴웃음을 지었다.

"내가 너만 이곳에 보내면 사이토와 동사(同死)할까 봐서 같이 온 것이다."

모두 숨을 죽였고 이산의 목소리가 청을 울렸다.

"너는 이제 배를 가를 명분이 없다. 앞으로 가신과 주민을 위해서 살아야 한다."

<끝>

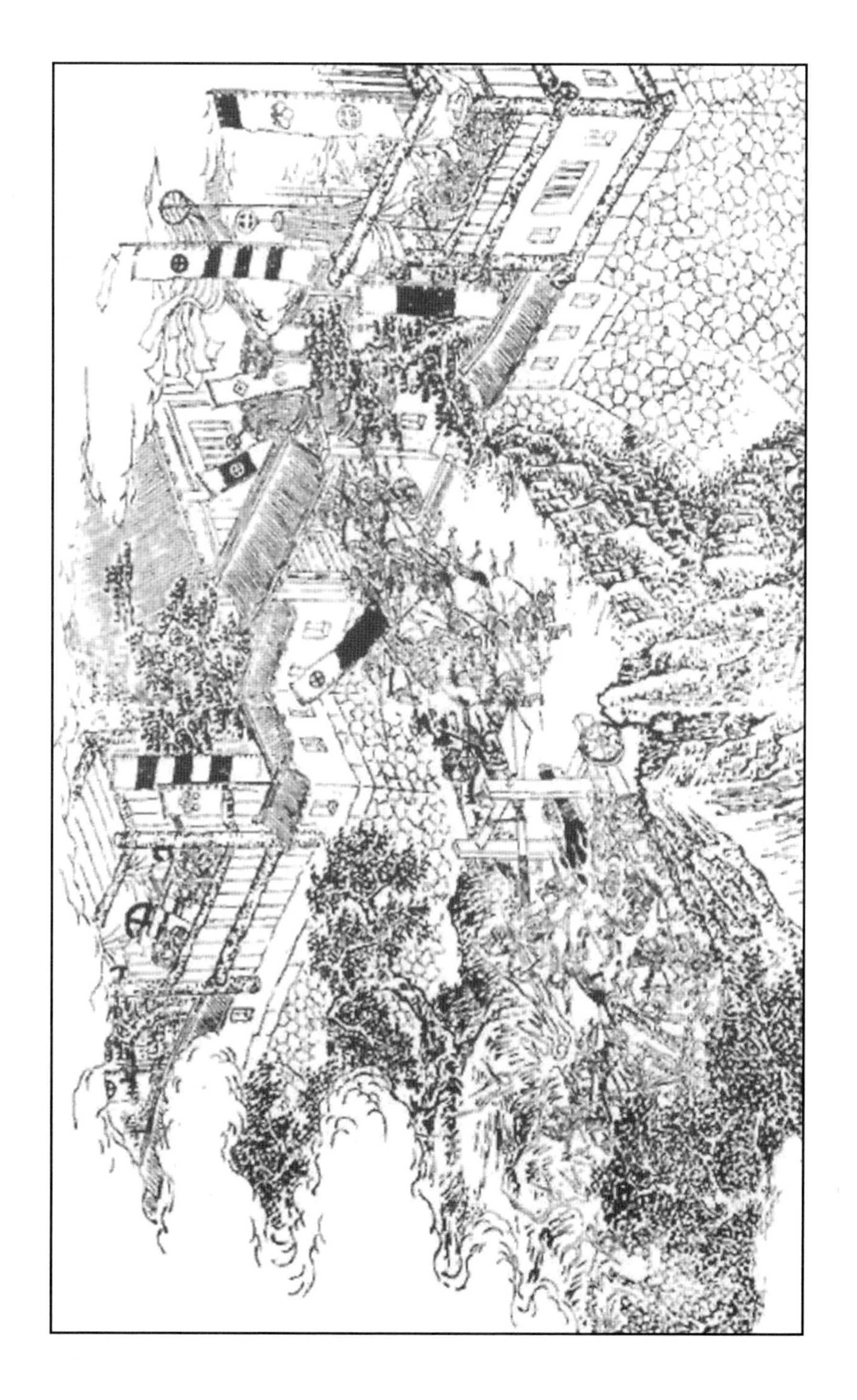